集英社オレンジ文庫

双蛇の落胤

濫国公主月隠抄

氏家仮名子

本書は書き下ろしです。

Contents

ガザラ
干陀羅の第九王女にして、サドキアの女領主。
光藍《こうらん》
暁慶と月凌の息子。濫国皇太子。
孫冥迪《そんめいとく》
濫国西方の辺境の街、廬郷の祭官長。瓜二つな双子の兄・無忌がいる。
小青《しょうせい》
孫家に仕える使用人の少女。
シリン
草原の民・アルタナの族長。『牝狼』の異名を持つ。

白月《びゃくげつ》
燕嵐の双子弟である
濫国皇帝・暁慶と、皇后・月凌の娘。
スレン
シリンの異母姉・ナフィーサと
亡帝・燕嵐の遺児。
シリンによって次期族長として育てられた。
Characters

イラスト／田村由美

双蛇《そうじゃ》の落胤《らくいん》

濫国公主月隠抄

序

永寧宮《えいねいきゅう》に産声《うぶごえ》が響いたのは、早春のことだった。

生まれ落ちた赤子は、力強い泣き声で夜の帳《とばり》を揺らしてみせた。

「お生まれ申した！」

産声は、夜空に浮かぶ薄らぼけた月など吹き飛ばしてしまいそうに力強かった。

産婆《さんば》や集《つど》った侍女《じじょ》、祈禱師《きとうし》たちは安堵《あんど》の息を一斉に漏らした。彼女らの何人かは、足早に房《へや》を出て行った。その口を介し、報《しら》せはすぐに後宮中を駆け巡った。

産み落とされたのは男児であった。

今上帝の即位からすでに四年。待望の第一子、それも皇子である。

侍女の一人が、母となったばかりの貴妃《きひ》の額《ひたい》に浮かんだ玉の汗を拭《ぬぐ》った。

「お慶《よろこ》びください。貴妃様は、皇子殿下の母となられたのですよ」

産婆が、取り上げた赤子を貴妃の眼前にかざして見せた。

貴妃はかすかに口元を緩めたが、しかし返事をしなかった。その唇からは、荒い息が漏れ続けている。

侍女たちの顔に、さっと暗雲が立ちこめた。数年前、お産で命を落とした妃があったことはまだ記憶に新しい。

一人の侍女が、年嵩《としかさ》の侍女の袖《そで》を不安げに引いた。

「緑申《りょくしん》さん、貴妃様は……」

「香鶴《こうかく》、おだまり。そのような顔をするものではない。貴妃様が動揺されるでしょう」

緑申が言い終わらないうちに、貴妃は絹を裂くような悲鳴で喉《のど》を震わせた。

青くなった侍女たちをぐるりと見渡し、産婆は声を張り上げた。

「まだ、終わっていない！」

房中に居並ぶ顔に、戸惑いが見る間に広がっていく。

「貴妃様、お許しください。気づかなんだ侍医と、私の罪です」

女たちは、はっとしたように互いに顔を見合わせた。

「もうおひと方、お生まれになる」

刹那《せつな》、房は静まり返った。貴妃の上げる苦悶《くもん》の声だけが、その場に残る。

奇妙な静寂の中、誰かがつぶやいた。

「双子……」

声は小さなものだったが、誰の耳にも届いた。

その途端、房の中央で顔を伏せていた老婆が笑い声を上げた。まるで憎むべき誰かに復《ふく》讐《しゅう》を遂げでもしたかのような、甲高《かんだか》い笑いだった。

「場を弁《わきま》えなさい！」

緑申が怒声を発したが、老婆の哄笑《こうしょう》は止まなかった。声が続かなくなっても、髪を揺らし、いつまでも体を震わせていた。

老婆は先帝から深い信頼を勝ち得たまじない師である。今夜も、安産の祈禱のため貴妃の邸《やしき》へと招かれていた。しかし長い白髪を振り乱して笑う様は、この世のものとも思えない。悪鬼を祓《はら》うため呼ばれた老婆が、まるで鬼に憑《つ》かれたかのようだった。

見かねた侍女が肩を揺すると、ようやく体の震えが止んだ。代わりに、老婆の濁《にご》った両目から、滂沱《ぼうだ》の涙が溢《あふ》れ出る。

「慈悲深き双蛇《そうじゃ》は、愚《おろ》かな我らをお見捨てにならなかった」

呻《うめ》くようにつぶやいた老婆の瞳は、涙で濡れながらも歓喜に輝いていた。

「尊き御身を、再び永寧宮に遣わしてくださるとは」

そう言い終えると、まじない師は祈禱に戻った。両の眼を見開き、香を炉《ろ》にくべ、一心不乱に詞《ことのは》を唱える。その間にも涙は止まることなく、頰《ほお》を滑り落ちては衣を濡らした。

まじない師の鬼の形相での祈禱にもかかわらず、貴妃のお産は長引いた。苦しみもがく声が貴妃の喉を裂く度に、侍女たちは肝《きも》を冷やした。

「貴妃様、お気張りください。もうじきです、あとわずかのご辛抱ですよ」

産婆のその言葉も、もう幾度目になるかわからなかった。「あとわずか」がまるで永遠であるかのように思われ始めたその時、あえかな泣き声が皆の耳に届いた。

一人目の御子が上げた太い声に比すれば、吹く風に攫《さら》われて儚《はかな》く消えてしまいそうな、かそけき声だった。しかしたしかに二人目の赤子が母の胎《はら》から這《は》い出て、この世にやってきたことを宣言する声には違いなかった。

老婆は、吠えるように歓喜の叫びを上げた。

もう咎《とが》める者さえいなかった。

一人目の皇子が誕生した時には、集った侍女のどの顔にも、それまでの疲労を塗り替えるような喜びがつやつやと光っていた。

しかし今、貴妃を囲んだ顔に浮かんでいるのは戸惑いである。慶事であるはずの御子の誕生を果たして喜んでよいものか、侍女たちは互いの顔を盗み見た。しかしそこには、同じように眉尻を下げた顔があるだけだった。

入宮前から貴妃に仕える老いた侍女が一つ咳《せき》払いをし、殊更《ことさら》に柔和な表情をつくって言った。

「貴妃様、おめでとうございます。今度は公主様にございますよ」

侍女の言葉に、貴妃は表情を和《やわ》らげたように見えた。しかしそれはほんの束の間のことで、紅潮していた顔はみるみるうちに白くなっていった。

「今はただ、お休みください。このような大業を成し終えられて、必要なのは休息でございます」

しかし貴妃はまぶたを閉じることなく、小さな泣き声を上げ続ける生まれたばかりの娘を見ていた。貴妃は腕を伸ばし、公主をその胸に抱いた。

その目にやがて涙が玉となって結ばれ、頰を落ちていった。

すでに辺りは白み始めていた。


報せを待っていた皇帝のもとを真っ先に訪れたのは、まじない師の老婆その人だった。一心に祈ったせいで顔は真っ赤に染まり、足元は覚束《おぼつか》なかったが、それでも自《みずか》ら行くのだと言ってきかなかった。

「陛下、またとない福がこの永寧宮に訪れましたぞ」

涙と汗とで白髪をべっとりと額に張り付けて笑うまじない師の顔を見た瞬間、この老婆は凶報を持ってきたに違いないと帝《みかど》は悟った。

「またとない福、と。では、無事に生まれたのだな」

お慶び申し上げます、とまじない師はもったいぶるように長い間拝礼した。

そして顔を上げ、告げた。

「双子の御子にございます。陛下は双蛇の現身《うつしみ》としてこの世においでになり、今また双蛇の父となられた。まこと至上の方にございます」

帝は、息を吞《の》んだように見えた。

「魏帝《ぎてい》陛下の魂《たましい》が、陛下のもとへ再び双蛇を導かれたに違いありませぬ。身罷《みまか》られてなお、かの方の魂魄《こんぱく》は陛下と共にございますのでしょう。実にお二人は、分かちがたき御兄弟にございます」

感激に頰を濡らす老婆の口ぶりは、まるで戦勝の報告をもたらす将のそれだった。

帝は窓の外を振り仰いだ。

迫る朝日に押されながら、西の空にはいまだ白い月が浮かんでいた。

色を失ったように青ざめた月が、靄《もや》の向こうから皇帝――暁慶《ぎようけい》を見下ろしていた。

「……なぜだ」

月は無言であった。

まるで、帝を嗤《わら》うかのように。

一章

短い断末魔を残して、獣《けもの》は地に倒れた。

放たれた矢が、巣穴から顔を出した土撥鼠《たるばがん》の額《ひたい》を過《あやま》たず射抜いたのだ。

スレンは馬を走らせ、獲物《えもの》の足を摑《つか》んで引き上げた。

「土撥鼠ばっかり獲《と》れてもな」

土撥鼠は図体こそ立派なものだが、所詮《しょせん》は鼠《ねずみ》だ。誇れるような獲物ではない。

絶命した土撥鼠を無造作に革袋に押し込むと、馬の腰に提《さ》げた。そこにはすでに膨らんだ袋が二つ揺れており、どちらの中身も同じ土撥鼠である。

「……帰るか」

愛馬オロイの黒い背を軽く叩くと、「賛成だ」というようにぶるると低く鳴いた。

鹿か、せめて兎《うさぎ》くらいは持って帰りたかった。

そもそも土撥鼠二匹目の時点で諦《あきら》めるべきだったのだ。不思議なことに、獲物は見つからない時はいくら探しても無駄と決まっている。わかっていたのに、スレンの足はアルタナの集落に戻ることを躊躇《ちゅうちょ》し、そのせいでずるずると狩りの時間を引き延ばした。

それというのも、出がけに族長──スレンの母が余計なことを言ったせいだった。

「帰ってきたら、話がある。陽のあるうちに帰れよ」

族長は馬上のスレンを見上げて笑った。そうして笑うと、左頬《ほお》に走った古傷が引き攣《つ》れた。その傷は、狼《おおかみ》の爪に頬の肉を抉《えぐ》られてできたものらしい。長《おさ》の座を賭けた、狼狩りの最中のことだったと聞いている。

族長が提げた首飾りには、狼の牙が四本並んでいる。狼牙《ろうが》の首飾りは、代々の族長から族長へと受け継がれてきたものだ。しかし本来、牙は三本だった。族長は自《みずか》らの頬を抉った狼を殺して牙を折り、四本目を加えたのだという。

幼い頃から、周囲の大人たちに幾度となく聞かされた話だ。

「あれほど恐ろしい女はいない」

馬乳酒《ばにゅうしゅ》を片手に車座になった男たちは、そう言ってよく笑った。そして決まって「お前は早く、母親より強くならないといけない」とスレンの背を叩いたものだった。

スレンはオロイの鼻先を南に向けた。命じるまでもなく、オロイはスレンの意志を汲《く》んで地を蹴《け》った。黒い鬣《たてがみ》を揺らし、混血馬特有の長い脚《あし》で走り出す。

スレンの伸びた黒髪が、後方へと靡《なび》く。冬営地への移動もまだだというのに、風は十分に冷たい。スレンの吐く息も、オロイの鼻から漏れるそれもすでに白かった。顔の横で編んだ髪の房と、右耳に下げた太陽紋の耳飾りが頬を打つ。銀の耳飾りは氷のように冷え切り、触れる度に肌を粟立《あわだ》たせた。

冷えた空気を吸って草原を駆ければ、腹の底に凝《こご》ったものが彼方《かなた》へと流れ去っていくような気がした。

族長が何の話をしようというのか、すでに見当はついている。

慌《あわ》てふためいた様子の使者がアルタナに飛び込んできたのは、ひと月前のことだった。服装からして、西の集落の男だ。

ドルガが落ちた、と使者は言った。

遥《はる》か西の白嶺山《はくれいさん》中に位置するその集落陥落《かんらく》の報《しら》せは、アルタナに暗雲を広げた。いや、その雲は、アルタナだけでなく草原全体を覆《おお》う厚い雲だった。

ドルガは草原に散らばる数多《あまた》の氏族の一つに過ぎない。しかし白嶺山の向こうには、領土拡大に野心を燃やす大国干陀羅《かんだら》が控えている。ドルガを落としたのは、他でもない干陀羅だった。王は病の床《とこ》に就いて久しいが、王太子ミクダムの率いる軍がドルガを占領した。干陀羅の実質的な指揮権は、すでに王太子の手に移りつつあるのだろう。

これまで、草原は南北に横たわる白嶺山を天然の要害とし、干陀羅から守られてきた。しかしすでに奴らは山を越えた。ドルガを足掛かりとし、草原の攻略に乗り出すのは時間の問題と思われた。

このひと月の間、族長は別の氏族を訪れたり、あるいは客人を迎えたりと慌ただしく動いた。訪れる顔は、どれも暗く強張《こわば》っていた。族長と客人たちは声を低め、あるいは時に荒らげ、夜半まで話し込んだ。

昨夜もその光景は続いており、朝になってようやく客人たちはユルタから出てきた。馬の轡《くつわ》をとり、早々に立ち去ろうとする彼らは小声でこうささやき交わした。

「相変わらずだ、牝狼殿《めろう》は」

牝狼。

いつの頃からか呼ばれるようになった、族長の渾名《あだな》だ。

アルタナ族長が代々狼牙の首飾りを継承すること、現族長が狼狩りによってその地位を得たことが由来とされるが、それは建前に過ぎない。

「二言目には、『濫《らん》に、濫が』だ。いつまでもかの国の男に操《みさお》を立てて、健気なことだよ」

そう言うな、と相手が苦笑する。

「今はその健気な牝狼と、息子の血筋に頼るほかないのだからな」

まったく情けない話だ、と男は舌を打った。

スレンがユルタの陰《かげ》からぬっと顔を覗《のぞ》かせると、男たちの顔に驚きが表れ、やがて取り繕《つくろ》うような笑いに変わった。

「スレン、いたのか。前に会ったのは三年前か？　いやあ、見違えた。もう立派な男じゃないか」

「早く嫁をとれよ。そうしたら、族長殿も少しは肩の荷が下りるだろう」

男たちはそう言ってスレンの肩を叩くと、逃げるように去っていった。

狼は、一度定めた伴侶《はんりょ》を失えば、新たな伴侶をとらないといわれる。

それが、牝狼という渾名に込められた本当の意味だ。

「……くっだらねえ」

面白くもない記憶を振り払うように、速度を上げる。太陽は西へと傾きつつあった。燃えるような草原《くさはら》が、スレンの緑の両目を茜《あかね》色に染めていた。


「あ！　おかえりスレン！」

集落に戻ると、羊番の子供たちが三人、転がるように走り寄ってきた。

「ねえねえ、今日はなに獲れた？」

子供たちが革袋の中を覗き込もうとするのを、指先で追い払う。

「見てのとおり土撥鼠だけだ。悪いな、今日はお前らの家に分けられるもんはねえ」

「えー。スレンが狩りに出たっていうから、今日はご馳走《ちそう》だと思ってたのに」

「そういつもいつもいい獲物にありつけるわけじゃねえよ。また今度な」

「つまんないの。俺たちも早く自分で狩りに出られるようになりたい」

な、と子供たちは頷《うなず》き合った。

「お前らにはまだ早いっての。羊の世話も満足にできないようじゃ、まず無理だな」

なんだよお、と不満の声を上げた一人を抱き上げる。そのまま馬に乗せてやると、甲高《かんだか》い歓声を上げた。

「ずるい！　俺も！　俺も乗せて、スレン！」

「はいよ。ほら来い」

二人目、三人目と背に乗せると、オロイは迷惑そうに主人を振り返った。忠実な性格の愛馬はしかし、子供たちを振り落とすこともできず、ただ鼻を鳴らすに留めた。

「じゃあさ、いつになったら狩りに連れてってくれる？」

「そうだな。手綱《たづな》から手を離しても馬が操れるようになったらだ」

「それっていつ？」

お前ら次第だよ、とスレンは矢筒から土撥鼠を射たばかりの矢を抜き出した。

「ほら、手え出しな」

鏃《やじり》にわずかに残る血と脂《あぶら》とを、子らの指に塗ってやる。草原で子供によくやる、狩りの上達を願うまじないだ。

「うええ、気持ち悪。ほんとに効くの、これ」

「さあな。嫌だったら、さっさと弓でも馬でも上手《うま》くなりな」

その時、向こうから走ってくる影が二つ視界に映った。

「こら、お前ら！　スレンが迷惑してるだろうが。下りろ下りろ！」

声に顔を上げると、子らの兄二人が腕を振り上げながらやってくるところだった。

「お前らが目ぇ離してる隙《すき》に子羊が迷ったらどうする。そうなったらお前、見つかるまで一人で探すんだぞ。夜もだ。夜の草原はこええぞ、狼だって、それ以外のもんだって出る」

子らは青くなって馬から飛び降り、一目散に羊の群れへと駆け戻っていった。

その後ろ姿を見て、兄たちはげらげら笑った。

「おい、あんまり脅《おど》かすなよ。夜中にユルタで小便漏らされても知らねえからな」

スレンと歳《とし》の近い二人は、目尻に浮かんだ涙を擦《こす》って答えた。

「そん時は俺たちが付いて行ってやるから心配ないさ。それよりスレン、また俺たちを置いていったな。狩りに出るなら呼んでくれって言っただろ」

「お前らを連れ出したら、あいつらのことは誰が面倒みるんだよ」

兄弟は揃《そろ》って肩を竦《すく》めた。族長の息子はいいなあ、と弟の方がスレンを上目遣いに見る。

「関係ねえよ。たとえ俺があの人の息子じゃなくたって、アルタナに俺よりましな腕の奴なんかいるか？」

その割に、と兄の方がにやっと笑った。

「今日の成果はずいぶん小ぶりみたいだな」

「運が悪かっただけだ。こんな日にお前らが狩りに出てたら、何も獲れなかったに決まってる。恥ずかしくて村に帰ってこれないところだったね」

「なるほどな。今日の最高の獲物が土撥鼠三匹ってわけか」

弟の方が勝手に革袋の中身をあらため、憎まれ口をきいた。

「スレン、今夜は俺たちのユルタに来いよ。酒もいい具合に仕上がったところだし、こいつを肴《さかな》にしよう。馬乳酒じゃねえぞ、ちゃんとした蒸留酒だ。お前が来たら妹も喜ぶ」

酒、と聞いてスレンはわずかに顔をしかめた。草原の民は総じて酒に強いが、スレンには当てはまらない。馬乳酒を舐《な》める程度なら問題ないが、蒸留酒となれば話は別だ。

「ちっとは酒に慣れとかねえと、後々苦労するぞ。他の氏族の連中に舐められる」

そうしたいところだけどな、とスレンは馬を下りた。

「族長に呼ばれてる。また今度な」

兄弟は顔を見合わせたが、それじゃあ仕方ない、と引き下がった。

「早いとこ族長が、例の首飾りをお前に譲ってくれるといいな。そうしたら、顎《あご》で使われることもなくなる」

「とっとと嫁をとって独立したらいいさ。スレンなら選びたい放題だ。なんならうちの妹はどうだ？　器量だってそう悪くないだろ」

スレンは兄弟の妹の顔を思い浮かべた。スレンと目が合うとはにかんだように笑う、えくぼの印象的な娘だ。たしかに可愛《かわい》らしい。だが、アルタナの他の娘たちと何が違うと問われれば、たちまち答えに窮《きゅう》する。

軽く頭を振り、「結婚はまだ、いい」と答えるに留めた。

スレンは今年十六になったが、これくらいの歳で妻を迎えるのは決して珍しい話ではない。むしろ族長の息子がまだ婚約さえしていないというのは遅すぎるくらいだ。

「いいのか？　悠長なこと言ってると、族長が南から嫁さん連れてくるかもしれねえぞ」

兄弟は笑い声を上げたが、一緒になって笑う気にはなれなかった。

「俺のことなんか心配してる場合か？　先にお前らの嫁の顔でも見せてくれよ」

「うるせえぞ、色男。俺たちはスレンと違って、向こうに選ばれるまでが大変なんだ」

スレンは笑ってオロイの手綱を引いた。

草原で振り落としたはずの苛立《いらだ》ちが、ちりりと肌を焦《こ》がす感触がした。


ユルタに戻ると、カウラが外で黒い犬に餌《えさ》をやっていた。

カウラは同じユルタで暮らしている女だが、スレンと血の繋《つな》がりはない。元は族長の弟に嫁いだが、いくらも共に過ごさないうちに夫だったその人は死んでしまった。その後もカウラは故郷に帰ることを選ばす、弟の遺した財を引き継いだ族長と暮らし始めたらしい。すべてはスレンが生まれて間もない頃の話だ。

族長とカウラの間にどんな取り決めがあったのか、考えてみれば何も知らない。ただ物心ついた頃から、ユルタの中には族長とカウラの二人がいた。それがずいぶん変わった家族の形であると初めて知ったのは、同世代の子らにからかわれた時だった。その時まで、母が二人あることを不思議に思ったことはなかった。それがスレンにとっての家で、それ以外の形を知らなかった。

カウラはちょうど放牧から戻ったところらしかった。頭から足先まで真っ黒の犬は、カウラの羊番の供だ。尻尾を振り立てながら、羊の骨に齧《かじ》り付いている。名前はない。カウラが「私の犬」と言えばこの犬を指す、ただそれだけだ。

犬が先にスレンに気づき、ひと声吠えた。吠え声にカウラが振り返ると、燃えるような赤毛が揺れた。おかえり、とカウラが目を細める。

その手に、土撥鼠入りの革袋を押し付けた。

「これしか獲れなかった。しけてるよな」

カウラが何か言う前に、先回りしてそう言った。

「そんなことはない。土撥鼠は石焼にしたら旨《うま》いし、三匹あれば二匹は干肉にまわせる」

一匹は今日食べてしまおうね、とカウラは早々に革袋から土撥鼠を引きずり出した。

「族長は？」

すでに土撥鼠の石焼に心奪われているのか、カウラは黙ってユルタを指差した。中で待っているということだろう。

「話ってなんだろうな。こんな風にあらたまらなくたって、いつでも話せるのに」

族長から直接聞けばいいことだが、舌が勝手に話し始めた。

「俺がいつまで経《た》っても花嫁を連れてこないから、痺《しび》れを切らして族長が見つけてきたとか？　俺の嫁なんかより、族長が夫を迎える方が順序としては先だろうに」

スレン、と咎《とが》める声が飛んでくるものと思っていた。しかしカウラは、手にした小刀を手の中でくるくると器用に回しただけだった。

「その答えを、私の口から聞いてどうするつもり？　さっさと行っておいで」

そう言って土撥鼠の皮を剝ぎ始めた。カウラの手元では、土撥鼠が早くも肉を陽《ひ》に晒《さら》し始めている。こうなっては、もう族長の待つユルタに入るほかない。

スレンは仕方なく、垂布《たれぬの》を捲《めく》って中に入った。

ユルタの中は、西日に焼かれた目にはずいぶん暗かった。

「角を投げて寄越さないところを見ると、今日は鹿はなしか？」

奥に座る人の形をした影が、そう言って笑った。その影こそが現アルタナ族長であり、スレンの母その人だった。

「悪かったな」

何年も前にスレンが初めて鹿を仕留めた時、興奮に任せて角をへし折り、今日のようにユルタで待っていた族長に投げつけた。『鹿を獲った！　母様、今日はご馳走だ！』と。以来、族長はスレンが狩りに出る度そのことに触れる。いい加減忘れてほしいものだが、その時の鹿角は今もユルタの中央に吊り下げられている。忘却は期待できそうにない。

「おかえり。お前のことだから、今日は帰ってこないかと思った」

「それは、信用のないことで」

「拗《す》ねるな。冗談だ」

そうだ、とスレンは遥か遠い過去のことのように思い出す。

初めて鹿を狩ったあの頃は、目の前の人のことを母と呼んでいた。そう呼ばなくなったのは、いったいいつの頃からだっただろう。族長が血の上では母ではなく、叔母だと知らされたせいではなかったはずだ。

スレンは生みの母を知らない。その人について知っているのは、族長とよく似た顔をして、瞳はスレンと同じ緑色をしていたことだけだ。スレンにとっては会ったこともない生母よりも、族長が母であることに変わりなかったし、事実を知った後はかえってむきになって族長のことを母様、母様と呼んだものだった。

さて、と族長は居住まいを正した。

「頼みがある」

族長が身を乗り出すと、天窓から差し込んだ一条の光で瞳がぎらりと光った。

「ドルガのことは知ってのとおりだ。いずれ必ず、干陀羅は白嶺山を下る。次に狙われるのはバクラムだろう。草原を守りたくば、早いうちにドルガを奪回せねばならない」

バクラムは、ドルガにほど近い白嶺山の麓《ふもと》に位置する小さな都市だ。その地はカウラの故郷でもある。

「氏族長たちと話し合って、バクラムに兵を集めることに決めた。干陀羅は今、王が死に瀕《ひん》している。しばらく大規模には軍を動かせまい。その間にこちらから討って出る」

そのために、と族長は真正面からスレンの目を見た。

「お前が必要になる。ひとつ使いを頼まれてほしい」

スレンは唇を舐めた。予想通りで、同時に聞きたくなかった言葉だった。

「……俺に、濫へ行けってことか？」

「賢い息子を持って、私は果報者だ」

族長は馬乳酒を盃《さかずき》に注ぎ、スレンにも勧めた。

「兵をバクラムに集めた隙を、濫に突かれる事態は避けたい」

わかるな、と族長は唇を馬乳酒で湿らせた。

「草原は、再び濫に協約を申し入れる」

氏族長たちが出した結論としては、至極妥当《だとう》と言えるだろう。干陀羅が草原に対して野心を見せるなら、濫と結んで対抗する。草原の次に干陀羅が目を向けるのは当然濫になるのだから、ごく自然な発想だ。

でも、とスレンは言い淀《よど》んだ。

「濫は、応じるのか？」

濫と友好を結ぶため、アルタナは十数年前に娘を二人濫へ嫁がせた。だがその試みは、当時のアルタナ族長が濫の皇帝を殺すという、最悪の形で失敗に終わったはずだ。族長がそれを知らぬはずはない。

濫へ嫁いだのは、他ならぬ族長自身と、スレンの生みの母なのだから。

しかし族長は、「もちろん」と力強く頷いた。

「濫はお前を拒めはしない」

スレンは頬が強張るのを感じた。

「皇帝と直に話すなら、族長が行った方がいいんじゃないのか」

口にしてすぐに後悔した。けれど一度放った言葉は取り消せない。

スレンが黙ると、ふ、と族長は自嘲《じちよう》気味に口の端を持ち上げた。

「私はかの国では罪人だからな。再び濫の地を踏むことを禁じられた身だ」

それに、と族長は立ち上がった。首元で、色褪《あ》せた房飾りのついた太陽紋の首飾りが揺れる。およそ一族の長が身に着けるに相応《ふさわ》しくない細工の甘い代物《しろもの》だが、族長の胸には狼牙と共にこの太陽紋が常に下げられている。スレンの耳飾りは、族長と揃いの首飾りだったのを作り替えたものだ。元は生母の持ち物だったと聞いている。幼い頃に耳に下げ、以来外し時を失ったままずっと耳朶《じだ》を埋めている。

「お前が行くことに意味があるんだ。わかるだろう」

族長の手がスレンの頬に触れた。弓を握るのに慣れた掌《てのひら》の皮膚《ひふ》は硬く、けれどスレンのそれよりは柔《やわ》い。

「引き受けてくれるか？」

スレンは族長の手を振り払う。その拍子に、耳飾りが揺れて頬を打った。

「……卑怯《ひきよう》な訊《き》き方をするなよ。これは、羊番みたいに誰かに頼んで代わってもらえることじゃない。要は俺に流れる血が、濫との交渉に必要ってことだろ？」

だから断りようがない、とスレンは族長を睨《にら》んだ。

「そのとおりだ。私のことは恨んでくれていい。だがどうか草原のために、頼む」

そう言うと族長は、深く頭を下げた。

草原のため。

族長は事あるごとにこの言葉を口にする。

しかしその言葉を聞く度にスレンの脳裏に浮かぶのは、今朝ユルタを去っていった氏族長たちのような、陰で族長を牝狼と呼び、スレンを南の子と揶揄《やゆ》する男共の顔だった。なぜあんな連中のために、自分や族長が立ち回らねばならないのだろう。

強く頭を振り、その考えを振り落とす。

「やめてくれ。余計に腹が立つだけだ」

だろうな、と族長は顔を上げ、馬乳酒を一気にあおった。苛立ちにまかせ、スレンも同じように盃を空けた。馬乳酒とはいえ頭がぼうっとしたが、顔に出ないよう気を張った。

「では、出立は三日後だ。それまでに支度しろ。村の者と存分に別れを惜しめ」

「大げさだな。ただちょっと行って帰ってくるだけのことだろ」

別に明日出発したっていい、と投げやりに答えると、族長は大口を開けて笑った。

話は終わった、と外へ出ようとすると、「スレン」と呼び止められた。

「私がお前に望むことは一つだ。わかるか?」

「わかってる。ちゃんと役目は果たしてくるさ。『草原のため』、そうだろ?」

そうじゃない、と族長は頭を振った。

「生きて、ちゃんとまたここに帰っておいで。私の望みはそれだけだ」

「……死なねえよ。それとも濫の皇帝は、使者の首を刎《は》ねるような男なのか?」

返事を聞く前に、スレンはユルタを出た。

外ではカウラがすでに土撥鼠の皮を剝ぎ終え、三つの肉塊に変えてしまっていた。

「終わった？」

「ああ。三日後には出発だとさ」

すでに承知していたのだろう、カウラは「そう」と短く答えただけだった。濫に行くのは自分だというのに、スレンがそれを知るのは他の氏族長やカウラよりも後なのだ。

いつだってそうだ。族長は多くを語らない。

「気をつけて行っておいで。ザナトが一緒なら大丈夫だと思うけど」

「ザナトも来るのか？」

ザナトは族長の二つ年下の従弟《いとこ》で、スレンは弓以外の武具の扱いはザナトに仕込まれた。スレンにとって師と言えなくもない存在だ。伸びた黒髪をざっくばらんにまとめ、顎はいつも無精髭《ひげ》に覆われているが、見た目のだらしなさとは裏腹に腕は確かだ。

「そう聞いてるけど。シリンに言われなかった？」

シリン。今では族長を本来のその名で呼ぶ人は少ない。

困った人、とカウラは息を吐き、丸裸になった土撥鼠を抱えてユルタに入っていった。

「……なんなんだよ」

胸中でつぶやいたはずの言葉は、声に出ていた。予想外に大きな声に、カウラの犬が鋭く吠えつく。

「おい、悪かったって。牙なんか剝《む》くな」

しゃがみ込んで頭を撫《な》でてやると、犬は鼻を鳴らしておとなしくなった。すぐにユルタった。


に戻る気にはならなくて、犬を抱えてその場に座り込む。

吹き抜ける風に体は震えたが、火照《ほて》った顔には心地よかった。

火の玉のような陽はやがて山の向こうへと沈み、闇《やみ》と星とがスレンを包んだ。羊たちの
鳴き交わす声、胸に抱いた犬の温《ぬく》さと獣臭さだけが、訪れたばかりの夜に溶けてそこにあった。

そうしている間にユルタの煙突から煙が上り、肉の焼ける匂いが漂ってきた。体が急に空腹を思い出したようで、生唾《なまつば》が湧いた。食べ物に釣られて戻ってきたと思われるのも癪《しゃく》だが、空腹には逆らえない。犬を下ろして入り口に回ると、話し声が漏れ聞こえてきた。

「私を送り出した時の母の気持ちが、ようやくわかったかもしれない」

スレンは慌てて、ユルタに踏み込もうとしていた足を止めた。

カウラの返事が聞こえないうちに、いや違うな、と族長は自身の言葉を打ち消した。

「母は、あれが永劫《えいごう》の別れになるとわかっていた。似ているようで、まるで違う」

返事の代わりに、ぱちぱちと脂が火に爆《は》ぜる音がした。

「カウラ。私は、あの時の父と同じことをしようとしているんだろうか」

「そんなわけない。女が嫁ぐことと、男を使いにやるのでは全然違う」

「だが草原のためとはいえ、あの子に流れる血を盾《たて》にとるのは酷なことだろう。スレンに『お前にしかできない』と言うのは脅しに等しい」

これ以上聞いていられなくなって、スレンは素知らぬ顔をしてユルタの中に踏み入った。

け始めた。

二人はさっきまでの会話などまるで幻《まぼろし》だったかのように、さっと口を噤《つぐ》んで肉を切り分
「ちょうど焼けたところだよ。ほら」

カウラが差し出した肉を受け取り、黙って口に運んだ。肉汁がじわりと舌を焼く。いつも通り旨いが、いつもより味が薄い気がした。けれどそう言っても、二人共「そんなことはない」と答えるだろう。スレンは肉の味を絞り出すかのように、殊更《ことさら》に強く噛《か》みしめた。

肉の匂いに黒犬がうるさく吠え出したので、軟骨を削いで外へ放った。犬はおとなしくなったが、スレンはすぐに後悔した。犬が吠えていてくれれば、ユルタに漂う気づまりな沈黙を意識せずに済んだだろう。


三日後の早朝、スレンはザナトと共に馬上にあった。

まだ夜も明けきらぬ薄闇の中、見送りにきた族長とカウラがスレンを見上げた。

「持っていけ」

差し出されたのは、細工の見事な鞘《さや》に納められた短剣だった。族長が時々取り出してきては研いでいるのを見た記憶がある。二匹の蛇《へび》が鞘の上で絡み合うそれは、明らかに草原のものではない。

「身分の証明を求められたら、鞘を見せろ。それで事足りる」

スレンは頷き、短剣を懐《ふところ》に収めた。別れの言葉の一つでも口にするべきなのかもしれな

いが、気恥ずかしさが別の言葉を選ばせた。

「濫の皇帝に会えたら……何か伝えること、あるか」

族長は不意を突かれたように、一瞬目を見開いた。しかしすぐに首を横に振った。

「お前の姿を見せることが、どんな言葉にもまさる便りとなるだろうよ」

傍《かたわ》らのザナトが鼻を鳴らしたが、族長に睨まれて黙った。

「ザナト。スレンを頼みます」

「心配すんな。俺が付いてたら、何も起こりようがない」

頭を下げるカウラを横目に、そうだといいがな、と族長が苦笑した。

「それより留守の間のアルタナの方が心配だよ、俺は」

「案ずるな。私とハルガン叔父上がいれば、ここは普段と変わりない」

ああそうかよ、とザナトが面白くもなさそうに頭をかいたその時、ユルタから飛び出してきた子供たちがこちらに駆けてくるのが見えた。

「スレン、南に行くの？　やめなよ、危ないとこだって兄ちゃんが言ってたよ！」

「そうだよ！　やめなよ！」

頬の赤い子供がそう叫ぶ。

「そりゃあ、ちょっと無理な相談だな」

もう行け、と族長が目で促《うなが》した。スレンは頷き返し、ザナトと共に馬を走らせる。

「あ！　待ってってば！」

三人の子らは必死に腕を振って走ったが、オロイの脚に追いつけるはずもない。そのうちに、火が付いたように泣き出した。振り返ると、中の一人が派手に転んだようだった。他の二人ももつれるように倒れ、揃ってわあわあ泣き始めた。カウラが駆け寄るが、泣き声はちっともおさまらない。子らの声に驚いたのか、羊や山羊《やぎ》までが甲高い声で鳴き始めた。女たちが何事かとユルタから顔を覗かせる。

「おとなしく村で待ってろ！　土産《みやげ》はたっぷり持ち帰るから！」

そう叫ぶと、泣き声は余計に大きくなった。しかしスレンが手を振ると、元々赤い頬をさらに真っ赤に染めながら、大きく振り返してきた。カウラもそれに倣《なら》う。女たちも、つられるようにひらひらと手を振った。

族長だけが動かず、まっすぐに立ってこちらを見ていた。

スレンは前を向き、速度を上げた。びょうびょうと吹く風が、耳を塞ぐ。おおい待てよ、と叫ぶザナトの声も、雲のように風に吹き飛ばされていく。

太陽が地平線から浮き上がった頃、スレンはようやく北を振り返った。

そこにはもう、子らも羊たちの群れもユルタも、カウラも、族長の姿もない。あるのはただ、彼方の山々と草の海だけだ。

「まったく、無茶するぜ。あんまり馬に脚使わせるなよ」

ごめん、と言ったきりスレンは黙り込んだ。

再び口を開いたのは、小さな湖のほとりで休息してからだった。

「それにしても、面倒なことになったもんだ。お前も難儀するな」

「仕方ない、生まれは自分で選べるもんじゃないから。俺よりも、お守りを言いつけられたザナトの方が貧乏くじじゃないか」

違いない、とザナトは笑った。

「ザナトは濫に行ったことあるのか？」

「ない。俺は濫人は嫌いだからな。あいつらは俺の友を殺した」

日に焼けた顔に兆《きざ》した憎悪に、スレンは一瞬身を竦ませた。

今回だってできれば行きたかないが、とザナトは舌打ちした。

「今は好きだの嫌いだの言ってる場合じゃねえからな。それに、族長に行ってこいと尻を叩かれれば嫌とは言えん。俺ぁ、狼狩りに負けた時からずっとそうだ」

族長がかつてその座を争った相手が、このザナトである。

アルタナでは、先代の長が後継を指名せず死んだ場合、血縁の中で最も早く狼を狩ってきた者が族長の座を勝ち得る。狼は通常複数人で狩るが、継承のための狼狩りは他者の手を借りることは許されない。

ザナトは湖に張った氷を割ると、水をありったけ革袋に汲んで馬の腰にいくつもぶら提げた。

「今だから言うけどよ、俺はナランが死んだって聞いた時、自分かハルガンの親父が族長になるんだろうと思ったんだよ。だってそうだろ、シリンは女だ。普通に考えりゃ、族長になるなんてことはあり得ねえ。なのにあいつ、狼牙の首飾りを持ってるのは自分だとか、代々の族長の財は自分が継ぐことになるからとか屁理屈並べまくって、結局は親父が折れたんだ。それで狼狩りなんざすることになっちまった」

「結果、見事にザナトは負けたわけだよな」

「うるせえな、そのとおりだよ。あいつあの頃おかしかったんだよ。目が血走って、鬼気迫るっていうのか？　口調まで昔と変わっちまった。まあ、わざと変えたんだろうけどな」

少しでも舐められないように、とザナトは息を吐いた。

「それであいつ、負けた俺に何したと思う？　殺したばっかの狼の腹ん中に手ぇ突っ込んで、血と脂まみれになったそいつを俺の指になすりつけやがったんだよ。『これで少しは狩りがうまくなるだろう』ってよ。俺は皆の前でとんだ恥かかされた。族長なんて、なりたがるもんじゃなかったってことだ」

そのまじないは、まだ狩りに出たことのない幼子《おさなご》に施《ほどこ》すものだ。ザナトにとっては、これ以上ない屈辱《くつじょく》だっただろう。

「その話、もう何回目だ？　いい加減聞き飽きた」

スレンはふと、ずっと疑問に思っていたが、アルタナで口にするのは憚《はばか》られたことを訊いてみる気になった。

「なあ。なんでハルガンの大叔父貴は、ザナトと族長を結婚させなかったんだ？」

師であるザナトが父だったら、というのは幼い頃によく考えたことだった。母が二人の家に不満はなかったが、その夢想は子供のスレンにとっては自然なことだった。

しかしそう口にした途端、ザナトはスレンの後頭部を引っ叩いた。

「馬鹿、そんなことシリンの耳に入ってみろ。お前じゃなくて俺が馬鞭《ばべん》でしばかれる」

だってよ、とスレンは叩かれた頭を押さえた。

「そりゃ、嫁いだ国を追い出されてすぐ違う男と結婚しろなんて酷《ひど》い話だけどさ。でも、族長は二言目には『アルタナのため』『草原のため』だろ？　だったら周りが一番納得しそうなその方法を取ったって、別におかしくねえのになって思って」

ザナトはスレンの顔をまじまじと見たかと思うと、へ、と馬鹿にしたように息を吐いた。

「図体だけでかくなっても、まだまだ子供だな。なんもわかっちゃいねえんだ」

「なんだよ。俺が何をわかってねえっていうんだよ」

「族長が再婚しねえのは、お前を次の長にしたいからに決まってるだろ。結婚して、子ができれば話がややこしくなる」

「それは俺の血のせいか？　俺を族長に据えれば、濫との関係を修復できるかもしれないって？」

ザナトは答えなかった。答える代わりに、野放図に伸びた顎鬚をさすった。

「お前、長になりたくねえのか？」

「ザナトが言ったんだろ。『族長なんかなりたがるもんじゃない』って」

「そりゃ、俺の話だ。お前なら話が違う」

スレンは鼻を鳴らした。

「わかってる。いずれ長にはなるさ。そうなるべくして生まれたんだから」

ザナトは、さっきよりもいっそう強くスレンの頭を小突いた。

「いってえな、おい」

ザナトは渋面《じゅうめん》をつくって首を横に振った。

「師匠の俺が言うのもなんだが、お前は強くなったし頭だって悪かねえ。次期族長に申し分ないはずなのに、どうしてこう覇気《はき》がねえんだろうなあ」

「仕方ないだろ。人の親を牝狼なんて呼ぶ連中を束ねることに、どうして乗り気になれる？」

ザナトは一瞬言葉に詰まったが、「そんな奴ばっかりじゃあねえだろ」とつぶやいた。

「あれこれ言う連中だって、本当はわかってるはずだ。アルタナや草原にとって、あいつを族長に据えることが最善だったと。でも奴らの頭は手入れの悪い竈《かまど》みてえに煤《すす》けてやがるから、ぶつくさ言わずにいられねえんだよ。その証拠に、女子供連中でそんなこと言う奴は見たことねえだろ。あいつ、他の氏族んとこじゃあ女たちに人気らしいぞ。自分とこの男の戦士よりもよっぽど強くて凜々《りり》しいとさ」

昔、たしかにそんなことを行商の女に言われた気がする。

母君は立派な族長ね。私もあんな風になりたい。

まだスレンがほんの子供だった頃の頼りない記憶だ。それを言った当の女の顔も覚えてはいない。駱駝《らくだ》を連れていたような気がするから、たぶん西方の女だったのだろう。

「わかってるなら黙ればいい。口を噤むことさえできない連中に、嫌気が差すのは当然だ」

ザナトは頭を振り、馬に飛び乗った。

「この話はもうやめだ。濫に行って世の中っつうもんを知れば、考えが変わることもあるだろ。たぶん」

スレンもそれに続いたが、まだ話を終わらせたくはなかった。

「嫌なんだよ。俺を族長にしたくて結婚しないなんて、まるで俺が足枷《あしかせ》みたいだ」

「族長が言ったか？　夫が欲しいと」

スレンは首を横に振った。

「じゃ、いいだろ。あいつはあいつの意志で勝手に再婚しなかった。お前が気にすることじゃねえ。族長には、カウラだっているしな」

「でも、カウラは女だろ」

なにがおかしいのか、ザナトは声を上げて笑った。

「それよりお前、まだ母親のこと族長なんて呼んでんのか。いい加減拗ねるぞ、あいつ」

「いいだろ。俺が族長を継いだら、嫌でも族長とは呼べなくなる。その時にまた、別の呼び方を考えるさ」

面白くなくて、スレンはザナトの前に出た。突き放すように速度を上げる。

「おーい、馬ぁ潰《つぶ》すなよ。歩きで濫まで行くなんざごめんだからな」

追ってきたザナトの言葉を、スレンは背で聞いた。

「そんな軟《やわ》じゃないだろ？　なあ、オロイ」

愛馬は肯定とも否定ともとれる仕草で頭を振った。


アルタナを出て七日の後に、地平線に立ち上がるものが見えた。

「あれか」

長旅を強《し》いたオロイに悪いとは思いつつ、思わず足を急がせる。

近づくと、眼前に壁がせり上がるようだった。

長城だ。

幼い頃、寝物語代わりに族長から濫の話をよく聞いた。二人の娘が濫に嫁ぐ、虚実の入り混じった物語だ。その序盤に、山のように高く聳《そび》え立つ長城も登場した。

『濫との国境には、山が生えてるの？』

幼いスレンはそう尋《たず》ねた。違う、と族長は蒲団《ふとん》の中で笑った。

『遥か昔の濫人が、草原から国を守るために長い年月をかけて築いたんだ。同時に、我らを威圧するために』

『俺たちのことが怖いの？　なんで？』

『かつて我らの祖先が濫を襲い、彼らの財を奪ったのは事実だ。だから自分たちをより偉大に見せることで、国土を守ろうとしたんだろう』

『でも、今は違うよね。お姫様たちがお嫁に行ったから、仲良くなったんでしょ』

族長はスレンの背を抱き、『そうだったら、よかったんだけどね』とささやいた。

『違うの？　このお話、もしかして悲しい終わりなの？』

さてどうだろう、と族長は言葉を濁《にご》した。

夜毎にスレンがせがんだので、物語は行きつ戻りつしながらゆっくりと進んでいった。

しかし、族長がその物語を語り終えることはついになかった。

長い物語が終わる前に、スレンは寝物語をねだるような歳ではなくなってしまった。異国の物語よりも、馬や狩猟、武芸に夢中になっていった。それ以外にも、草原で生きるために覚えることはいくらでもあった。羊や馬の去勢方法、夏営地から冬営地へ移動する際の荷の積み方、ユルタの組み立て方に血の出ない肉の捌《さば》き方。

草原の暮らしは厳しい。そこに生きる者に、物語に心奪われている余裕はない。それはほんの小さな子供の時分にだけ許される、舌の上で消えゆく蜜《みつ》のような儚《はかな》い時間だ。

しかし今、族長が声をひそめて語った物語が、目の前に聳《そび》え立っている。

物語は現実となって、壁の向こうにひしめいていた。

二章

悪臭が立ち込めていた。この街では、すでに慣れた匂いだ。

皆、無言だった。飛び回る蠅《はえ》だけが、耳障《みみざわ》りな羽音を立てていた。

戸口から差し込んだ光に照らされた光景は、無慈悲だった。

人の体が二つ、宙に揺れていた。梁《はり》からは二本の荒縄がぶら下がり、二つの首と繫《つな》がっている。足元には、伏した子の姿があった。

誰かが呻《うめ》くように言った。

「何軒目だ？」

答える者はなかった。

誰にも答えようがなかった。もはや、数えている者などいなかった。

男たちは布で鼻と口を覆《おお》い、家の中に踏み込んだ。荒縄の輪を鎌で切り、吊り下がったままの住人を二人がかりで降ろしてやった。うつ伏せに倒れた子を仰向けにすると、舌がでろんと口からはみ出した顔が現れた。首元には、赤黒い指の痕《あと》があった。

大路で飯屋を営んでいた一家だった。もっとも、店はずいぶん前から閉めてはいたが。

親子三人を簀子《すのこ》に乗せ、男たちが砂塵《さじん》の舞うおもてへと担《かつ》ぎ出す。葬式は出せない。街外れの墓地へと運び、埋めるだけだ。棺《ひつぎ》も供物もそこにはない。この街にはすでに、人の死を弔《とむら》う余力がない。

骸《むくろ》が運び出されてしまうと、残った女たちは家の中を隅々《すみずみ》まであらためた。しかし家は文字通り空っぽだった。棚という棚をさらい、床板を剥がしてなお、何も見つかることはなかった。

最期に少しでも腹を満たそうとしたのか、竈《かまど》には煮炊《にた》きをした跡があった。

女たちは虚《うつ》ろな目で、さっきまで夫婦が吊り下がっていた真下の床を見つめた。垂れ落ちた糞尿《ふんにょう》がつくった染みが、遺体がなくなった今も嫌な臭いを放っていた。

「どうせ死ぬなら、食い物残してってくれりゃあよかったのに」

一人がぽつりと零《こぼ》した言葉に、応《こた》える者はやはりなかった。

ふと、戸口に差した影に女たちは顔を上げた。

「ああ、無忌《むき》様。来てくださったんですか」

生気の薄い女たちの頰《ほお》を、微笑が窪ませた。

家の中に入ってきた男は、梁に垂れ下がったままの二本の縄を目にして言った。

「……子は？」

「きっちり親が連れて行きましたよ」

真面目な夫婦だったから、と女たちは息を吐いた。

　そうか、と無忌と呼ばれた男はわずかに顔をしかめた。

「無忌様、そんな顔をなさいますな。一人遺されるよりは、親と共に冥府《めいふ》へ連れ立った方が幾分かはましでしょう」

　無忌は答えなかった。縄の下へしゃがみ込み、何事か唱えた。

　それきり家の中はしんと静まり返ったが、その静寂を混ぜ返すように、おもてで蹄《ひづめ》の音がした。いくらもしないうちに、男たちの怒号が聞こえてくる。

　女たちが不安げな顔を見合わせるより先に、無忌は立ち上がった。

「お前たちはここにいなさい。出てきてはいけないよ」

　無忌は騒動の元へと駆け去った。女たちは息を詰め、こわごわと戸口の外を覗《のぞ》き込んだ。

　大路で、遺体を荷車に載せた男たちと州府の役人たちとが言い争っていた。

「孫《そん》家の者は、どこにいると訊《き》いている」

「知らねえって言ってるだろ。見てわかんねえか、俺たちゃこれからこいつらを埋めてやんなきゃなんねえんだよ。そこどいてくれや！」

　男たちが馬上の役人に嚙《か》みつくと、轡《くつわ》を取った従者が鼻を鳴らした。

「弔うような金があるなら、さっさと州府に納めるがいいだろうよ。そうすれば、我らもこんな腐肉の臭う街に足を運ばずに済む」

「てめえ！」

　男の一人が振り上げた腕を、駆けてきた無忌の手が摑《つか》んだ。

「よしなさい。こんなことでお前が牢に入れば、妻子はどうなる」

男は悔しそうに奥歯を軋《きし》ませたが、それでも拳《こぶし》を下げた。

従者はぺっと唾《つば》を吐いた。

「こいつが生きてたところで、どうせそのうち一家共々死ぬことになるだろうよ。そこの連中みたいにな！」

黙れ、と馬上の役人が従者を一喝《いっかつ》した。

「孫祭官長だな。再三の催促にも応じず、今さらのこのこ姿を見せるとは」

笠をかぶった老官吏《かんり》は馬を下りず、無忌を見下ろして言った。

「最後の通告に参った。これ以上の猶予《ゆうよ》は認められない。まだ出し渋るというなら、お上への叛意《はんい》ありと見なすが、いかがか」

「出せるもんがあんなら、とっくに出してんだよ！」

血気に逸《はや》る男たちを、無忌は腕で制した。

「我らも好きこのんでお待たせしているわけではない。しかし、盧郷《ろごう》はご覧の有様です。どうして往時と同じ額が納められましょうか」

「その件については、儂《わし》の方からも朝廷にお伺《うかが》いは立てた。どうかこの枯れた土地に温情を、と。しかし陛下のご返答は『否《いな》』である」

その言葉を聞いた女たちの一人が、思わず悲鳴にも似た声を上げた。

役人たちの視線が、戸口から顔を覗かせた女たちに集まる。

「なんだ、まだ若い女がいるんじゃねえか。出し惜しみしやがって」

「こいつらが骨と皮になる前に売りな。そうすりゃ少しは足しになるだろうよ。それともその前に、俺たちにちっとばかし貸してくれるか？　賃料は払ってやるからさ」

役人たちは下卑《げび》た笑い声を上げた。

男の一人が、鎌を振り上げたことに気づく者はなかった。先刻、梁から吊り下がった夫婦の荒縄を切った鎌だ。

中天にまで昇った太陽が、刃を銀色に煌《きら》めかせた。

無忌はその光に、眩《まぶ》しい、と一瞬目をつむった。

再び目を開いたその時には、鎌の切っ先が従者の喉笛《のどぶえ》に突き刺さっていた。

風が、悲鳴を砂塵と共に巻き上げた。

「捕らえろ！」

老官吏が命じると、鎌を握りしめたままの男は地面に顔を押さえつけられた。

「孫殿。税の納入をここまで遅らせた挙句に州府の人間を殺《あや》めたとあっては、もはや廬郷に先はありませぬな」

老官吏はそう言ってやれやれと肩を落とした。

「残念なことだ。儂もここまで手を尽くしてきたが」

しかしその口元には、かすかな笑みがあった。

それを目にした瞬間、無忌は懐《ふところ》に携《たずさ》えた短刀を抜き出し、馬の額《ひたい》に突き立てていた。

けたたましくいななないて馬は棹立《さおだ》ちになり、老官吏は地に転げた。

「やめ……」

命乞いすら喉から発されぬまま、皺《しわ》の刻まれた額に短刀が振り下ろされた。

それを合図としたかのように、男たちが役人共に飛び掛かり、鎌を振り上げた男を救い出した。騒ぎを聞きつけた住民たちも加わり、役人たちを容赦《ようしゃ》なく殴り、腹を蹴《け》った。骨の折れる感触が拳や爪先《つまさき》にあっても、彼らが手を止めることはなかった。

無忌はその光景をぼうっと眺めていた。やめろと叫ぶことも忘れていた。いつか来ると予感した光景がようやく目の前に現れただけだという、乾いた感慨《かんがい》だけがあった。

主を失った馬が、大路を駆け去っていく。

嵐が過ぎ去った時、死体は新たに六つ増えていた。

怒りの矛《ほこ》先を失った男たちは、その場にへたり込んだ。

無忌一人が、その場に立っていた。縋《すが》るように住民たちは無忌を見上げた。

「悪いな、お前たち。私のせいで、もう後戻りはできなくなった」

「違います、無忌様！　最初に俺がお役人を殺しちまったから、あなたは……」

無忌は強く頭を振った。

「いいや、違う。私が指示したのだ。お前たちはそれに従っただけのこと。いいな？」

そう言うと、無忌はくるりと北へ踵《きびす》を返した。

「ど、どちらへ？」

「弟に顚末《てんまつ》を伝え、今後のことを相談する。お前たちは、しばらく天廟《てんびょう》へ近づくな」

住民たちは無忌の常ならぬ形相に息を呑《の》み、こくこくと首を縦に振った。

「なに、心配するな。お前たちのことは、我ら双子が……孫家が必ず守る」

無忌はそう言い残すと、血の滴《したた》る短刀を手にしたまま、北の天屹山《てんきつざん》へと消えていった。


長城を抜けると、スレンは目を丸くした。

景色や物音が、波のごとく押し寄せる。

水路を行く舟、通りを埋めるように立ち並ぶ店、その合間をすり抜けるように器用に天秤棒《てんびんぼう》を担いで歩く物売り、天に突き刺さるかのような高楼《こうろう》、髭《ひげ》をたくわえた誰かの塑像《そぞう》。すべてが生まれて初めて目にするものだったが、何より人の多さに圧倒された。まるで羊のように人が群れをなし、街を行き交っている。

「こりゃあすげえや」

ザナトの声で我に返る。

「いくらなんでも人が多すぎるだろ。濫《らん》の街ってのはみんなこうなのか？」

「いや、ここは濫の中でも結構栄えてる街だって聞いてる。冠斉《かんぜい》って言ったか？　草原から西域《さいいき》から来た連中が、この街を通るからだろ」

「それにしたって多い」

視界に入る物の量に眩暈《めまい》がする。草原では、空、草、羊、ユルタ、それでおしまいだ。

目だけでなく、鼻や耳にも刺激が次々飛び込んでくる。河から漂う生臭さや、人の体臭。押し寄せる種々の臭いに、スレンは軽い吐き気さえ覚えた。行き交う人々が平気な顔をしているのが不思議なくらいだ。しかし突っ立ったままでいるのも気恥ずかしく、何でもない顔をしてオロイの手綱《たづな》を引いた。

通りを歩き出すと、不快な臭いを押しのけて、方々から食欲を刺激する匂いが漂ってきた。初めて嗅《か》ぐ匂いばかりだというのに、不思議と生唾《なまつば》が湧いてくる。

「もう夕方だし、さっさと宿をとろう。……腹も減ったし」

おう、じゃあ頼んだぞ、とザナトはスレンの肩を叩いた。

「頼むぞって、おい。ザナト、もしかして濫語しゃべれないのか?」

「なんで俺が話せると思うんだよ。多少はわからんでもないが、まあ片言ってやつだ。お前は族長に仕込まれてるだろ」

「片言だって、宿くらい探せるだろ」

言い合っていると、誰かと肩がぶつかった。

見ると、頭髪もすっかり白くなった老婆《ろうば》が足元をふらつかせて尻もちをついた。その拍子に、懐から何かが零れ落ちる。

「おっと、悪い。大丈夫か」

手を差し出すと、老婆の茫洋《ぼうよう》とした目にさっと怯《おび》えと嫌悪の色が兆した。その目に、自分がここでは「異民」なのだということを思い出す。

「立てるか？　ほら、これ落としたぜ」

老婆が向ける感情に気づかなかったふりをして、スレンは落とし物を拾い上げた。

それは、指の長さほどの奇妙な土人形だった。背を貼り付けられた二つの人形が、赤い紐《ひも》で一つに結ばれている。見ようによっては、まるで縛り上げられているかのようだった。

「これ、なんだ？」

スレンがよく見ようと人形を目の高さまで掲げようとすると、老婆にひったくるように取り返された。まるでスレンが人形を盗みでもしたかのように睨《にら》みつけられる。

「おいおいお袋、拾ってくれたお方にその態度はねえだろうよ」

駆けてきた鼻先の赤い男は、すいませんねえ、お袋はどうも最近ぼうっとしちまってて、と頭を下げた。

「いや、ぶつかったのは俺の方だし。怪我ないか？」

「お袋、怪我はないかってよ。うん？　うん、ないんだな、そんならいいよ。大丈夫みたいです。足止めしちまって申し訳ないことで」

「やめてくれ、謝るのは俺の方だ。それよりどこかいい宿を知らないか？　厩《うまや》のあるところがいい」

男は「それでしたら」と掬水楼《きくすいろう》という宿の名と道順を教えてくれた。

「助かった。恩に着る」

男は一礼して背を向けると、老いた母の手を引いて「よくよく気をつけなきゃいけねえよ、お袋」と小言を並べ始めた。その声は、常人であれば雑踏に紛れて聞き取ることなどできなかっただろう。しかし人より五感の優れたスレンの耳には、はっきりと聞こえた。

「どうした、スレン」

ザナトに問われ、顔が強張《こわば》っていたことに気がつく。

「いや、なんでもない。行こう」

そう言うとスレンは親子の背から視線を外し、教えられた宿へと足を向けた。


「かえって助かっちまったなあ」

無事に掬水楼に房《へや》を取り、宿の一階で営まれている飯屋で二人は食事にありついた。

濫の料理の名などわからない二人は「なんでもいいから旨《うま》いものをくれ」と注文した。運ばれてきたのは、食材が何かもわからない、黒っぽい見た目をした代物《しろもの》だった。匂いを嗅いでも正体がわからない。これは何だと尋《たず》ねると、「草魚《そうぎょ》の揚げ漬け」だと答えが返ってきた。

「ザナト、魚って食ったことあるか」

「一回だけ、行商の奴が置いていったやつなら。臭くて食えたもんじゃなかったけどな」

しかし少なくとも目の前の料理は臭くない。むしろ芳《かぐわ》しい匂いを立ち上らせている。

族長の寝物語の端々に、濫の料理も登場することがあった。耳馴染《なじ》みのない名の美味についてうっとりと語る族長の顔を眺めながら、スレンは生唾を溜めたものだった。

ようやく想像ではなく本物の濫の料理にありつけるのだ。この草魚の揚げ漬けとやらも見た目は不気味だが、試してみる価値はあるだろう。

不器用に箸《はし》を持ち上げ、おそるおそるつついて身をほぐした。真っ黒な皮から、白い身がほろりと姿を現す。二人はなんとなく目を見かわして頷《うなず》き合うと、同時に口に入れた。

咀嚼《そしやく》してしばし、ザナトが唸《うな》るような声を上げた。

「……旨い」

一口目を飲み下すと、あとは貪《むさぼ》るように箸を進めた。甘酸《あまず》っぱい餡《あん》が香ばしく揚げられた魚の身に絡み、一口食べるともう一口が欲しくてたまらなくなる。慣れない箸を使うのももどかしくなり、途中から小刀を借りて骨から身を削ぎ、夢中で食べた。

背骨を残してすっかり食べ終えると、ザナトは天井を仰いだ。

「思い出したぞ。シリンが濫から帰ったばっかの頃、からかい半分に『南が恋しくないか』って訊いたことがあった。その時あいつ、『濫の飯が恋しい』って答えたんだ。冗談とばかり思ってたが……」

「たぶん、本気だったんだな」

ザナトは上機嫌で酒と肴《さかな》を追加した。スレンは次に何を頼むべきか吟味《ぎんみ》すべく、周囲の卓子《つくえ》に目を走らせた。隣の客が頬張っている白い皮で肉が包まれているあれは、族長が特に気に入っていたらしい包子《ぱおず》なるものではないか。

「お前も呑むか？」

「いらねえよ。俺が潰《つぶ》れたら、二階の房まで負ぶってってくれんのか？」

御免だな、とザナトは肩を竦《すく》めた。スレンは店の者を呼び、「隣の客と同じものをくれ」と頼んだ。ちょうど蒸し上がったところだったのか、すぐに蒸籠《せいろ》が卓子に並んだ。

熱々のそれに歯を立てると、白い皮に歯がふかりと沈んだ。小麦の甘味が口全体に広がる。遅れて肉の餡に歯が届き、途端に肉汁が流れ出した。肉の旨味が舌を焼く。滋味を口全体に広げるように、大きく口を動かして嚙みしめた。口を開けば旨味が逃げていきそうで、声も発せない。ザナトが残る一つに手を伸ばそうとしたので、スレンは無言で蒸籠を自分の方に引き寄せた。

「おい！　二つあるのに一つもくれねえのか」

スレンは口の中の包子を十分に咀嚼し味わってから飲み下した。

「食べたいなら自分で頼め。これは俺のだ」

ああ意地汚ねえ、けち野郎、とぼやくザナトを後目《しりめ》に、スレンは大口を開けて二個目にかぶりついた。一個目と同様、もしかしたらそれ以上の幸福感が口の中に広がった。

族長に持って帰ってやれたらいいのに、と空になった蒸籠を見ながらスレンは思った。持ち帰れないまでも、草原で作れないものだろうか。肉は問題ないとして、皮は行商から麦を買って粉にし、練って伸ばせばなんとかなる気がする。

「お客さん、包子気に入った？　北の人、だいたいそれ気に入る。異民の口にも合う」

店の者が、片言の草原の言葉でそう話しかけてきた。とても旨かった、そう答えながらも、「異民」という響きが硬く耳に残った。

ふと、先刻の親子の会話が耳に蘇《よみがえ》る。

――お袋よお、異民と揉め事になったらどうすんだよ。あいつらは荒っぽいから危ねえって。まったく、異民が増えてこの街も歩きにくくなったもんだな。

あの親子の言葉には、ありありと敵意が滲《にじ》んでいた。しかしそれよりよほど、彼らの会話には引っかかるものがあった。

――それに、その人形。いい加減返しに行こうや。お袋がそれ持ってるとかみさんの機嫌が悪いんだよ。今の世じゃあ、双子なんて生まれたってちっとも有難がられねえの。産むのも育てるのも大変だしな。うちはそんな御大尽《おだいじん》じゃねえんだから……時代が変わったんだよ。な、ほら、今年は豊漁で、ちょっとの間家を空けたって大丈夫だから――

「なあ。濫は、双子を有難がるって話じゃなかったのか？」

「急に何の話だ？」

ザナトは酒の最後の一滴まで出し切ろうと、酒器を逆さに振っているところだった。

「族長は双子が欲しいと乞われて濫に嫁いだんだろ？　それなのに、さっきの親子は『もう有難がられない』『時代が変わった』って言ってた」

「相変わらずの地獄《じごく》耳だな」

ザナトはおとなしく追加の酒が届くのを待つことにしたらしく、酒器を置いた。

「いろいろあんじゃねえのか。濫は、ほら、双子帝の片方がよくねえ死に方しただろ。それであんまり双子ばっか大事にするのもどうかってなったとか」

よくない死に方。当時のアルタナ族長ナランが策謀に嵌《は》められ、皇帝の一人である燕嵐《えんらん》を殺した。ナランは現族長の弟であり、燕嵐はスレンの父にあたる人だ。叔父が父を殺したことになるが、スレンは二人の顔さえ知らない。どちらもスレンが母の腹にいる間に死んだ。その母も、スレンを産み落として亡くなっている。

「それだけのことで、何百年も続いたものが急に廃《すた》れるもんか？」

「あら。どうしてだか、知りたい？」

急に割り込んできた声に、スレンとザナトは顔を上げた。

見れば、女が卓子にしなだれかかるようにして立っている。服装も顔も濫人のものだが、話す言葉は草原のそれだった。さっきの店の者より、よほど流暢《りゅうちょう》だ。

「北の言葉をなんで話せるのかって？　お客さんに習ったのよ。この冠斉にも、昔よりずっと草原の人が来るようになったからね。商売柄、話せると何かと便利だから」

女は断わりもなく隣に座った。粧と香とがきつく匂う。しかしそこに座ることが当然とばかりの自然な動作だったので、スレンもザナトも咎《とが》める機会を失った。女は若く見えるが、目尻には皺が寄って白粉《おしろい》が溜まっており、実際の歳《とし》は窺《うかが》い知れない。大きく開いた胸元はほんのりと紅《あか》く、スレンは目を逸《そ》らした。

「あんた、異民相手に商売してるのか？　皇帝が一人異民に殺されたってのに」

あら、と女は眉を上げた。

「それはそれ、これはこれよ。別に異民の出入りが禁じられたわけじゃなし。じゃあ訊くけれど、あなた、濫人はお好き？」

女はそう言ってザナトの鼻先を指差した。

「いや、別に」

女は満足げに鼻の穴を膨らませた。

「そうでしょ？　でもこうして、何か事情があるから濫にいる。皆そんなものでしょ」

余計なこと言って話の腰を折らないで頂戴《ちょうだい》、と女は赤い唇を尖《とが》らせた。

「ええと、なんで双子が有難がられなくなったかって話だったわね。魏帝《ぎてい》陛下がお隠れになってから、『官を登用する際、双子だからといって優遇はしない。街や里ごとに双蛇《そうじゃ》廟の数に上限を定める』ってお触れが出たのよ。反発ももちろんあったけど、天子様はどうしても譲らなかったみたい」

今の陛下は元々それほど信心深い方じゃなかったしね、と女は卓子の下で足を組んだ。

「そのせいで、双蛇廟が決められた数以上ある場合は別のものに作り替えなきゃいけなくなったりしてね。でも、双蛇様がこの間までいらしたところに手を入れるのも恐ろしいでしょう？　それで結局、双蛇様以外の神像を後から入れて、名目上は違う神様の廟だってことにしたりしてね。でもそれは良い方で、大半は扁額《へんがく》だけ下ろしてはみたけど、結局中身はそのままで放置されてるってのが実情ね」

それって、とスレンは思わず口を挟んだ。

「結局、帝《みかど》の命令は意味なかったってことか？」

女はからからと笑い、勝手に自分の分の酒を注文した。

「さあ、あたしみたいなのにはよくわからないけれど。でも、ちゃんと実力のある人が地位につきやすくなったのはいいことなんじゃない？　おまけに廟が減れば、その分の上納金が減るしね。陛下の父君の時代なんか、双蛇廟が雨後《うご》の筍《たけのこ》みたいにたくさん建っちゃって大変だったんだから。諸公たちが揃《そろ》って先帝におもねって、廟はどんどん増やすし、有名な廟――天廟や宗廟なんかにどれだけ寄進したかを競うのが流行《はや》ってね。それで入用の銭は民草に求めるってんだから、笑っちゃうわよ」

あの頃はちっとも笑えやしなかったけど、と言った女の目に剣呑《けんのん》な色が一瞬浮かんで、すぐに消えた。

「それに比べたら、今の方がずっといい。まあ、一部の春官とか、せっかく双子に生まれついた人なんかはたまったものじゃないんでしょうけど。十何年経《た》った今でもぶつくさ文句垂れてるわよ。陛下ご自身が、双子に生まれついたからこそ帝位についたのにってね」

そういうことか、と先刻の親子の話がようやく腑《ふ》に落ちる。老婆が持っていた土人形は、おそらく双子産祈願のお守りなのだろう。古い人間は今でも純粋な信心から双子の誕生を願うが、息子にしてみれば古臭い考えに映るといったところか。

スレンは鼻を鳴らした。

「勝手なもんだな」

「まあ、そうとも言えるかもね。こんな罰当たりなことしたら、いつか災いが起きるって言う人もいる」

女は運ばれてきた素焼きの酒器と盃《さかずき》を受け取り、ザナトに酌《しやく》を始めた。

スレンは双蛇の扱いがどうだろうと構わない。ただ、皇帝の言葉一つで覆《くつがえ》るようなもののせいで母——族長と、それから生みの母——の運命が大きく捻《ね》じ曲がったことを思えば、馬鹿馬鹿《ばか》しいと悪態の一つもつきたくなった。

「でも、瑶帝《ようてい》陛下お一人の治世になったこの十数年は、大きな天災も戦《いくさ》も起こってない。双蛇様も許してくださってるって、そう思ってもいいんじゃない？」

酒のせいか、潤んだ目で女はスレンを見た。

「あなたは呑まないの？　下戸《げこ》？」

「下戸じゃない。草原の男に対して、それは侮辱《ぶじよく》だ」

スレンは女を睨んだが、あらごめんなさい、だって呑んでなかったから、と怯《ひる》むどころか手に軽く触れてきた。

「呑めるなら、一杯どうぞ」

まるで自分の酒かのように女は盃を満たし、スレンの前に置いた。スレンはそれを一瞥《いちべつ》したが、無視を決め込んだ。しかし女はそんなことではめげなかった。

「お兄さん方、もう北に帰るところ？　それともこれから用事を済ますのかしら？　どちらにしろ、旅の土産《みやげ》に濫の女と遊んでおくのも悪くないと思うけど」

「悪いが、いらん」

突き放すつもりで濫語で答えた。

「いろいろ教えてくれて助かったが、話が済んだんなら向こうへ行け。話し賃が足りないなら、もっと酒を奢《おご》ってやる」

女は驚いたようにスレンの顔をまじまじと見た。

「ずいぶん綺麗《きれい》な濫語を話すのね。訛《なま》り一つない。まるで都の……永寧宮《えいねいきゅう》のお人のよう。あなたに濫語を教えたのは、結構な貴人なの？」

女の生白い手が伸びてきたので、払い除《の》けた。

「そんなに邪険にしなくてもいいじゃない。お兄さん、濫の血が混じっているでしょう？異民の客もたくさん相手にしてるから、わかるのよ。並の濫人には見破れないでしょうけど、あたしの目はごまかせないわよ」

あら、と女はスレンの瞳に目を留めた。

「それに、珍しい目の色。西方の血も入ってるのかしら？」

女はくすりと笑いを漏らした。

「それなのに『草原の男』だなんて、おかしなことを言うものね。だからお酒も弱いの？」

スレンは我慢ならなくなって、音を立てて椅子《いす》から立ち上がった。周囲の酔客たちが、何事かと振り返る。

「怒ったの？　かわいいこと」

スレンは腹立ちまぎれに盃を取り、一気に空けた。女がきゃらきゃらと笑って手を叩く。おい、とザナトの声が追いかけてきたが、振り返る気にもなれずに宿の外へ飛び出した。

「俺は、草原の人間だ」

それ以外の何物でもない。

言い聞かせるように声に出したが、腹の底に湧いた苛立《いらだ》ちは収まらなかった。

このままオロイに飛び乗り、草原へ帰りたい衝動に駆られる。だが、帰ってもどうにもならない。役目を果たさず戻れば、それこそ「血筋すら生かせない南の子」「牝狼《めろう》の子は、狼どころかただの犬」という評が残るだけだ。

結局、定められたことを定められたとおりにやるしかない。

酒の通り過ぎた喉が熱く、頭がぼうっとする。濫の酒なんてどうせ大した強さじゃないだろうと高を括《くく》っていたが、そうでもなかったらしい。

スレンは通りを足早に行き、やがて駆けた。早くも酒が回り始めたのか、足が思うように上がらない。草原であればオロイを駆けさせることができるのに、この街中ではそれもできない。馬上で感じるものに比べれば、頰を掠《かす》める風も温《ぬる》く、息が上がって苦しいばかりだ。それでもスレンは、走るしか苛立ちを鎮める術《すべ》を知らなかった。

足を止めたのは、大河に突き当たったからだった。対岸が霞《かす》むほどに川幅は広い。

弾む息を整えながら、河縁《かわべり》に繋ぎ止められたいくつもの舟が川面で揺れるのを眺めた。

西日に輝く水面が目を焼き、まばゆさに瞬《まばた》きを繰り返す。

河原に人の姿は見当たらなかった。ちょうどいい、とスレンは河に沿って歩き出した。しばらく歩けば、酔いも抜けるだろう。

河は凍ることなく滔々《とうとう》と流れている。この大河に比べれば、ザナトと立ち寄った草原の湖などただの水たまりのようなものだ。草原に雨は滅多に降らず、水は貴重だ。それがこんな風に惜しげもなく流れ続けているのを見ていると、なぜ濫には豊かな水があって草原にはないのかという、見当違いな怒りが湧いてきた。

苛立ちに任せ、小石を河に向けて蹴り飛ばす。小石はほんの一瞬水面に波紋をつくり、大河の流れに為す術なく飲み込まれていった。

水面から目を上げたその時、視界の端に何かが映り込んだ。上流に目を向けると、遥《はる》か遠い中洲《なかす》に何かが建っているのが見える。屋根の天辺に座す像が、茜《あかね》色の空に黒く浮かび上がっていた。目を凝《こ》らすと、絡み合った二匹の蛇《へび》だと知れた。族長から預かった短剣の鞘《さや》に彫られているのとよく似た姿だ。とすれば、あの建物は双蛇廟だろう。

近づいていくと、贅《ぜい》を凝らした円形の廟が目の前に現れた。壁から柱や庇《ひさし》、屋根瓦《がわら》にいたるまで、びっしりと細かな彫刻に覆われているのが薄闇《うすやみ》の中でも見て取れる。細工師の執念さえ感じさせる緻密《ちみつ》さに、スレンの口からは乾いた笑いが漏れた。これでは美しさよりも、禍々《まがまが》しさが勝る。

獣《けもの》を意匠とした彫刻が多いようだった。中には空想上のものと思われる、化物じみた外見のものも交じっている。そのすべてが、天を見ていた。まるで屋根に頂かれた双蛇を仰ぎ見るかのように。

しかし精巧な彫刻に覆われたその廟は、豪奢《ごうしゃ》なつくりとは裏腹にうらぶれた印象をスレンに与えた。それはなにも、彫刻すべてが黄昏時《たそがれどき》の陽《ひ》が作り出す影で縁どられているせいだけではなかった。よくよく見れば彫刻の隙間《すきま》を苔《こけ》が埋め、廟全体を薄く緑に染めている。中洲から張り出した舞台に目をやれば、床板は腐っていくつも穴が空き、欄干《らんかん》はこびりついた鳥の糞で白く光っていた。

現状は、打ち捨てられているようにしか見えない。宿で出会った女が言っていたように、定数からあぶれた廟なのだろうか。しかしたとえ数に制限があったとして、ここまで手をかけて造られた廟を捨てるだろうか。

ひとしきり眺めまわして、スレンはびくりと体を震わせた。

廟のそばに、誰かがぽつねんと立っている。酔いの見せる幻覚かと思ったが、どうやらそうではない。何をするでもなくただ立ち尽くすその人物の顔は逆光で窺い知れないが、体格からして少年のように見えた。

すると、スレンの視線に気づいたのか、影が大きく手を振った。

「おーい、そこの！」

スレンは身じろいで、周囲を見回した。しかし夕暮れの河原にスレン以外の人影は見当たらない。仕方なく、中洲に向けて声を張った。

「俺に言ってるのか？」

「他に誰がいる！　ああよかった、これで助かった」

背格好や声の高さからするとスレンより幾分年下に思えたが、口調はずいぶん横柄《おうへい》だ。

「手間をかけるが、その辺の舟でここまで迎えにきてくれ！　礼ははずむ！」

見れば、中洲の周りに舟は見当たらない。

「お前、舟もないのにどうやってそこまで行ったんだよ？」

「来る時はちゃんと船頭に送ってもらったんだ！　でも、気がついたらこんな時間で、周りに誰もいなくて……。ちくしょうあの船頭の爺《じじい》、僕が別の舟でとっくに帰ったものだと思い込んだんだろう。確かめもせずに置いていきやがって」

誰かの手を借りるしかない状況にありながら怒り散らす少年に呆《あき》れはしたが、見なかったことにもできない。言動や身なりからして、おそらく貴族か豪商の子息だろう。無事に送り届けてやれば、うまくすれば次の街への道案内くらい手配してもらえるかもしれない。

「わかった、待ってろ。今そっちに行くから」

「なるべく早く頼むぞ！」

気が抜けたのか、少年はへなへなとその場に座り込んだ。不気味な廟のそば、暮れていく陽を一人で見ていることしかできなかったのかと思うと、さすがに不憫《ふびん》にもなる。

スレンは舟を操ったことなどない。だが舟と櫂《かい》がそこにあるなら、なんとかなるだろう。これまで、初めて触れる武具であっても多少鍛錬すればそれなりに扱えたし、馬だって最初から振り落とされることなく乗りこなせた。舟も似たようなものだろう。意志を持って暴れない分、馬よりも扱いは楽なはずだ。

舟を繋いでいた綱を短剣で切り、櫂を手に取った。暗い水の上を漕《こ》ぎ出していくと、さすがに鼓動《こどう》が速まった。酒で火照《ほて》った頭が、河を渡る風に醒《さ》まされていく。

櫂を握る腕と肩とに、水流の力がいっぺんに加わる。河の流れは、見た目よりもずっと激しいらしい。これでは泳いで渡り切ることなどとても無理だろう。

馬よりましだろうと舐めてかかった自分に舌を打つ。小舟が危なっかしく揺れる度に、腹の中のものを吐き出しそうになった。やっぱり酒なんか飲むもんじゃない、と酸っぱい臭いを無理矢理に飲み下す。舟がひっくり返らないように悪戦苦闘し、なんとか中洲に辿《たど》り着いた頃にはへとへとになっていた。

「ほら、来い」

廟から張り出した舞台に舟をつけると、少年に向かって手を伸ばした。少年はよろよろと立ち上がり、舞台を小走りにやってきた。歳の頃は十三か四くらいだろうか。

少年の手を摑むと、正面から視線がかち合った。その瞬間、少年は驚いたように両目を見開いたかと思うと、手を放した。

思わず顔が強張る。辺りの薄暗さや不安のせいで、スレンの容貌《ようぼう》や格好まで確認している余裕などなく、今やっと助けを求めた相手が異民だったと気がついたのだろう。

「お前……」

掠れた声が少年の喉から漏れた。

「なんだ？　俺は見てのとおり異民だ。助けを呼んだのを今になって後悔したか？」

「別に、そんなこと言ってないだろ」

夕闇の中でもわかるくらい濃く、少年の頬に朱が差した。

「ただ、ちょっと驚いただけだ。濫語を話していたから、てっきり濫人だとばかり……」

「そうなのか？　そりゃ、悪かったな」

スレンは棘《とげ》のある言葉を恥じた。先刻の親子や宿屋の女、それに飲みつけない酒のせいで、頭に血が上っているのかもしれない。

「いい、別にそんなことは。それより恩に着る。助かった」

「感謝しろよ。俺が通りかからなかったら、ここで一晩凍《こご》えながら過ごすことになるところだったぞ」

少年はその可能性に今さら思い至ったのか、ぶるりと身を震わせた。

「もう行こう。さっさと出してくれ」

少年は今度は自分からスレンの手を握った。スレンは少年の手をぐいと引き、身体を担ぎ上げた。悲鳴が上がったが、無視して積荷のように舟に転がす。

「おい！　もう少し他にやりようがあるだろう！」

「暴れるなよ。河に落ちたら、二人揃って溺れ死ぬぞ」

「そんなでかい図体してるんだから、泳いで助けることくらいできるだろ」

「図体は関係ないだろ。それに俺は今酔ってるから、たぶん無理だ」

「酔ってる？　お前、いくつだ。十四の僕とそう変わらないだろう」

「十六だ。濫ではどうだか知らないが、草原では子供だって酒を飲む」

威張って言うことか、と憤慨しながらも少年はおとなしくなった。冷たい水の中に落ちたくはないのだろう。少年が黙ってしまうと、ぎい、ぎいっと櫂を動かす音だけが響いた。

「ところでお前、なんであんなところに一人でいたんだ？」

「……見ておきたかったからだ」

少年はさっきまでいた中洲の廟を振り返った。

「あの廟を見てどう思った？」

「どうって。馬鹿みたいに立派なもんだと」

「それだけか？」

「その割には手入れがよくねえなと思ったけど」

少年は盛大な溜息を吐いた。

「そうだろ？　それくらい、信心のない異民だって感じることなのに。嘆かわしいことだ」

少年は悪気なくそうつぶやいた。スレンは、しばし少年の脇腹を櫂で突いて河に落としたいという欲求と戦った。

「お前。一言余計だって、人に言われることないか？」

「母上によく言われるな。会ったばかりなのに、なぜそんなことがわかるんだ？」

「お前とちょっと話せば、誰だってそう思うだろうよ」

なんだよ、と少年は面白くなさそうに腕を組んだ。子供っぽさの残る容姿に尊大な仕草が不釣り合いで、スレンは笑った。

「おい、笑うな。不敬な奴だ」

「不敬？　お前は皇帝か何かか？」

からかうように言うと、少年はむっつりと黙り込んでしまった。顔が赤く染まっているのは、なにも夕日のせいばかりではなさそうだ。どうも感情が顔色に出る性質《たち》らしい。

「変な奴だな。何がそんなに気に障《さわ》ったんだよ」

そう尋ねても、じろりと上目遣いに睨むばかりで答えない。スレンは肩を竦め、黙って舟を漕ぐのに集中した。

ほどなくして舟は岸に着いた。少年はまた転がされてはかなわないと思ったのか、舟の縁から岸へと自分で這《は》っていった。河原に手をつき、はああっと安堵《あんど》の息を吐く。

スレンは舟縁を蹴って岸へと飛んだ。

「おい。そんなところでへばってると、お綺麗な服が汚れるぞ」

大きなお世話だ、と毒づきながら少年は危なっかしく立ち上がった。

「なんなら家まで送り届けてやろうか？」

「結構だ！　お前こそ早く宿に戻った方がいいぞ。夜間の外出は、異民でも処罰の対象だ」

少年が言い終わらないうちに、鼓《つづみ》の音が聞こえてきた。門楼から降るこの音は、日没を告げているのだろう。見上げた空にはすでに星が瞬き始めていた。

「そういうお前はどうなんだ？」

「僕は……まあ、どうとでもなる」

少年は妙に歯切れ悪くそう答えた。

「それよりお前、どこの宿に泊まってるんだ？　後日あらためて、今日の礼をしたい」

照れ隠しなのか、少年は衣についた草や土くれをしきりに払い落とした。

「掬水楼って宿だ。けどな、せっかくの申し出だが、明日にはこの街を発《た》つつもりだ。悪いな」

少年は気分を害したように眉を吊り上げた。

「急いでるのか？　どこへ行くんだよ」

「都だ。もしどうしても礼がしたいっていうなら、次の街まで案内の人間を寄越してもらえたら有難いんだが」

そう言うと、少年の顔がぱっと晴れた。

「伽泉《かせん》か？　ちょうどいい、そろそろ帰らないといけない頃合いだと思っていたんだ」

「お前、都の人間なのか？」

そうだ、と少年は得意げに頷いた。

「有難く思えよ。直々に案内してやる」

「体《てい》よく俺を伽泉までの護衛にしようとしてないか？」

「そんな貧乏くさい真似はしない。僕には僕の護衛がちゃんといるし、今日の礼に路銀を出してやったっていいぞ」

胸を張った少年を、スレンはまじまじと見つめた。あわよくばと望んだ以上の展開だが、どうも話がうますぎる気がする。

「もしかして疑ってるのか？　それなら明日、宿に迎えに行ってやる。その時に僕の身分もちゃんと証明してやるからな。待ってろよ」

スレンが返事もしないうちに、少年は「そうとなれば急がないと」と踵を返した。

「おい、俺はまだ了承してないだろ！」

少年はスレンの声にくるりと振り返った。

「そういえば名乗ってなかったな。僕は光藍《こうらん》。明朝、光藍が来ると宿の者に言えばわかる」

それだけ言い終えると、スレンが名乗り返す間もなく闇の中を駆けて行った。

仕方なく宿に戻ると、主人の姿は見えなかった。わざわざ探し出して言付けるほどのことでもないだろう。どうせ明日の朝になれば、少年の方から出向いてくるのだ。

ザナトはといえば、飲みつけない濫の酒で悪酔いしたのか、房で高いびきをかいていた。こっちも起こすまでのことはない。朝、起きた時に案内役を見つけたと話せばいい。

眠気が押し寄せる。醒めたように思えた酔いが、今さら回ってきたのだろうか。

そうしてスレンは少年のことを誰にも話さないまま、眠りについた。


翌朝、ざわめきで目を覚ました。

一瞬、羊たちの鳴き騒ぐ声が満ちるユルタにいるように錯覚する。しかし起き上がって辺りを見回せば、そこは草原の景色ではあり得なかった。ざわめきの元も羊たちではなく、れっきとした人間の声だ。窓からおもてを見下ろすと、馬と人とが通りに整列するのを住民たちが遠巻きに眺めていた。居並んだ人や馬は、雑多な店が軒《のき》を連ねた風景にそぐわない厳《いか》めしい服や鎧《よろい》、馬具を身に着けている。

「おい、ザナト、起きろ」

あんだよ、と寝ぼけた声を発する口が酒臭い。

「草原の男が濫の酒に呑まれてんじゃねえよ。それより、ひょっとするとだいぶ面倒なことになったかもしれねえ。早く起きろ」

尻に蹴りを入れると、ザナトは唸りながら起き上がり、窓の外を見て目を丸くした。

「あ？　なんだこりゃ」

誰かが階《きざはし》を駆け上ってくる。よほど慌てているのか、途中でつまずく音がした。伺いもなしに、音を立てて扉が開かれる。

「あんたらにお客人だ！　今、下に、早く！　すぐ支度しろ！」

顔を出した宿の主人は、呂律《ろれつ》も回らないほど仰天しているらしい。昨夜の少年は貴人だろうとは思っていたが、想像より高貴な家柄だったと見える。

「客が来たのは、外見りゃわかる。朝っぱらから怒鳴り散らすな」

「そんな悠長なことを言ってる場合か！」

スレンたちが客であることをすっかり忘れてしまったかのように、主人は青筋を立てて二人を急《せ》かした。

「わかってるって言ってるだろ。いいから騒ぐな、皇帝が来たわけでもあるまいし」

「馬鹿、似たようなものだ！　陛下のご子息だぞ！」

鹿毛の長靴を履《は》く手が思わず止まった。

「今なんて言った？」

「陛下のご子息がいらしてると言ったんだ！　皇太子殿下だぞ！」

「は？　濫の皇子ってことか？」

「それ以外に何がある！　なぜお前たちのような輩《やから》を訪ねてこられたかは知らないが、何か無礼を働いてみろ、この宿も終わりだ！　いいから早く出てくれ、頼むから」

スレンはあらためて窓から顔を出した。

例の少年――光藍が、ちょうどこちらに向かって歩いてくるところだった。光藍が歩くと、人垣が自然と割れた。宿の正面に立つと、光藍はどうだと言わんばかりの表情でスレンを見上げた。やけに白い肌が、朝日につやつやと輝いている。

「約束通り迎えにきたぞ！　早く降りてこい」

「いや、お前……先に言っとけよ」

殿下に向かってなんという口の利き方か、と主人が憤死しそうな声で叫んでいる。

光藍が皇子ならば、スレンとは従兄弟《いとこ》の間柄になる。しかし光藍はスレンの存在を知っているかも疑わしい。通りすがりの異民が従兄《いとこ》だなんて、思ってもみないだろう。

スレンは小さく笑いを吐き出すと、窓辺ににじり寄った。

「危ないからどいてろよ！」

窓枠に手をかけると、スレンの意図を察したのか、野次馬たちが悲鳴を上げて後ずさった。

スレンは窓から飛び降り、ちょうど光藍の目の前に着地し膝《ひざ》をついた。光藍の驚いた顔を見上げ、族長に教え込まれたとおりに両手を重ねて目の前で揃える。

「殿下、まずは昨夜の非礼をお詫《わ》びしたい。寛大な御心でお許し願えるでしょうか？」

光藍はスレンの豹変《ひょうへん》ぶりに面食らったのか、一拍遅れて答えた。

「別に、構わない。お前に助けられたのは確かだ。礼をしたいから、今日ここに来ると言っただろう」

では、とスレンはちらりと視線を上げた。

「謝罪は求めていない。そんな風に、膝をつくことも不要だ」

有難きこと、とスレンが立ち上がると、光藍を見下ろす格好になった。光藍は精一杯自分を大きく見せようとするかのように腕を組んだ。

「それでお前、名前は」

はい、とスレンはでき得る限り柔和に微笑《ほほえ》みかけて見せた。

「アルタナ族長シリンが一子、スレンと」

光藍の顔から色が失せ、代わりに狼狽《ろうばい》が浮かぶ。

人垣からも、ざわめきが漏れ出した。スレンはそれをかき消すように声を張った。

「此度《こたび》は殿下の御父上、皇帝陛下への使者として参りました。皇太子殿下直々にご案内くださるとのこと、僥倖《ぎょうこう》にございます」

光藍が小声で何かつぶやいた。

「殿下、なんと？」

スレンが聞き返すと、光藍は火にくべた栗《くり》のような勢いで叫んだ。

「そういう大事なことは、もっと早く言えと言ったんだ！」


光藍の案内で、スレンとザナトは灧の都である伽泉に至った。

しかし永寧宮で与えられたのは、謁見《えっけん》は三日の後に、という答えだった。

「急いでるって言ってんのにな」

あてがわれた房の榻《ながいす》で、スレンは引っくり返った。ザナトは着いてすぐに用を足したいと姿を消し、なかなか戻ってこない。

「文句を言うな。僕が取り次いだから三日で済んでるんだぞ。お前たちだけで来ていたら、少なくとも半月は待たされたね」

そりゃあどうも、とスレンは高い天井に向かって礼を言った。取り繕った態度や敬語は今さら気味が悪いと言われたので、早々に放棄してしまっていた。

光藍が都から離れた冠斉にいたのは、離宮に滞在していたからとのことだった。例の中洲の廟を修繕する話が持ち上がったので、現状の確認に来ていたらしい。

光藍は一つ溜息を吐いた。

「あの宗廟は、本来濫の中でも最も重要な廟の三つの内の一つなんだ。それをあんな風に放置するなんて、父上のお考えが僕にはわからないな」

「お前、言葉に気をつけろよ。俺が言葉尻をあげつらって『皇太子殿下は御父上の治世に不満があるようだ』とか言いふらしたらどうする」

光藍はじろりと横目でスレンを睨んだ。

「余計なことを言って濫が混乱すれば、困るのはそっちの方だろう」

こちらの来訪の目的は、すでに察されているらしい。スレンは肩を竦めた。

それより、と光藍は寝転んだスレンの顔を覗き込んだ。まるで顔の造作を確認するかのように、まじまじと。なんだよ、とスレンは起き上がる。

「お前の母親って、アルタナの女族長だよな」

「そうだ。前にも言っただろ」

それで歳が僕の二個上なら計算が合う、と光藍はぶつぶつ言った。

「スレン。お前の父親って、もしかして」

光藍はそこで言葉を切った。複雑そうな顔色に、何を言いたいのかを理解する。

スレンはにやっと笑った。厄介《やっかい》なものとしか思えなかった自分の出自が、この時ばかりは愉快に思えた。

「お前の考えてるとおりだ。弟よ」

光藍の目が見開かれ、口にするべき言葉を探すように辺りを泳ぐ。

「いや、悪い。今のは冗談だ」

スレンが笑いながら否定すると、光藍の頬が燃えるようにかっと赤くなった。

「言っていい冗談とそれ以外の区別もつかないのか、お前は！」

悪かったって、とスレンは光藍が頭を叩こうとするのをいなした。

「人の気も知らないで！　これ以上競う相手が増えてたまるものか」

「競うって、何を」

「決まってるだろう。皇子に生まれついたからには争うものは一つ、玉座だ」

「何言ってるんだ？　お前はもう皇太子だろ」

「そんなもの、後から覆された例はいくらでもある」

光藍がさらに言葉を続けようとしたところで、房の扉が叩かれた。入ってきたのは、いかにも貴人然とした出で立ちの太鼓《たいこ》腹の男だった。

「殿下、お帰りなさいませ。ご無事でなによりです」

「ああ、柳《りゆう》春官長。わざわざ足を運んでもらってすまない」

「もったいないお言葉です。して、宗廟はいかがでしたか」

「まったく酷い有様だった。あれでは双蛇の怒りを買い再び魏江《ぎこう》が氾濫したとて、なんら不思議はない」

　なんと、と春官長は肉に埋もれた小さな目で辺りを見回した。

「殿下、お言葉にお気をつけください。もし陛下のお耳に入るようなことがありましたら」

「構うものか。父上だってとっくにご承知のはずだ。ただでさえ双蛇に背くような令を発されたのだから、せめて宗廟くらい守るべきだろう」

　気色ばむ光藍を、まあまあ、と春官長がなだめた。

「まったく殿下のおっしゃるとおりではありますが、お客人の前でこのような話もなんでしょう。よろしければ、後ほど私の邸《やしき》においでください。息子の文虎《ぶんこ》も、殿下の旅の話を聞きたがっております」

「わかった。後で向かおう」

「有難きこと。殿下のように信心深いお方が皇太子の地位におられること、双蛇神もさぞお喜びでしょう」

　春官長は光藍と、スレンにも慇懃《いんぎん》に礼をして退出した。所作が馬鹿に丁寧で、かえって薄ら寒さを覚える。

「なんか胡散《うさん》臭い奴だな」

「胡散臭い？　取り消せ、失礼な奴だな。柳春官長ほど信心深い者は、今の濫には二人といないだろう。父上に宗廟の修復を進言したのも、僕が視察に行けるよう取り計らってくれたのも春官長だ」

皇太子のお前にうまく取り入ってるだけじゃないのか、と言いかけたが、スレンとて柳某の為人《ひととなり》を知っているわけではない。

「それでわざわざ地方まで出かけて行ったのか」

「当たり前だろう。双蛇は濫の祖神だ。僕が双蛇の信奉者かどうかに関係なく、蔑《ないがし》ろにしていい存在じゃない。民にだって双蛇は必要な存在だ。次なる帝である僕が、心を砕かなくてどうする」

「ずいぶん熱心なことだな」

光藍は眉を吊り上げた。

「お前は違うのか？　スレンだって、いずれはアルタナの長《おさ》になるんだろ」

スレンが黙ると、言い負かせたと思ったのか、光藍は得意げに腕を組んだ。

「それじゃあ僕は早速柳家に行ってくるから、ここで一旦《いったん》お別れだ。どうせまた顔を合わせることにはなるだろうけど」

スレンが返事をしないうちに、光藍は扉に向かった。その背に急いで声をかける。

「光藍。道中、案内助かった。中洲でお前を見つけて幸運だった」

光藍は振り返らず、ふん、と鼻を鳴らして出て行った。

一人になって、スレンは榻に体を横たえた。

双蛇の描かれた天井絵を眺めていると、光藍の言葉が胸に蘇った。

お前は違うのか？

——仕方ないだろ。

スレンは目を閉じ、視界から双蛇を追い出した。

光藍は、運良く定められた道に疑問を抱かなかった。そして自分はそうではなかった。それだけのことだ。

扉が軋む音に目を開けると、ようやくザナトが戻ったところだった。

「いやあ、厠《かわや》っつうのはいつまで経っても慣れねえな」

男を一人連れていた。その男はスレンの姿をみとめると、膝を折って深々と拝礼した。

「滞在中、使者殿のお世話を言いつかっております。ご不便がありましたらなんなりと」

面は中年の男のように見えるが、声が妙に甲高い。族長は、永寧宮では宦官《かんがん》という陽物《ようぶつ》を失った男たちが働いているのだと言っていた。馬や羊じゃあるまいしと思っていたが、この男がそうなのだろうか。

「じゃあ、悪いが喉が渇いた。なんでもいいから飲み物をくれ」

「酒でもいいぞ」とザナトが口を挟む。宮城で酔って粗相をしたらたまらないので、「俺は茶か水だ」とスレンは念押しした。

かしこまりまして、と宦官は顔を上げた。そしてスレンを見た途端、はっと息を呑んだ。

「どうした？」

スレンが怪訝《けげん》な顔をすると、「い、いえ。失礼を」としきりに首を横に振った。いったい何なんだと問い詰めたかったが、宦官は逃げるように房を辞してしまった。

「なんだ、ありゃ」

スレンもわけがわからず「さあ」と首を捻《ひね》った。

「なんでもいいか。それより男なんかじゃなく、侍女《じじょ》を付けてくれりゃよかったのにな」

「濫人は嫌いなんじゃなかったのか？」

「美人は別だ」

相手をするのも馬鹿らしく、スレンは生返事をした。

しばらくして、二人の侍女が茶と酒を運んできた。ザナトは侍女の顔を見て喜んだが、茶を注ぐ時もそれを卓子に運ぶ時も、彼女たちの視線はスレンへと向けられていた。気づかれないように盗み見ているつもりなのだろうが、その企《たくら》みは見事に失敗していた。

早々に房から叩き出したが、城内の人間と顔を合わせる度に同じことが繰り返された。スレンが顔を向けると、皆一様に目を逸らす。そのくせ次々に房を訪れ、作り笑いを浮かべながら、やれ菓子はどうだ、果物は、楽は、酒は、と尋ねるのだった。

一日経つ頃にはいい加減うんざりして、スレンは扉を開けないようになっていた。

「なんなんだ、いったい」

そうぼやいても、ザナトは「異民が珍しいんだろ」と見当違いなことを言って酒や肴をつつきまわしている。濫の酒にもすっかり慣れたらしく、鼻先すら赤くなる気配がない。

三日が経った朝、またも扉を叩く音がした。

スレンは応じなかったが、扉は勝手に開いた。いい加減にしろ、と声を荒らげかけたが、扉から入ってきたのは宦官のつるりとした年齢不詳の顔でも、侍女の白粉が塗りたくられた顔でもなかった。

光藍だった。旅装を解き身なりを整えた姿は、冠斉で会った時よりもずっと皇子然として見える。

光藍は咳《せき》払いを一つした。

「父上がお会いになるそうだ。ついてこい」

謁見の間の扉は、二人の兵士の手で仰々しく開かれた。

「父上。連れて参りました」

左右に臣下が居並び、最奥に据えられた玉座に一人の男が座っている。

スレンは冕冠《べんかん》を被ったその男を見上げた。

——これが、濫国皇帝。

光藍に続いて一歩踏み出すと、視線が突き刺さった。ざわめきこそ起きないものの、居並んだ者たちが互いに視線を見交わす気配がある。

光藍はすいと脇に逸れ、臣下たちの一番前に陣取った。

広間の中央には、スレンとザナトだけが残される。背後でザナトが膝をつく気配があったので、スレンも慌ててそれに倣《なら》った。

「遠路をご苦労だった。濫は草原からの使者を歓迎する」

三日も待たせて歓迎も何もない、とスレンは内心で舌を打った。

「火急の用と聞き及んでいる。早速本題にかかりたいところだが、その前に」

皇帝が目配せすると、臣下の一人が進み出た。

「永寧宮が草原からの客人を迎えるのは、実に十数年ぶりのこと。貴殿が真実アルタナ族長の息子であるなら、その身分を証《あかし》立てるものをお持ちのはず」

「これのことだろうか」

スレンは腰帯から、双蛇の彫られた短剣を取り外した。

男は短剣を受け取り、鞘に双蛇の紋様をみとめると、背後の玉座を振り返った。

「陛下。お確かめを」

スレンは顔を伏せた。

じゃら、と玉と玉とがぶつかる音がした。その音が、次第に近づいてくる。

伏せた目に、金糸に縫《ぬ》い取られた沓《くつ》先が映った。

「許す」

硬い声に顔を上げると、間近に皇帝が立っていた。

目が合うと、皇帝の瞳が驚愕《きょうがく》に見開かれた。お前らは揃いも揃っていったいなんなんだと溜息を吐きたい気分だったが、皇帝は絶句したまま口を開かなかった。

スレンはそれをいいことに、皇帝の顔をしげしげと眺めた。

細面に切れ長の目、困惑にしかめられた眉間《みけん》。

皇帝はスレンの父の双子の弟にあたるはずだが、自分の容姿と似通ったところを見出すことはできなかった。整った顔立ちであるのは確かだが、この線の細さでは草原の女たちからは相手にされないだろう。騎馬と弓の達人である族長が、一時であれこの男の妻に甘んじたとは信じがたい。

「陛下。そのように黙りこくられては、使者殿が困られましょう」

静まり返った広間に響いたのは、涼やかな女の声だった。声の主を見上げると、玉座の隣にその姿があった。その席に座することができる女といえば、皇后《こうごう》しかいない。けれど顔の前には薄布が垂らされ、表情を窺い知ることはできなかった。

「ああ、申し訳ない。顔に障りがあって、皆の前ではこうしているのです」

スレンの視線に気づいたのか、皇后はそう付け加えた。

顔に痘痕《あばた》でもあるのだろうか。しかしまさかこの場で皇后相手に問うことはできない。

皇帝は皇后の言葉で我に返ったのか、ようやく声を発した。

「そなた、名はなんという」

「アルタナ族長シリンが一子、スレンと」

それまで辛抱強く控えていた臣下が例の短剣を恭《うやうや》しく差し出したが、皇帝は受け取らなかった。

「不要だ。この相貌以上に、その血を裏付けるものがあろうか」

しかし、と居並んだ臣下の一人が声を上げた。

「草原の者の言うことを、証もなく信じられましょうか」

「では、ここにいるこの者は誰だ。兄上が幽鬼となって我が宮城を訪れたとでもいうのか」

そのようなことは、と臣下はたじろいだ。

控えた臣下たちが低くささやき交わす。

「生きていたのか」「本当に魏帝陛下の御子なのか？」

「だが、あの顔は……生き写しだ」「だから殿下が直々にお連れしたのか」

ひそめられてはいても、スレンの耳はすべての声を拾ってしまう。

なるほど、自分は死んだ父によほど似ているらしい。

静まれ、と皇帝が一喝すると、広間に静寂が戻った。

「スレンと言ったな。アルタナ族長は、そなたの父母について語ったか」

「はい。我が父は陛下の兄君。母はその妃で、族長の姉であると」

今度は、怒気をはらんだ声があちこちで上がった。

族長が「お前が行くことに意味がある」と言っていたのは、つまりこのことだったのだ。

一目見ればその血筋を誰も否定できないほど、この顔は亡き皇帝の面影を引き継いでいる。

族長はつまり、アルタナの次期族長は濫帝の血を引く者であると宣言したのだ。それは即《すなわ》ち、「協約に応じなければ、亡き兄の忘れ形見を見殺しにすることになる」という脅《おど》しでもある。

すべては草原のために。

皇帝は、は、は、と乾いた笑い声を上げた。

「そなたの母……アルタナ族長は、相変わらず大胆《だいたん》なことだ」

それに関しては、スレンもまったく同意見だった。

「して、そなたの族長は我らに何を望む」

「私がここへ来たのは、我が族長の望みを告げるためではございません。草原に生きる氏族すべての意志を負ってここへ参りました」

スレンが差し出した親書を、皇帝はもったいぶった様子で受け取った。

「中身をあらためるゆえ、返答はしばし待たれよ」

皇帝が手を伸ばすと、臣下の男は短剣をその掌《てのひら》に置いた。皇帝はそれに目を落とし、感触を確かめるように表面を撫《な》でただけで、スレンに差し出した。

「よろしいのですか。これは元々、濫国のものでございましょう」

「よい。一度やったものを返せというほど、余は狭量ではない」

断わる理由もないので黙って受け取り、腰に提げ直した。

「なるべく早く返事をするよう努力する。その間は永寧宮で過ごされよ。城下を見て回るのもいいだろうが、燎火節《りょうかせつ》がじきにあるゆえ、騒がしいやもしれない」

皇帝は踵を返すと、光藍、と息子の名を呼んだ。光藍の体が弾かれたように震え、背筋が伸びる。

「使者殿も退屈だろう。城下や燎火節を案内して差し上げるがいい」

帝の返答を待つ間、スレンとザナトは永寧宮内にある光藍の邸に一室を与えられた。同じ永寧宮の中といえども、ここなら宦官や侍女が無遠慮に顔を眺め回しに来ることもない。

そう思っていたのに、謁見の間から引き上げてすぐに扉が叩かれた。

「使者殿にお客人です。至急、客庁《きゃくま》までおいでくださいと、殿下が」

大人気だなあスレン、とザナトはにやにや笑った。

「使者が呼ばれてるんだから、ザナトもだろ」

「いやあ、違うね。俺なんぞに濫の人間は用はないだろう。さっさと行ってこいや」

ザナトは午睡《ごすい》でもしようというのか、牀《しょう》に寝そべり目をつむった。

スレンは憤然と階を駆け下りたが、階下にいる人をみとめて足を止めた。

顔の前に薄布を垂らしたその人は、謁見の間で見上げていた皇后だった。

「母上。少しはお立場を考えて、そう簡単に出歩かないでください」

「母が息子を訪ねるのに、何か理由が必要なのか?」

「そういうわけじゃないですけど……今は草原の使者の方もいらしてるんです。気軽に出入りしては、いい顔をしない者だっていますよ」

皇后は笑い声を上げた。

「あいにくこの母の目と耳は、都合の悪いことは見えず聞こえないようにできている」

「だから余計に心配なんです。だいたい、母上が使者殿に何の用があるんですか？　まさか、象棋《しゃんちー》の相手を頼みに来たわけじゃないですよね」

「象棋が、お好きなのですか」

皇后ははっとしたようにスレンを見上げた。急いで階を下り、御前に立つ。

「使者殿も、たしなまれるのですか？」

「はい。母から教えを受けました」

族長は地面を盤に、小石や羊の踵《かかと》の骨を駒に見立ててスレンにそれを教えた。

「では、一局お願いしようか」

母上、と光藍が咎めるような声を上げる。

「母上が象棋狂いであるのは百も承知ですが、時と場を弁《わきま》えてください」

光藍はそう言ったが、皇后はすでに卓子につき、侍女に盤と茶を用意させていた。

スレンが向かいに座ると、皇后は薄布を剝ぎ取った。

左半分が爛《ただ》れた顔が、そこに現れた。

――草原の姫が嫁いだ二人の皇帝には、美しい双子の妃がすでにあった。双子妃の姉は、顔に爛れがあった。しかしそれは、妃の美しさを損ねるには些末《さまつ》なことだった――

頭の中に蘇ったのは、幼い頃に蒲団《ふとん》の中で聞いた寝物語だった。族長はこの妃について語るのが好きだった。はっきりそう口にしたわけではないが、共に過ごした時間のことを繰り返し語った。大きく物語が動くわけでもないその部分は、子供心に退屈だった。しかし陶然とした族長の声を聞いていると、違う話がいいとは言い出せなかった。妃の名は忘れてしまった。しかし、顔に爛れのある妃など何人もいるとは思えない。

「母君は、息災ですか」

皇后に問われ、スレンははっと我に返った。

「はい。つつがなく日々を過ごしております」

そう、と返事をしたきり、皇后は黙り込んだ。しばらく、駒を打つ音だけが客庁に響いた。光藍もおとなしく盤面の行方を眺めている。拮抗《きっこう》したまま局面が終盤に差し掛かったところで、スレンは口を開いた。

「母に象棋を教えてくださったのは、皇后陛下でしょうか」

「……なぜ、そのように？」

スレンは幼い日に聞いた寝物語のこと、族長が繰り返し語った妃のことを皇后に伝えた。

「そう。それは……嬉《うれ》しいことですね」

皇后は、迷う場面でもないのになかなか次の手を打たなかった。

「母上？」

傍《かたわ》らで見ていた光藍が、怪訝そうに皇后の顔を覗き込む。

「いいえ、なんでもないのです。ただ少し、昔のことを思い出しただけ」

そうですか、とスレンは落ち着かない気持ちで答えた。

「皇后陛下。私は、父に似ておりますか」

皇后は静かに微笑んだ。笑うと、爛れた皮膚《ひふ》が引き攣《つ》れるのがわかった。それは、族長の頬で傷跡が引き攣る様を思わせた。

「ええ。生き写しと言っていい。そしてその瞳は、あなたの母君そのもの」

皇后はそう言うと、ぴしりと音を立てて駒を打った。

「……あ」

どう見ても、スレンの負けだった。この先の手をいくつか考えたが、先がない。ずいぶん手加減されていたのだと、ようやく気がついた。

皇后は「突然訪ねてきたりして、申し訳なかったですね」と立ち上がった。

「さて、母は帰ります。光藍、しっかり使者殿をもてなすんだよ」

「一局打ってもう帰るんですか!?　いったい何をしに来たんです」

「もちろん、使者殿に会いに来たに決まってるだろう」

皇后がおもてに出ると、侍女が日よけの傘を頭上に差し掛けた。そうだ、と皇后は門の外から振り返る。

「使者殿にも、きちんと話しておいてくれ。怖い思いをされたら気の毒だから」

「ああ、例の件ですか。わかっていますよ」

皇后を見送ってしまうと、スレンはどっと疲れて榻に沈んだ。光藍はスレンを詰めさせ、隣に体を押し込んだ。

「お前、なんでも後出しの奴だな。従兄なら従兄だと先に言えよ。謁見の時、声を上げそうになっただろ」

「そうは言うけどな。会ってすぐ『実は俺の父は死んだ皇帝なんだ』って言って信じたか?」

「……信じない。妙なことを言う奴だと思う。僕は伯父上の顔も知らないし」

そうだろ、とスレンは冷めた茶を一息に飲み干した。光藍も茶器に手を伸ばしたが、持ち上げただけで口を付けようとしなかった。

「いいな、お前は。僕もせめて、顔くらい父上に似ていればな」

光藍の顔をあらためて見ると、たしかに面差しは皇帝よりも皇后に似ている。

「何が不満だ? 美人の母君に似て、結構なことだろ」

光藍は音を立てて茶器を卓子に置き、「今のは忘れろ」とつぶやいた。

「それより、せっかく濫に来たんだ。僕以外の従兄弟にも会いに行くか? 父上には僕の他にも異腹の子が何人かいる」

スレンは少し考え、いい、と首を横に振った。

「父の顔も知らないのに、今さら親戚面《づら》もないだろう。光藍だけで十分だ」

光藍は露骨にほっとした顔をした。

「なんだ。自分で訊いたくせに、本当は行きたくなかったのか?」

なぜわかる、と光藍が目を剝《む》いたので「顔に書いてある」と答えた。

「別に、弟たちが嫌いなわけじゃない。だが、俺が弟妹《ていまい》を訪ねるのを歓迎しない者もいるし……父上も喜ばない」

「例の後継争いってやつか？　大変だな、兄弟がいるってのも」

光藍はじろりとスレンを睨んだ。

「呑気《のんき》なもんだな。長に子一人なら、黙っていても後継者になれるからって」

好き好んでそうなったわけじゃないと言い返したかったが、口にはしなかった。

光藍は深く息を吐いた。

「父上が羨《うらや》ましい。生まれた時から玉座が約束されていて、皆に祝福されて皇帝となったのだから。僕も双子に生まれて、許されるならそうしたかった。どうして双子に生まれついたのが『双蛇嫌い』の父上で、僕ではなかったんだろう」

また、双蛇だ。光藍は父帝が双子の優遇を廃す令を布《し》いた後に生まれたというのに、どうしてそこまで古い神に固執するのだろう。

訊いてしまった方が早い、とスレンは疑問を口にした。

「なあ。なんでそんなに双蛇にこだわるんだ？」

「それは……」

光藍は言い淀《よど》んだ。ひょっとして、とスレンは思う。

光藍は本心から双蛇を信じているのではないのかもしれない。ただ、父帝のようになりたくてもなれないから、批判の的となりやすい信仰心の薄さに、無意識に引き寄せられただけなんじゃないだろうか。父とは違い、自分は深く双蛇を信じている。そう言えば、帝に反発する者は光藍を持ち上げるだろうから。

しかし光藍は、予想に反する答えを口にした。

「双蛇は、僕の願いを聞き届けてくださったから」

「願い？」

「幼い頃、東宮《とうぐう》になりたいと願ったんだ。あの時は母上の父君が亡くなったばかりだった。宦官たちが、母上は皇后位を退《しりぞ》くことになるかもしれないと噂《うわさ》していた。いくら帝が庇《かば》おうと、後ろ盾《だて》もなく、しかもあのお顔では、と」

当時の怒りを思い出したのか、光藍は顔を歪《ゆが》めた。

「僕が東宮になれば、母上をお守りできると思ったんだ。当時の僕はまだほんの子供で、祈ることくらいしかできなかった。だから毎朝毎晩、双蛇廟に通い詰めた。そして双蛇は願ったとおり、皇太子の位を授けてくださった。だから僕は必ず玉座に昇り、双蛇に報《むく》いねばならない」

光藍は晴れがましい顔で頷いて見せたが、スレンは首を捻った。

「双蛇に願ったとは言っても、お前を皇太子に選んだのは皇帝だろう」

「それは……そうだけど」

でも、と光藍は歯切れ悪く言った。

「父上は別に、僕のことを買ったわけじゃない。ただ長子だからそうしたんだって、能力からしたら弟たちの方が適任だって聞こえよがしに言う奴もいるし」

「帝がそう言ったのか？」

「そうじゃないけど……」

「じゃあいいだろ。余計なことを言う奴はどこにだっているんだ。力が足りないと自分で思うなら、これから磨けばいい。そうすれば、帝だっていずれお前を認めざるを得ない」

光藍は据わりが悪そうにもぞもぞしていたが、「それもそうだな」と力なく笑った。

「スレンはいいな。お前、何でもできるだろ？　見てればわかる。父上もそうだ。でも、僕はそうじゃない。何をするにしても……」

言っていて惨《みじ》めになったのか、光藍は言葉を切った。丸まった背を、スレンは小突いた。

「おい、しおらしくするな。偉そうにしててくれないと、調子が狂う」

「お前、僕のことをそんな風に思ってたのか？」

光藍は憤慨してスレンの手を払い除《の》けた。

「ああ。特に冠斉で会った時は酷かったな。ふんぞり返って、僕は皇太子だぞ、どうだって面してた」

光藍の頬がみるみるうちに赤くなる。

「いいだろ、それで。お前は俺と違って、地位に相応しい人間になろうとしてる。俺にとっちゃ、それだけで立派な皇太子様だ」

「褒めてるのかけなしてるのか、どっちだ」

「褒めてんだよ」

スレンは卓子に残された菓子を口に放り入れ、ぼりぼりと嚙み砕いた。

「俺にお前の考えは正直わからん。でも、優秀な親を持つと苦労するってのはわかる」

「スレンでも、そんな風に思うことがあるのか?」

「しょっちゅうだ。お前も草原に来て、俺の母親を見たらわかるだろうよ」

「……そうなのか。僕だけってわけじゃないんだな」

何がおかしいのか光藍はくつくつと笑い、やがて行儀悪く榻に引っくり返った。

「ああ、話し疲れた。こんな話をしたのは初めてだ。今まで母上にも打ち明けたことはなかったのに、どうしてだろうな」

「そりゃ、俺が余所者《よそ》だからだろ。何を話したって後腐れがない」

「つまらないことを言うなよ。……お前だから話せたんだ、たぶん」

スレンは光藍の脚を蹴った。気恥ずかしさをごまかそうと、おどけて言う。

「ところで従弟《いとこ》殿。皇后陛下のおっしゃった怖い思いってなんのことだ?」

その呼び方をやめろ、気色悪い、と光藍は起き上がってスレンの脛《すね》を蹴り返した。

「大した話じゃない。ただ、夜は邸から出ない方がいいってだけの話だ」

大した話じゃないと言った割に、光藍の顔は青くなったように見えた。赤くなったり青くなったり、実に忙しい顔色だ。

「なんでだ? まさかこの永寧宮に、賊《ぞく》や獣が出るわけじゃないだろう」

「そりゃあそうだ。賊なんか出るもんか、草原と一緒にするな」

「じゃあ、なんだっていうんだよ」

光藍は辺りを憚《はばか》るように見回すと、スレンの耳に口元を寄せた。

「幽鬼が出る」

「幽鬼ぃ？」

思わず声が裏返った。声を抑えろ、と頭を叩かれる。光藍はあくまで大真面目な顔でた。

「真っ白い顔をした女の幽鬼が後宮に出るらしい。もう何人も見た者がいる」とささやいた。

「後宮？　それなら俺には関係ないだろ。どうせ入れやしないんだから」

「幽鬼は後宮を出るかもしれないだろ。人間じゃないんだ、壁も見張りも意味がない」

光藍は本気で怖がっているらしく、ぶるりと身を震わせた。

「わかったわかった。従弟殿、怖いなら乳母でも呼んで一緒に寝てもらえ」

「おい、馬鹿にしてるのか？」

スレンは光藍の問いを無視し、問いで返した。

「幽鬼が出るってことは、後宮で恨みを残して死んだ女でもいるのか？」

光藍は顔色を変えずに答えた。

「そんなもの、山ほどいるに決まってる」

夜だというのに、伽泉の街は真昼のような明るさだった。

大小の提灯《ちょうちん》がそこかしこに連なり、夜になっても道行く人の数は減るどころかむしろ増えている。冠斉に足を踏み入れた時も人の数に驚いたが、今夜の伽泉はその比ではない。

燎火節。今日は一昼夜続けて祭が続くのだという。

双蛇が濫に降臨したのがこの日であるといわれているのに由来する祭らしい。

通常、濫の街は日没と共に城門を閉ざし、出歩くことは禁じられている。しかしこの燎火節の日に限っては、夜になっても大小の城門や坊門がすべて開け放たれ、街は地元の人間や遠方からの見物客で賑わう。

先を行く光藍の背を見失わないように、スレンは必死についていった。さっきも蒸餅《じょうへい》の屋台に寄り道していたのを置いて行かれそうになったばかりだ。

「早くしろ、双蛇灯の点火に間に合わないぞ！」

光藍は振り返って叫んだ。スレンは口の中の蒸餅を飲み下し、雑踏に負けぬよう「わかってる！」と怒鳴り返した。ほのかな甘味が喉を押し広げながら通り抜けていく。こんな風にすぐ飲み込んでしまうのなら、もう一つ買っておけばよかった。

二人は街の中心で燈《とも》されるという、双蛇灯を見るために先を急いでいた。すでに相当な大きさの提灯があちこちに見えるが、双蛇灯はそれらを遥かに凌《しの》ぐ巨大さらしい。

スレンは「別に双蛇灯は見なくても、食い物と雰囲気さえ味わえれば」と主張したのだが、光藍は「燎火節を食の祭典か何かとでも思っているのか？　双蛇のためのものだぞ、双蛇灯を見ないで始まるものか」と譲らなかった。かくいう光藍もこれまでは城や高楼から祭を見下ろしたことしかなく、街に下りて直に双蛇灯を見るのは初めてなのだという。

そのせいか、光藍の歩調は速まるばかりだった。歳の割に小柄な背が遠ざかり、あっという間に見失いそうになる。

「おい！　待てって」

雑踏に声を張り上げると、こちらを振り返った顔が一つあった。

光藍かと思ったが、よく見れば髪型も服装も、性別さえ違う。

周囲からぽっかりと浮かび上がるような、白い顔の少女。どこかで見た気がすると目を凝らしたが、正体に思い至る間もなく、少女はふいと前を向いて行ってしまった。

「おい、どうかしたか？」

人混みを掻《か》き分けて戻ってきた光藍が、スレンの眼前で手を振った。

「いや……」

「変な奴だな。まるで、幽鬼にでも会ったような顔してる」

光藍は自分で言ったくせに、「……違うよな？」と辺りを見回した。

幽鬼。あれはもしかして、本当にそうだったのだろうか。

身なりの良い少女だった。そのくせ供の一人も連れていない。いくら祭の日とはいえ、名家の娘が一人で夜に出歩くだろうか。だが、ここは後宮どころか永寧宮の中ですらない。祭の灯《あかり》に誘われて、幽鬼が街に繰り出したとでもいうのだろうか。

その時、どん、と鼓の打ち鳴らされる音が街に響いた。周囲から歓声が上がる。

「まずい、始まるぞ!」

光藍はスレンの手を引いて走り出した。

開けた辻《つじ》に出ると、高い舞台がいくつも設けられているのが見えた。鈴なりの葡萄《ぶどう》のような大小の提灯が左右に並び、中央には奇妙なほど長い二つの提灯が鎮座している。あれが双蛇灯に違いない。二つの巨大な提灯はずっしりとした玉の簾《すだれ》に覆われ、簾の玉一粒一粒が重たげな銀色の光を放っていた。

鼓が断続的に打ち鳴らされ、音が重なり合う。音と音との間隔が、だんだんと短くなっていく。

「双蛇灯に火が燈るぞ!」

一際大きな鼓の音が響くと、人々はわっと舞台に向けて前進した。はぐれないよう、スレンは光藍の袍《ほう》と手を強く握った。押し合いへし合いする人波に身を任せていると、やがて狙いすましたかのように舞台の真下に二人は流れ着いた。

やったな、と光藍が目配せする。

鼓の音は、もはや間隙《かんげき》なく連続して聞こえてくる。音に耳を塞がれ、人々のざわめきさえもが遠い。見回すと、無数の提灯に照らされた人々の顔が、一様に期待に輝いていた。光藍の目にも同じ輝きが宿っている。

頰に炎の熱を感じ、スレンは舞台を見上げた。

屈強な男二人が抱えた丸太ほどもある巨大な松明《たいまつ》から、双蛇灯に火が燈される。赤々と燃える火が、玉簾を内側から輝かせた。まるで空の星をいっぺんに束ねたような、強烈な煌めきが放たれる。握り締めた光藍の掌が、興奮でぬめるのがわかった。ぎらぎらと光る双蛇灯が、光藍の白い顔にいくつもの星を落としていた。

二度、鼓が打ち鳴らされた。それを最後に鼓は沈黙し、笙《しょう》や琵琶《びわ》にとって代わられた。耳に人々のざわめきが戻ってきたかと思うと、街のあちこちで天灯が放たれ、空に向かって昇っていった。星々は遠くなり、無数の天灯が夜空を覆う。

どうだ、とばかりに光藍はスレンの顔を見た。まるで今夜の美しさは自分一人の手柄とでも言いたげな顔に、思わず噴き出す。何笑ってる、と光藍はスレンの手を振りほどいた。

「悪い。たしかにこれは、見にきてよかった」

ザナトは人混みが嫌だと言って来なかった。今頃は邸で酒を舐めているだろう。スレンも、食べ物の屋台が軒を連ねていると聞かなければ邸に残っていたかもしれない。しかし、世の中にはまだ自分の知らない、見るに値《あたい》するものが存在しているらしい。

素直な称賛に、そうだろ、と光藍は表情を明るくした。光藍に同調するかのように、きれいだね、お空があかるい、とはしゃぐ甲高い子供の声が耳に入った。

「でもねえ」としゃがれた声がそれに応じた。

「昔はこんなもんじゃなかったんだよ。天灯は夜空を埋め尽くすようで、舞台はお山みたいに高かったんだ。今の陛下は立派な方だけど、吝嗇《りんしょく》なとこがおありになるわね。こんなことで、双蛇様が満足なさるかねえ」

りんしょくってなあに、と無邪気な声が尋ねる。答える声は、雑踏に紛れて消えた。

光藍を見ると、さっきの得意顔が水でもかけられたようにすっかり消えてしまっていた。老女の声一つで、燎火節の美しさすべてが台無しにされたとでも言いたげだ。

スレンはあらためて夜空を見上げた。昔はもっと天灯が多かったというが、今だって十分な数に見える。これよりたくさんなんて、正気の沙汰《さた》ではないと思えた。

首が痛くなるほど空を見上げているうちに、背後から押された。思わずよろめくと、人波に呑まれ、気がついた時には隣にいたはずの光藍の姿がなかった。どこだ、と舞台に少しでも近づこうと殺到する顔、顔、顔を瞬時に見渡し、その中に一際青白い顔を見つけた。

手を伸ばそうとしたが、いかにスレンが屈強であろうと、数多《あまた》の人が作り出す濁流《だくりゅう》にかなうはずもなかった。

「無理するな！　後で合流すればいい、見つからなければ先に邸に帰れ！」

「わかった、気をつけろよ！」

光藍が頷いたのを見届けたのを最後に、二人は観衆に押し流された。人に揉まれ、舞台から遠ざかる。息苦しさを覚えた時、ふと細い路地が目に入った。今を逃してなるものかと、路地に体を滑り込ませた。

人混みから解放され、ほうと息を吐く。

路地は狭くて薄暗かった。舞台を振り返ると、色とりどりの衣裳に身を包んだ踊り子たちが服の裾《すそ》をひらめかせ始めていた。炎に照らされた衣裳の色は淡く、肌まで透けるようだ。頰を上気させ、女たちは躍《おど》る。薄闇から見上げる彼女たちは、まるでこの世のものではないかのようだった。観衆の一人が歌い始めると、一人また一人と声を寄り添わせて合唱となった。哀愁を帯びた歌声が、夜闇に伸びていく。

美しい夜だった。冷えた夜気が、人混みで火照った頰に心地よい。

その時、びょうと寒風が吹き抜けた。一瞬、風の音に歌声も楽もかき消される。

思わず体を震わせ、ふと我に返った。

――俺はいったい、ここで何をしている？

こうしている間にも、故郷には戦火が迫っている。濫へ来たのは、美しい光景を見るためでも、旨い飯にありつくためでもない。

ふと、路地の奥から細く弦楽器の音が聞こえてきた。光り輝く舞台から逃げるように、スレンはそちらへ足を向けた。仕方ない、と誰にともなく言い聞かせる。どうせ皇帝が返答を決めるまで、伽泉から出ることはできないのだ。ならばその間、濫の街を見物するくらい、咎められるようなことじゃない。

歩を進めると、辻芸人の親子が目に入った。父親らしき男が何事か語り、足元に座った娘が琵琶をかき鳴らしている。昔語りでもやっているのだろうか。この薄暗い路地では、立ち止まる人もまばらだった。集《つど》った人の目にも熱はなく、ただ人混みにあてられ、一時の休息のついでに眺めているといった風だ。

スレンも足を止めるつもりはなかった。それなのに結局彼らの輪に加わることになったのは、通り過ぎようとしたその時、「草原から嫁いできた双子の妃――」という声が耳を掠めたからだ。

男が語っているのは、スレンが族長から聞いた寝物語そのものだった。

魏江の氾濫に際し、まじない師が双子の娘を娶《めと》ることを帝に勧める。それに応じたのが草原の姫だった。だがその姫たちは顔形こそ瓜二つだが、双子ではなく異母姉妹だった。二人は真実を隠し濫へと嫁ぐ。

しかし途中で雲行きが怪しくなった。

男が朗々たる声で語ることには、草原から来た妃の姉の方が寵愛《ちようあい》を得たのを、妹妃が妬《ねた》むようになった。姉妃はやがて身籠《みご》る。しかし臨月を迎えたある日、策謀によって招かれた姉妹の弟が、夫である魏帝を弑《しい》した。姉妃は子を産み落とし、心痛の中で儚《はかな》くなる。

琵琶の音色が哀調を帯びて尾を引き、ただなんとなく眺めていただけの観衆の中にも、鼻を啜《すす》る者が現れ始めた。こんなくだらない話で泣くなと、尻でも蹴飛ばしてやりたい気分だった。

「妹妃、弟が魏帝を弑したるを見、これ幸いと争乱に紛れて血を分けし同腹弟を射殺《いころ》した。すべては濫国を脱し、自《みずか》ら女長と為り代わるためなれば、肉親とてもその手にかける」

実に恐ろしき女《げ》なりや。

「……胸糞《むなくそ》悪い」

漏れた言葉は、喧騒《けんそう》に紛れて夜に滲んでいった。スレンは語り続ける男を、話に聞き入る観衆を睨んだ。しかし彼らはスレンの存在など歯牙《しが》にもかけていない。語りは途切れることなく続いていく。

瑶帝は妹妃が弟と結託して兄帝を殺したと疑い、彼女が濫の地を踏むことを禁じる。流罪となった妹妃は、姉の産んだ皇帝の子を攫《さら》って草原へと逃れた。そして、まんまと弟に代わって族長の座におさまった。そうして濫には平穏が戻り、瑶帝は今に至るまで善政を施している、として語りは終わった。

娘の抱えた琵琶が、べあああん、と耳障りな音を立てた。

ぱらぱらと拍手が起こり、小銭が飛ぶ。娘は琵琶を放り出し、薄暗い道に這いつくばって銭を拾い集めた。

スレンは動けなかった。

アルタナの男たちは、他氏族たちに何か言われる度に「うちは女の族長だから、大目に見てくれ」と口にした。スレンに対しては「早く立派な男になって、族長に楽させてやれ」と笑いかけた。それらの言葉が族長を慮《おもんぱか》るようで決してそうではないと、いつしか気づいていた。真意は、女に族長が務まるわけがない、早く引っ込ませてまともな男を長に据えろと、そういう意味だ。

長になりたいと願ったこともない自分がまともで、常に草原とアルタナのために生きている族長がその座にあるのは、まともではないのか。

そして濫の巷間《こうかん》ではこんな風に、悪しき女として語られ続けるのか?

光藍は、母のために幼い頃に皇太子になると決意した。そしてその地位を守ろうと必死になっている。では、自分は？　母を侮《あなど》る者たちを憎み、それで何をしただろう。

「そういや、草原に連れ去られた皇子が、このほど都に戻ったって噂を聞いたな」

観衆の一人が声を上げ、スレンははっと視線をそちらに向けた。

「本当か？　今さら何しに来たっていうんだ？」

まさか、と女が眉を寄せた。

「今さら皇子として扱えなんて、言いに来たんじゃあるまいね」

観衆から笑いが起こった。

「異民の女が勝手に連れ出しておいて、図々しいにもほどがあるだろう」

「お可哀想《かわいそう》なことだが、もうお世継ぎもおられることだし、いくら甥《おい》とはいえ瑶帝陛下にとっては悩みの種になるんじゃないかね」

「何も悩むことなんかないだろ。魏帝陛下の御子といっても、所詮《しょせん》は異民の産んだ子だ。元より玉座に欲を出せるような血筋じゃねえだろ」

血が凍るような心地がしたのは、夜気の冷たさのせいではなかった。自分はここに留まってはいけない。辻に戻ろうと思ったところで、背後で声がした。

「偽《いつわ》りの双子、それも草原の女など娶るから、斯様《かよう》な禍根《かこん》を残すことになる」

かすかな声だったが、はっきりと耳に残った。観衆たちの無邪気な噂話とは違い、その声には侮蔑《ぶべつ》と憎悪がこめられていた。

思わず後ろを振り返る。

背後に立っていた男は逃げるように背を向け、路地を曲がって消えた。

考える前に足が動き、後を追った。追って、どうしようと決めていたわけではない。ただ、追わずにはいられなかった。

しかし路地は想像以上に入り組んでおり、途中で男を見失った。行き場を失った怒りが腹の中でくすぶり、くそ、とスレンは民家の壁を殴った。

その時、くぐもった声がひときわ狭い小路の奥から聞こえてきた。

少女の声のように思えた。

スレンは小路を覗き込んだが、狭路には提灯もなく、闇ばかりが凝《こご》っている。物音こそしないものの、しかし闇の中には複数の人間の気配があった。

遠く、強く打ち鳴らされる鼓の音を聞いた。

再びいくつもの天灯が空へと昇っていく。仄《ほの》かな灯に、小路が照らし出された。袋小路になった路《みち》の奥、五人の男たちの向こうに、薄青い裙《くん》の裾が蜉蝣《かげろう》のように揺れた。布をかまされ縛り上げられた少女が、今まさに麻袋に押し込まれそうになっているのが目に飛び込んだ。

考える間もなくスレンは地を蹴った。しかし腰に手をやり、空を摑むことになった。曲刀を光藍の邸に置いてきたことを思い出し、舌を打つ。こんなことなら、服の下に隠してでも持ってくるべきだった。手元にあるのは、懐にしまい込んだ短剣一つだけだ。

だがもう仕方ない。走り出した勢いのまま、一番手前にいた男の背を蹴りつけた。男がつんのめるのを横目に、二人目の側頭部に拳をめり込ませる。

男共の一人が声を上げた。

「なんだお前は！　何しにきた！」

「何してんのか聞きてえのはこっちだっての！」

倒れた男二人分の視界が広がると、少女の顔がよく見えた。

白い面をさらに青ざめさせた顔には、見覚えがある。雑踏の中でこちらを振り返った、幽鬼のごときあの少女だ。しかし恐怖に染まったその目は、幽鬼ではあり得ない。

男の数はあと三人。すでに剣を抜いている。ないよりはましか、と懐に手を入れた。

「おい、妙な真似するなよ。余計なことさえしなきゃ、命まで奪うつもりはねえんだ」

男の一人が、剣の切っ先を少女の首元に向けた。

少女の黒い瞳の縁に、涙が盛り上がるのが見えた。その涙に天灯の光が映り込み、場違いにも美しく光った。

周囲に視線を巡らせたが、文字通りの袋小路には、状況を打破できそうなものは見当たらない。

スレンは両手を上げて見せた。動きからして、この男たちは兵士でも盗賊でもない。ただの素人《しろうと》だ。少女に剣を向けるのにもためらいが見える。だとすれば、こちらが言うなりになれば隙を見せるだろう。

思ったとおり、スレンがおとなしくなると男たちは安堵の表情を見せた。

しかしその時、口を塞がれながらも少女が何か叫ぼうとするのが見えた。

けれど声は聞こえてこなかった。

いったいなんだと思ったその瞬間、体が傾《かし》いだ。

遅れて、後頭部に熱した鉄を押し当てたような激痛が走る。

振り返ると、背を追っていたはずの男が立ち塞がっていた。男が手にした棍棒《こんぼう》から血が滴るのを見た時、スレンは立っていられなくなった。

地面が目前に迫り、あ、ぶつかる、そう思った瞬間、少女の顔に覚えた既視感の正体に思い至る。

光藍。

闇の中で光るように白い顔、あれは、光藍によく似ている。

そう気がついたところで、意識は途絶えた。

三章

ごとごとと体が揺れていた。

稲妻のように頭蓋《ずがい》を走った痛みに、開きかけた目を再び閉じる。なんとか薄目を凝《こ》らすと、どうやら荷車の上に転がされていて、街道を移動しているのだと知れた。

賊《ぞく》は御者台に一人、スレンの右に二人。そして、荷台に座らされた少女の脇を固めるように二人。どの顔も一様に痩《や》せていた。こけた頰《ほお》に、朝日が影を落としている。

「なあ、やっぱりこいつ、今のうちに殺しといた方がいいんじゃねえか？」

賊の一人がおずおずとそう切り出すと、頭目らしき男が脛《すね》を蹴《け》った。

「馬鹿《ばか》、何回言わすんだ。無忌《むき》様は、無関係の人間を殺すなとおっしゃってる」

でも、と男は痛みに身悶《みもだ》えながらも言い募った。

「余計な奴なんか連れて帰ったら、冥迪《めいとく》様がなんて言うか」

頭目の男は呻《うめ》いた。

「……それもそうか」

気の進まない仕事だとでも言いたげな声音《こわね》だったが、男は剣を手に取った。

逃げないと、と体をよじったが、体の自由がきかない。縛り上げられていることにようやく気がつく。思い出したように、縄の食い込んだ手足が痛んだ。

「悪く思うな。お前さんに恨みはないが、運が悪かったんだ」

男が覆《おお》いかぶさってきて、視界が暗くなる。男はこれから剣を振り下ろそうというのに、まるで自分が殺される寸前かのように怯《おび》えた目をしていた。

もしかしてここで死ぬのか。霞《かす》みがかった頭でそう思った。

脳裏に浮かんだのは、族長とカウラの顔だった。十六の男が、死に際して二人の母の顔しか思い浮かべられないとは情けない。村の男たちの言うことに少しは耳を傾けて、もっと早く本気で嫁を探せばよかったか――

場違いとも言える思考は、か細い声に遮《さえぎ》られた。

「待ちなさい」

男の動きが止まった。

「この人を殺すなら、私はここで舌を噛《か》んで死にます」

声を発したのは、例の青白い顔をした少女だった。

男たちは困ったように顔を見合わせた。

「あまり無茶をおっしゃいますな。そのようなこと、できるはずもないでしょうに」

「できないと思うのなら、その人を殺して確かめてみればいいでしょう。その時は、あなた方は私の骸《むくろ》を連れ帰ることになりますが」

少女と目が合った。心配しないで、とでもいうように少女はかすかに頷《うなず》いた。

「誰の差し金か存じませんが、生きたまま連れてこいと命じられているのでしょう？　死んでいても構わないのなら、私はとっくに殺されていたはず」

男たちはしばらく言い合っていたが、結局剣を収めた。渋々といった体《てい》ではあったが、どこか安堵《あんど》したような様子すらあった。やはり、人を殺し慣れた連中ではない。すると、食い詰めた輩《やから》が名家の娘を攫《さら》い、身代金でも強請《ゆす》ろうという腹だろうか。

ぼうっとする頭で考えを巡らせていると、中の一人が零《こぼ》した。

「箱入りと聞いてたのに、とんだ豪気な公主様だ」

——公主？

「光藍《こうらん》の、きょうだい？」

だからこんなにも似ているのか。

少女は気丈にも微笑《ほほえ》んでみせた。

「白月《びゃくげつ》と申します。光藍は私の兄です」

礼を言おうと口を開きかけたが、「おい、口をきくな」と男に遮られた。

白月は首を横に振り、声を低めた。

「どうか今は眠ってください。どこに連れて行かれるにしろ、すぐに殺されるようなことはないと思います」

妙な公主だと思った。怯えてはいるものの、取り乱した様子はまるでない。公主といえば、後宮で蝶《ちょう》よ花よと育てられるものではないのか。

この状況で眠れるわけがないと思ったが、すぐに強烈な眠気が襲いかかってきた。スレンは再び、気絶するように眠りについた。

それから、気を失っては覚醒するのを幾度も繰り返した。

伽泉《かせん》を連れ出されてから、ゆうに十日は過ぎた。都からはずいぶん離れてしまっただろう。

西に向かっていることだけは確かだった。いつしか周囲には荒涼たる山々と枯れた草原《くさはら》、その草原に飲み込まれかけた街道しか存在しなくなっている。

空ばかりが馬鹿に青く、空気は鼻先に冷たかった。乾いた風は頬を切るようだ。

どうにかして逃げようかとも考えたが、公主を連れて行けるかは怪しいものだった。スレン一人ならどうとでもなるだろうが、命の恩人で、光藍の妹でもある公主を置いて行けるわけがない。おまけに、行きがかり上巻き込まれただけとはいえ公主を見殺しにしたとなれば、濫《らん》との協約の話に影響がないとも限らない。

とにかく今、逃げ出すのは得策ではない。事を起こすなら、この連中の目指す場所へ着いてからだ。

スレンはそう腹を決め、男たちに投げられようが転がされようが奥歯を噛んで耐えた。

そうして荷車から徒歩、徒歩から馬、また荷車と幾度も乗り換えさせられ、スレンと白月は車に押し込められた。窓には板が打ち付けられ、わずかな光が漏れ入るだけだ。

黙って揺れに身を任せていると、「ごめんなさい」と公主が口を開いた。

「私のせいですね。私を助けようとしたばかりに、こんなことに巻き込んでしまった」

「公主様が謝ることはないでしょう。悪いのは連中で、あなたじゃない。それに、公主様が庇《かば》ってくださらなければ、俺はとうに死んでいた」

公主は無理に唇の端を引き上げ、微笑んでみせた。

「ありがとう。見たところ、あなたは濫の方ではないのでしょう？　かしこまらなくて結構です。どうか白月とお呼びください」

「……白月様？」

「はい。それで、あなたのお名前は？」

「スレン。スレンと申します」

「スレン？　あなた、じゃあ、もしかして」

公主の瞳が、揺れるように輝いた。光藍か皇后《こうごう》からでも、スレンの名を聞き及んでいたのだろう。

「はい。血の上では、恐れ多くも白月様の従兄《いとこ》ということになります」

「なんてこと。大変な使命を帯びて濫へいらっしゃったのでしょう？　それなのに……」

狭い車の中に、重苦しい沈黙が降りた。それを自《みずか》ら振り払うように、白月はつとめて明るい声で言った。

「では、スレンとお呼びしても？」

「もちろんです、白月様」

「従兄なんですから、様は不要です。敬語も結構ですからね」

「ですが……」

「改めないのなら、あなたのことを哥哥《おにいさま》とでもお呼びしようかしら」

「それは御免被《こうむ》りたい。ええと、それじゃあ……白月」

自分でそうしろと言ったのに、白月は驚いたように目を見開いた。かと思うと目を泳がせ、長い髪をしきりに手で梳《す》いた。

「やはり、やめた方が？」

「いいえ、いいえ。あまり他の方からそんな風に呼ばれたことがないものですから。すぐに慣れます」

スレンには敬語をやめろと言ったくせに、自分は改めるつもりはないらしい。

「どこへ連れて行かれるんだろうな、俺たちは」

「どこかはわかりませんが、攫われる理由には心当たりがあります」

「心当たり？」

それは、と言葉を切ったきり、白月は黙り込んでしまった。スレンは仕方なく別の話題を持ち出した。

「白月の顔を見た時、驚いた。光藍に瓜二つだから。異母兄妹《きょうだい》でもこんなに似るものなんだな。よく言われないか？」

やはり返事はなかった。この話もまずかったのだろうか。

車軸が悪路に軋《きし》む音ばかりが続く中、白月の薄い唇が震えるように開かれた。

「いいえ。異母兄妹ではありません、私たちは」

「どういう意味だ？　光藍は、自分には異腹の弟妹《ていまい》しかいないと言っていた」

「知らないのです、兄上は」

知らない？　とスレンは眉間《みけん》に皺《しわ》を寄せた。

「お聞きになったでしょう、後宮をうろつく幽鬼の噂《うわさ》を。あれが私です」

「でも、白月はとても霊体には見えないけど」

白月はスレンの手を両手で握った。すべらかな肌の感触が、掌《てのひら》に伝わる。青白いが、仄《ほの》かに温かい。

「……生きてる」

ええ、と白月は微笑んで首を傾《かし》げた。長い髪が、肩を滑る。

「あの燎火節《りょうかせつ》の夜まで、私は後宮を一歩も出たことがありませんでした。堪《こら》えきれず人気《ひとけ》のない夜半に邸《やしき》を抜け出した私を目撃した侍女《じじょ》や宦官《かんがん》たちが、幽鬼と思い込んで噂を広めたのでしょう。けれど次第に、後宮を歩き回るだけでは飽き足らなくなってしまった」

外へ行ってみたくなったんです、と白月はつぶやいた。

「燎火節なら坊門もすべて開け放たれると知って侍女を買収し、初めて外に出ました。けれど今思えば、あんなに簡単に街に下りることができたのもおかしかった」

あれも仕組まれたことだったのかもしれません、と白月は息を吐いた。

「待て。公主が後宮から一度も出たことがないって、濫じゃ普通のことなのか？」

「当たり前とは言えないかもしれません。もちろん、普通の公主であってもみだりに外出したりはしないものですが」

「つまり、白月は閉じ込められてたのか？　どうしてそんなことがまかり通る」

それは、と白月は静かに笑った。その目に、口元に、世を突き放すような諦念《ていねん》が浮かんでいた。

「私は、生まれてきてはならなかったから」

スレンが再び口を開きかけたところで、車の揺れが止んだ。

「……着いたのか？」

白月はスレンの毛衣《けごろも》の裾《すそ》を握り、早口に言った。

「スレン、聞いてください。これから何が起ころうと、あなたのことは必ず私が守ります。だから約束してください。もしどちらかしか助からない局面が来たら、必ず自分の命を優先すると」

「何を言ってるんだ？　そんなことできるわけ――」

その時さっと車中に光が差し込み、二人は体を離した。

「出ろ」

腕を後ろ手に縛られたまま引きずり下ろされ、スレンは地面に顔を擦《こす》り付けた。男たちが嗤《わら》う声が聞こえてくる。畜生が、と地を這《は》うと、砂利《じゃり》が頬にめり込んだ。

「おや、これは」

聞き覚えのない声が降ったかと思うと、男たちの嘲笑《ちょうしょう》が止んだ。

「俺は公主様を拐《かどわ》かせと命じたはずだが。異民の男なんぞ拾ってこいと言ったかな」

氷のごとき静寂が張りつめるのがわかった。誰かが踏みつければ、たやすく割れてしまう薄氷だ。

「冥迪様、申し訳ありません。公主様を攫うのを見られたもんで、そいつも一緒に……」

「なるほど、なるほど。多少の手違いはあったが、目的は達したというわけだ」

冥迪と呼ばれた男がスレンの前にしゃがみこむ。触れられてもいないのに、体が重い。この男が纏《まと》う、存在の重みがのしかかるようだ。乾いた手がスレンの前髪を摑《つか》み、顔を上げさせられた。

「なんとまあ、男前だ」

冥迪は喉《のど》を鳴らして笑った。

眼窩《がんか》ばかりが大きく、白目を持て余すような三白眼の男だった。その目は黒々とした隈《くま》に縁どられている。歳《とし》の頃は三十に届かないくらいだろうか。長い黒髪を結うことなく垂らし、身に着けた白い袍《ほう》が、夕闇《ゆうやみ》から浮かび上がっていた。

スレンが転がされているのは、どこかの邸の前院《まえにわ》らしかった。敷地はそれなりに広いようだが、木々は立ち枯れ、庭石かただの岩か計りかねる巨石が転がるばかりだ。永寧宮《えいねいきゅう》の庭を世話する園丁《えんてい》が見れば泣き出しかねない。

周囲に視線を巡らすと、邸を取り巻くように山々が迫っていた。露《あらわ》になった山肌が、為す術《すべ》なく夕日に焼かれている。息苦しささえ覚える光景だった。

「それで、公主様はどちらに？」

「ここにおります」

白月が車から降ろされ、スレンの隣に立った。

その途端、冥迪はスレンから手を放し、膝《ひざ》をついた。おかげでスレンは地面に顔面を打ち付ける羽目になった。鼻の奥から、ぬるりとした鉄の匂いが伝い落ちる。

「公主様、私めは孫《そん》冥迪と申します。斯様《かよう》な辺境までお呼び立てしたこと、申し開きのしようもございません。ですがどうかご安心ください。我らに公主様を害する意図は毛頭ございません」

冥迪は身体《からだ》を折ると、額《ひたい》を地面につけた。何をぼさっと突っ立ってんだ、と冥迪が低く唸《うな》ると、他の男たちも弾かれたようにその場に額《ぬか》づいた。

白月は男たちの黒いつむじを、恐ろしいもののように見渡した。

「お呼び立て？　お前らにとっちゃ、猿轡《さるぐつわ》して袋に詰めるのが人を招くってことなのか」

スレンは鼻から垂れる血を舐《な》めながら悪態を吐いた。

頼むから黙ってろ、という男たちからの視線が突き刺さる。

冥迪は顔を上げると、三白眼を巡らせてスレンを見た。蹴りの一発や二発は覚悟して身構えたが、体に痛みが走ることはなかった。

「こちらの御仁《ごじん》の言うことももっともだ。こんな卑劣《ひれつ》な方法を取っておきながら害意はないと言ったところで、公主様に信用していただけるはずもあるまい」

おい、と冥迪は男たちに目を向けた。

「公主様の御身に最初に触れたのは誰だ？」

一人の男が、ためらいがちに手を上げた。

「なるほど。では、相応の罰は覚悟の上だっただろう」

冥迪がそう言うと、男たちは渋面《じゅうめん》をつくって立ち上がり、手を上げた男を取り囲んだ。囲まれた男が観念したようにぐっと歯を食いしばると、その腕が捻《ひね》りあげられた。くぐもった音が鳴った。羊の断末魔にも似た声が、男の喉から漏れる。

男の腕は、奇妙な方向に折れ曲がっていた。

白月がたじろぐように後ずさり、足元の砂利が鳴った。

「このようにお見苦しいものしかご覧に入れられず、心苦しい限りです。けれどこれで、我らが致し方なく公主様をお連れしたのだとご理解いただけたことでしょう」

微笑みかけられた白月は絶句し、元より白い顔をさらに青白くした。

会話の間隙《かんげき》を、烏《からす》の鳴き交わす声と、男の呻き声ばかりが埋めていた。

「いかれてんのか？　攫った理由も説明せずに仲間の腕へし折って、ご理解もなにもあるわけないだろうが！」

冥迪は薄く微笑んだまま、スレンに顔を向けた。

「貴殿はなかなかに気骨ある方のようだ。勇名をお聞かせ願えるだろうか？」

「スレンだ。北の草原はアルタナ、その族長の子。スレン」

アルタナ、と冥迪の唇が繰り返す。スレンの耳に下がった太陽紋を、その目が捉《とら》えた。

「俺が帰らなければ、故郷の者が必ずこの場所を探し出す。その時俺が生きていなければ、草原は千倍の死をお前たちに求めるだろう」

「なるほど。その名を聞くまでは、細切れにして畑の肥《こ》やしとすれば、この不毛の地も少しはましになろうかと考えていたが」

白月がすっとスレンの前に進み出た。

「あなた方が私を害するつもりがないというなら、スレンにも手を出さないでください。この人は……」

冥迪は首を横に振り、白月の言葉を遮った。

「ご心配には及びません、公主様。承知いたしました。いやはや、早計に殺さず、名をお聞きして本当によかった」

「話を最後まで聞いて。スレンに手を出さないと約束してください。それに、さっきのように無闇《むやみ》にあなたの部下を傷つけることも、二度としないでほしい」

部下？　と冥迪は心外そうに眉を下げた。

「それは違います。我々は同志です」

「なんでもいいわ。さしずめあなたたちは父上との交渉のため、私を人質としたいのでしょう?」

公主様は聡《さと》くていらっしゃる、と冥迪は口元を緩ませた。

「少し考えればわかることでしょう。どうやって私の存在を知ったのかはわからないけれど、殺すのではなく生かして連れてきたのだから。約束を守ってくれるなら、私は逃げません。父上があなた方との交渉に応じることを信じて待ちます」

「健気なことです」と冥迪は西日に目を細めた。

「いいでしょう。しかし公主様を後宮に篭《こ》めていた帝《みかど》は、信ずるに値《あたい》するお人でしょうか」

「皇帝が、白月を後宮に篭めていた?」

冥迪はスレンを振り返ると、にやっと笑った。濫人にしては彫りの深い顔が夕日を受け、ますますその陰影を濃くしていた。

「瑶帝《ようてい》は片割れの魏帝《ぎてい》を失ってからというもの、双子を、ひいては双蛇《そうじゃ》を蔑《ないがし》ろにするような触れをいくつも出した。まるで双蛇を憎んでもいるかのように。しかしそこでお生まれになったのが、そちらにおられる公主殿下と皇太子殿下の双子だった」

「……双子?」

白月の顔を見たが、その首が横に振られることはなかった。ただ恥じ入るように、白月は俯《うつむ》いた。

「再び永寧宮に双子が生まれたということは、双蛇の意志の表れに他ならない。双蛇は双子をそのもとに遣わすことで、瑶帝を諫《いさ》めようとされたのだろう。しかしあろうことか帝は、生まれたばかりの娘を隠した。世が双蛇への信心を思い出し、瑶帝の治世が歪《ゆが》んだものであると気づくことを恐れて」

「違います！　父上の意図は、そのような邪《よこしま》なものではありません。ただ……」

公主様、よいのです、と冥迪は緩やかに頭を振った。

「親の行いを否定するのは、公主様のような孝子《こうし》にとってはさぞお辛いことでしょう。差し出たことを申しました」

命拾いしたな、と冥迪はスレンの耳元でささやくと、すっくと立ち上がった。

「このような寒空で言い争っても詮《せん》無いことです。どうぞ邸の中へお入りください。お二人とも、客人として我が邸へ迎え入れます」

混乱したまま立たされ、引きずるように邸内に連れ込まれた。回廊を巡って案内されたのは、意外にも地下牢や離れではなく、二階にある房《へや》の二つ並んだ扉の前だった。驚きが伝わったのか、「客人としてお迎えすると言っただろう」と冥迪は笑った。しかしその言葉を信じかけたのも束の間、扉に物々しい鍵と閂《かんぬき》が取り付けられているのが目に留まった。

「こんなむさ苦しい房しかご用意できず心苦しい限りですが、なにぶん貧しい辺境の街です。お許しください」

それでは私はこれで、と冥迪は邸を出て行こうとした。

「お前の邸じゃないのか？　どこへ行くんだよ」

「私は廟《びょう》で寝起きしております。我が孫家の役目は代々、祭官長として廟を守ることゆえ」

御心配には及びません、と冥迪は白月に微笑みかけた。

「朝になれば双子の兄が起きて参ります。用向きは兄にお伝えください」

待てよ、とスレンは冥迪を呼び止めた。

「結局、ここはどこなんだよ。なんで白月を攫った？」

しかし冥迪はスレンなどそこにいないかのように、あくまで白月にのみ言葉をかけた。

「長旅でお疲れでしょう。なにしろ生まれて初めて後宮をお出になったのですから。今はただ、ゆっくりとお休みください。何も憂《うれ》うことはございません。公主様がおいでくださること、この街の民すべてが待ち望んでおりました」

そう言い終えると、冥迪は今度こそ去っていった。

白月とは別々の房へ押し込まれると、閂を掛ける大仰な音が外から聞こえた。

「おい！　縄くらいほどいていけよ！」

そう叫んだが、無情にも足音は遠ざかっていった。スレンはただ、冷たい床の上で身をよじることしかできなかった。


かすかな物音に、スレンは目を覚ました。

全身が痛むのは、懐《ふところ》の短剣を取り出そうともがくうち、床に転がったまま寝付いてしまったからだろう。薄く目を開けると、肝心《かんじん》の短剣は懐から零れて鼻先に落ちていた。

「起きたの？」

房の中に見えた金色の影がそう言った。思わず飛び起きると、そこにいたのは金の髪を持つ小さな少女だった。少女は白月よりいくつか年下、まだ子供といっていい年齢に見えた。その金髪と碧眼《へきがん》は、干陀羅《かんだら》よりさらに西の血をありありと感じさせる。しかし輝くばかりの髪とは対照的に、身に着けた短衣《たんい》はあちこちが擦り切れたみすぼらしいものだった。

「……白月は？」

「公主様のこと？　隣の房で、もう朝餉《あさげ》を済ませられたわよ」

朝餉と聞いた瞬間に、芳《かぐわ》しい匂いがふわりと鼻をくすぐった。匂いの元に目をやれば、粥《かゆ》が卓子《つくえ》に載っていた。途端に、腹が強烈な空腹を思い出して生唾《なまつば》が溢《あふ》れた。

「ほら。あんたの分よ」

少女は無表情にそう言った。スレンが動かないのを見ると、やれやれと肩を竦めた。

「毒なんか入ってないわよ。信用できないっていうなら、私が食べたっていいんだけど」

「違う！　見てわかんねえのか、縛られてるから動けねえんだよ」

ああ、と少女はさも今気づいたといわんばかりに頷くと、無遠慮にスレンに近づいた。床に落ちた短剣を拾い上げようとし、鞘《さや》に刻まれた双蛇の紋様に目を留めた。

「なんであんたが、こんなもの持ってるのよ」

「昔、母が皇帝から賜《たまわ》った。今は俺が預かってるだけだ」

少女は不信に満ちた目でじろりとスレンを睨《にら》んだ。黙って短剣で縄を切ると、鞘をしげしげと眺め、そのまま懐に入れた。

「これは預かるわ。公主様を危険に晒《さら》したくなかったら、取り返そうとなんかしないことね。あんたがこの街を出る時が来たら、ちゃんと返すから」

「お前らに俺を解放するつもりがあるっていうのか？」

「さあね。そういうことは、無忌様か冥迪様に訊《き》いて」

それより、と少女は卓子を指した。

「粥、冷めるわよ」

そうだった、とスレンは有難く朝餉にありついた。久方ぶりの卓についてのまともな食事だ。しかし匙《さじ》を口に入れて、首を捻ることになった。冠斉《かんぜい》や伽泉《かせん》で口にしたそれとはずいぶん違う。椀《わん》を覗《のぞ》き込めば、湯の中に所々粟《あわ》の粒が泳いでいた。それ以外はほとんど白湯《さ ゆ》と言っていい代物《しろもの》だ。

「まずい？」

「いや、不味《まず》くはねえけど」

スレンは椀を傾け、湯のような粥を一気に飲んだ。

「腹にはたまらねえな」

「悪いけど、あんたに出せるのはそれくらい。公主様にはもっとましなものを出してるから、安心して」

そりゃあ安心した、とスレンは音を立てて椀を卓子に投げた。行儀が悪い、と睨まれる。

「あんたの名前は？」

「あたしは小青《しょうせい》。孫家にお仕えしてて、あんたたちの世話を言いつかったの」

「この家、小青以外に使用人はいないのか？」

今やスレンは丸腰とはいえ、少女一人を房の中に寄越すなんてどうかしている。それとも、公主を捕らえている以上滅多なことはしないだろうと高を括《くく》っているのか。

「いないわ。あたし一人で十分だもの。それに、無忌様も冥迪様も、他人が家にいるのを厭《いと》われるから」

「じゃあ、あんたはよっぽど信用されてるんだな」

返事はなかったが、耳の端がかすかに赤らんでいた。小青は椀を下げて出て行こうとしたが、それより先に扉が開いた。

「無忌様！」

小青がぱっと表情を明るくした。

入ってきたのは、冥迪と同じ顔だった。顔貌《がんぼう》や瞳の色はもちろん、装束や隈の濃さまでまったく同じである。しかし、纏う雰囲気は正反対と言ってよかった。冥迪が薄闇を纏った男だとするなら、現れた人物は曙光《しょこう》を背に負っている。

無忌はスレンに向かって微笑んだ。

「お初にお目にかかります、スレン殿。孫無忌と申します。この街で、弟の冥迪と共に祭官長を務めております」

「……似てないな、あんたら。双子だって聞いたが」

スレンがそう言うと、無忌は驚いたような顔をした。

「そのようなことを言われたのは初めてです。皆、我ら兄弟は瓜二つだと言いますよ」

「顔はたしかにそっくりだ」

けれど、似ているのは顔だけと言っていい。無忌からは、冥迪が漂わせていた陰の匂いがまるでしない。同じ親から生まれ同じ土地で育った二人が、どうして表裏のようにまったく異なった人間に育つのだろう。

「不思議に思われますか？　なぜ、私と冥迪がこうも違うのか」

無忌はまるでスレンの心を読んだかのように言った。

「おそらく役割の違いではないでしょうか。私と冥迪は共に父の跡を継いで祭官長となりましたが、陽《ひ》のあるうちは私が、日没後は冥迪が廟に詰めると取り決めたのです。当時の廟の賑わいは相当なもので、昼夜の区別もございませんでしたからね。ですが月の光ばかりを浴びていると、弟のように少しばかり鬱屈《うっくつ》したところのある人間になるのやもしれません」

「少し、ね」

無忌はスレンの皮肉には応じず、続けた。

「よろしければ我らの廟をご覧になりませんか。公主様もお誘いしております」

「俺たちを外に出すってことか？　正気かよ」

小青の碧眼がじろりとスレンを睨んだ。

「無忌様に向かって失礼なこと言わないで」

よしなさい、と無忌は小青をたしなめた。

「公主様もあなたも、我らの客人に違いありません。ですからぜひ、私たちの街をお目にかけたいのです。いかがでしょうか」

冥迪と雰囲気こそ違えど、この男も不気味なことに変わりない。けれど孫兄弟の意図がどこにあるにしろ、外へ出られる機会を逃す手はない。少なくとも、ここがどこなのかの手がかりくらいは得られるだろう。

スレンが頷くと、無忌は満足そうに笑みを深くした。

「では、ついてきてください。公主様はすでに支度を終えてお待ちですよ」

開け放たれた扉を出ると、回廊に白月が寄る辺《べ》ない表情で立っていた。スレンの姿をみとめると、口元がかすかに緩んだ。白月と言葉を交わすよりも早く、「早く行って。無忌様をお待たせしないで」という小青の言葉に追い立てられ、外へ出た。

邸の外は、空ばかりが青かった。一羽の鷹《たか》が旋回している他には、雲一つない。

地表を剝《む》き出しにした山々が陽を照り返すせいで、ひどく目が痛んだ。この時期に冠雪していないところを見ると、よほど雨が少ないらしい。砂漠が近いのだろうか。

びょうと吹き抜けた風に、思わず身を震わせた。雪がなくとも、風は凍るようだ。

北の山際に建つ孫家の邸からは、街を一望できた。

街自体が、傾斜した土地に建っているらしい。北と西には山脈が迫り、斜面にへばりつくようにして家々が散っていた。石壁すらない、干煉瓦《ほしれんが》を積み重ねただけの家も目立つ。南に目を転じれば、大門に通じる大路が街を貫いていた。それに沿って宿や妓楼《ぎろう》らしき建物が所狭しと軒《のき》を連ねているが、開いている店はほとんどない。人影もなく、灌木《かんぼく》が枝を揺らすばかりだ。大路だけではない。街全体を見渡しても、打ち捨てられ朽ちかけた家が多く目についた。

街を囲んだ城壁だけが、いったい何を守ろうとしているのかと首を捻りたくなるほどに高く厚い。しかしその城壁も長い間手が入っていないらしく、あちこち崩れかけている。この街は、かつて栄えた時代もあったのだろう。だが今見えるのは、往時の影ばかりだ。

「さて、参りましょうか」

無忌の声に街へ下ろうとすると、小青に腕を摑まれた。

「勝手にどこ行くのよ。今から行くのはこっち」

そう言って小青は、邸の裏手の山を指した。

「……山の中へ行くのですか？」

白月の問いにも答えは返ってこず、小青は無言で先に立って歩き出した。スレンたちは、寒風に晒され赤くなった小青のふくらはぎを、黙って追うしかなかった。

山中だというのに、鳥の囀《さえず》り一つ聞こえてこない。木々もなくわずかに草が生えるばかりのこの山には、鳥獣《ちょうじゅう》も住まないのだろうか。今は、白月の吐く荒い息ばかりが聞こえてくる。スレンの背にも汗が浮き、毛衣を湿らせた。

「驢馬《ろば》でもご用意できればよかったのですが。申し訳ありません」

白月は返事をする余裕もないのか、首を横に振った。気にするなということだろう。獣《けもの》道のような悪路ではない。多くの人々に踏み固められた、れっきとした道が続いている。しかしそれでも、野の道など歩いたことのない白月の脚《あし》には辛いだろう。ふと足元に目をやると、沓《くつ》の踵《かかと》に血が滲《にじ》んでいた。縫《ぬ》い目が擦れて肌が切れたらしい。負ぶさるか、と訊いたがやはり白月は首を横に振った。

「おい、どこまで登るんだ？　まさか頂上までとは言わないだろうな」

「ご心配には及びませんよ」

無忌がそう言うと、小青が歩みをひたりと止めた。

「もう着きましたから」

着いたと聞いて、白月の目に光が戻る。

ずんずんと岩陰に踏み入る小青を追うと、目の前に切り立った崖が現れた。

奇妙な光景だった。

岩壁の下部は削り取られ、巨大な朱塗りの門が嵌《は》め込まれている。中央の扁額《へんがく》に書かれたのはただ一文字、「天」。門を支える二本の柱には、一体ずつ大蛇が巻きついていた。色彩は風雨に褪《あ》せてはいるが、鱗《うろこ》の一枚一枚まで丁寧に彫り込まれ、ところどころ銀色の光を放っている。かつては全体が銀粉に覆われ、まばゆいばかりだっただろう。

門の背面に聳《そび》える岩壁に目を転じれば、大小数え切れぬほどの穴が空いているのが見えた。いったいどうやって掘ったのかと思えるほど高い場所にまで、穴は無数にある。明らかに自然のものではなく、人の手によって穿《うが》たれたものだ。どの穴の中にも、壇や種々の神像が鎮座している。穴の一つ一つが小さな廟なのだ。さながら神々の宴《うたげ》のように、この崖には濫のあらゆる神が顔を揃えている。

そして門の奥には、暗い洞《ほら》がぽっかりと口を開けていた。

「……天廟？」

スレンの隣に立つ白月が、そう声を漏らした。

「ご名答です。さすがは公主様」

無忌が白月に向かって微笑むと、小青は露骨に顔を強張《こわば》らせた。

「世辞は結構です。濫の者であれば、誰もが知ることですから」

「お若い方にとっては、もはや古臭い知見でしょう」

天廟って？　とささやいたスレンに白月が答える。

「濫には、広く知られた廟が三つあります。魏《ぎ》江《こう》と瑶《よう》江《こう》の中洲《なかす》に建つ二つの宗廟と、この天廟の三つです。天帝に創世を託された双蛇は天を離れた後、天屹山《てんきつざん》という濫の北西に位置する山に降り立ちました。天屹山を双蛇が這うとその銀鱗《ぎんりん》が剝がれ落ち、銀片《ぎんぺん》となった。おかげで天屹山は長く銀鉱として栄え、周囲の街を富ませたそうです。住民たちは双蛇の恩に応《こた》えるべく、天屹山に廟を建てて祀《まつ》りました。それが天廟です。双蛇の加護あってか、銀が尽きた後も街は栄え、遥《はる》か昔には干陀羅の侵攻さえも阻《はば》んだといいます」

白月は視線を無忌に向けた。

「天廟があるのならば、ここは岳門州《がくもんしゅう》の廬郷《ろごう》ですね」

「ええ、ご明察のとおりです。ここは廬郷、濫の西の果て。干陀羅と草原、双方との国境である白嶺山《はくれいさん》と天屹山に挟まれた辺境の街です。ではどうぞ、中へ」

門から一歩足を踏み入れると、そこは廟内とも思えない、手の加えられた形跡のほとんどない岩窟《がんくつ》だった。元々天然の洞窟だった場所に、門を取り付け廟としただけなのだろう。しかし自然のものとはにわかに信じ難いほど天井は高く、見上げれば首が軋むほどだった。

「以前は数百人を数える祭官たちが天廟で暮らしておりました。しかし今はご覧のとおり、私と冥迪、そして数人の街の者が残るばかりです」

薄暗い洞内には、奥へ向かう道に沿って点々と灯《あかり》が燈《とも》されている。横穴も多く見えた。

「あれらの穴は、かつての坑道に繋《つな》がっております。今では全容を知る者もおりませんが」

無忌の声が洞内に木霊《こだま》する。

しばらく行くと、道の両脇に神像が居並ぶようになった。頼りない蠟燭《ろうそく》の火に照らされた神々の塑像《そぞう》は、まるでこちらを責めるような厳《いか》めしい顔つきに映る。彼らの足元には、小さな土人形が転がっていた。その数は奥に向かうにつれて増えていき、ある神像などは膝元まで人形の山に埋め尽くされている有様だった。

よくよく見れば、人形には見覚えがあった。冠斉で出会った老婆《ろうば》が持っていたものだ。

スレンの視線に気づいたのか、無忌が口を開いた。

「あれは、双子産を願うための人形ですよ。双子を望む夫婦やその親が訪れて布施をし、人形を一対持ち帰る。それを肌身離さず持ち歩くと、やがて双子を授かるといわれていま す。願いが叶えば、人形を天廟に返しにやってくる。ですから、そこらに散らばっている人形は、双子を望んだ親たちの祈りの跡です」

今は無用の長物ですが、と無忌は自嘲するように笑った。

「皮肉なものです。かつては皆、あれほど双子を熱望したというのに」

白月は、無言で薄い唇を引き結んだ。

このまま最奥まで進むのかと思ったが、前を行く小青は横穴の一つに潜り込んだ。

スレンと白月は顔を見合わせたが、穴の中から小青の声がした。

「心配いりません。入り口は狭いですが、中は結構広いですから」

小青の言葉に手を引かれるようにして、スレンと白月も闇の中へと潜った。

奥の方で、ぼうっと灯が燈っているのが見えた。何かの影が、洞窟の壁に長く伸びている。その何かは、座った人の形に見えた。坐神像だろうか。

「婆様《ばば》、お客人だよ」

横穴の突き当たりに向かって小青がそう声をかけると、神像に見えていたものがくるりと振り向いた。思わず肝《きも》を潰《つぶ》しそうになる。

そこにいたのは、顔を皺に埋め尽くされた老婆だった。小青とスレンを通り越して白月をみとめると、老婆の濁《にご》った目が零れ落ちそうなほど大きく見開かれた。

「おお、おお、なんと。その顔は、まさか。これは夢か？」

老婆は顔を覆い、見る間に涙を溢れさせた。吠えるような声が洞内に木霊する。

「こちらは、どなたなの？」

白月は戸惑った顔で無忌に尋《たず》ねた。

「まじない師ですよ。かつては永寧宮におり、公主様がお生まれになった場にも立ち会ったとか。先帝にはずいぶん重用されたようです。もっとも今は正気を失い、こうして故郷に戻されましたが」

婆様、と無忌は殊更《ことさら》に優しげな声を出して屈み込んだ。

「公主様の御前だよ。そんなに泣いては無礼だろう」

老婆は顔を上げ、涙と洟《はな》で汚れた顔を袖《そで》で拭《ぬぐ》った。

「公主様、申し訳ございません。私は陛下に何度も申し上げたのです、双蛇様の半身を隠すなどあってはならないと、それは太陽や月を隠すに等しいことだと。だのに、陛下は聞き入れてくださらなんだ」

老婆はそう言って、ますます激しく泣いた。小青がしゃがみ込み、その背をさする。

スレンは眉をひそめ、無忌の顔を見た。

「この婆さんが、正気を失ってるようには見えねえんだが」

「それはそうでしょう。婆様は陛下のなさりように絶望し、詐病《さびょう》を用いて永寧宮を去ったのですから。公主様の存在を知っているからには、そうでもしなければ宮城を出ることはできなかった」

まじない師は白月の足に取りすがった。

「どうかお許しください。陛下のもとに双子がお生まれになったのは、双蛇様の、ひいては亡き魏帝陛下のご意志の表れであると、何度もお諫めしました。けれど、結局公主様をお救いすることができなんだ……」

せめてもの罪滅ぼしに、と老婆は鼻を啜《すす》った。

「こうして郷に戻ってからは、廟に籠《こ》もり、公主様が救い出されるよう日夜双蛇様に祈って参りました。それが、それがようやく報《むく》われた！」

老婆は泣きながら笑みを見せたが、白月の表情は凍りついていた。

「救い出される？　無理矢理攫ってきておいて、勝手なこと言うな！　閉じ込められる場所が変わっただけだろうが」

老婆はスレンに胡乱《うろん》な目を向けた。

「お前、異民かえ。無忌様、なぜ双蛇を崇《あが》めぬ者など天廟に入れられた」

「婆様、よくご覧なさい。見覚えがないですか？　この者の面貌に」

老婆は涙や洟で濡れたままの顔で、ぬうっとスレンを覗き込んだ。そしてはっと息を呑《の》んだかと思うと、小さく背を折って地面に額づいた。

「御無礼をどうか、お許しください」

老婆は硬い岩の地面に額を打ち付けた。

「おい、やめろ。傷になるだろ」

肩を掴んで止めさせると、老婆は額から血を流しながらも恍惚《こうこつ》の表情を浮かべていた。

その頬を、血と共に新たな涙が垂れ落ちていく。

「よくぞ、よくぞお戻りくださいました。兄君であらせられる貴方《あなた》様からお伝えいただければ、きっと陛下もお心を改めてくださるはず」

まただ。また同じ、濫の人間はこの顔に父の面影を見つけては勝手に驚き、怒り、喜ぶ。

父は死んだのに。スレンが生まれた時から、どこにもいはしなかったのに。

おい、とスレンは老婆の肩を揺すった。

「よく見ろ、俺は魏帝じゃない。その息子で、草原の人間だ」

しかし老婆は意に介さず、ただ滂沱《ぼうだ》の涙を流すばかりだった。

「瑶帝陛下は、魏帝陛下を亡くされてからお変わりになられたからね。婆様にとっては感激も一入《ひとしお》なんだろう」

スレンは無忌を振り返った。

「結局、俺たちをここまで連れてきた意味はなんなんだ？　お前らは何がしたい」

老婆の泣き声ばかりが、しばし洞に響いた。無忌はゆっくりと進み出ると、老婆の背後の岩壁に彫り込まれた双蛇を指先で撫でた。

「救っていただきたいのです」

「救う？　何をだ」

「我らと、我らの双蛇を」

スレンが無忌に向かって踏み出そうとすると、小青が無忌を庇うように割って入った。

スレンを睨む碧《あお》い目の向こうで、無忌は薄く笑った。

「この街は今、死に向かいつつあるのです」


房に戻されても、とても眠る気になれなかった。

廬郷、天廟、双蛇、魏帝、死。昼間に見たものが、頭の中を回る。

無忌に更なる説明を求めたが、「いずれわかることです」という言葉以上のものは引き出せなかった。救ってほしいと言うくせに、こちらに何も教えようとはしない。目の前に、ぽっかりと暗い洞が口を開けているような気分だった。暗くて先の見通せない、天廟内に無数に空いた横穴のように真っ黒な洞だ。

スレンは牀《しょう》から跳ね起きた。

どうせ眠れないのなら、眠らなければいい。

房の中を観察し、調度を一つ一つ検分してみることにした。窓に嵌め込まれた格子《こうし》は木製だが柱のように太く、斧《おの》でもなければ破壊することは不可能だ。覗き込むと、門の前や中院《なかにわ》にも見張りらしき男たちが見える。扉は試しに蹴ってみたがびくともしない。うるっせえぞ、と廊下にもいたらしい見張りの男の怒声が響いただけだった。

それでも諦《あきら》められず、牀の下を覗き込んだり、小棚の抽斗《ひきだし》を上から下まで全部開けてみたりした。しかしそこに、見るべきものは何もなかった。はなから期待していたわけではないが、落胆《らくたん》がひたひたと空《から》に近い体を満たしていくのを感じた。夕餉に出された、朝餉と同じく白湯のような粥に浮かんでいた粟だか稗《ひえ》だかの粒など、とうに腹から消えてしまっていた。

脱力感を覚え、牀に戻った。眠気はあるのに、目はひどく冴えていた。横になると、考えても詮無いことが脳裏に現れる。

協約の話はどうなっただろう。ザナトを通じて、アルタナにスレンが姿を消したと伝わっただろうか。族長はどう動くつもりだろう？　永寧宮は？　存在を隠してきた公主が消えたのだ。皇帝はあくまで公主の存在を隠そうとするだろうが、ここの連中が「帝は双子の存在を隠した」と騒ぎ立てたらどうするつもりなのか。

いや、とスレンは薄闇の中で天井の梁《はり》に目を凝らした。

それこそが、冥迪たちの交渉材料なのかもしれない。公主の命を盾《たて》にしたところで、帝はおそらく動かない。しかし、衆目から隠した双子の存在を暴かれるとなれば話は別だ。事実が詳《つまび》らかになれば、帝に不満を持つ者たちは、ここぞとばかりに双蛇への冒瀆《ぼうとく》だと責め立てるだろう。

白月は、存在そのものを消されたのだ。何の罪もないのに、息をひそめ、いない者のように暮らすことを強《し》いられた。片割れである光藍さえ、その存在を知らない。

「そんなことって、あるかよ」

白月の境遇を想うと、草原での自分が途方もなく傲慢《ごうまん》に思えた。不自由なく育ったというのに、身の内に流れる濫の血を嫌い、予《あらかじ》め定められた族長への道も疎《うと》んだ。

けれど白月には、疎むような未来さえなかった。

気恥ずかしさに、スレンは寝返りを打った。その拍子に、壁に勢いよく頭を打ちつけた。

「ってえ……」

伽泉で男に殴られた傷はまだ癒《い》えきっておらず、熱を持って痛み出した。頭を押さえながら壁を見やると、漆喰《しっくい》がはらはらと剝がれ落ちていた。

スレンはまじまじと壁に見入った。

そこに穴が、ぽっかりと空いていたからだ。小指の先がやっと入るくらいの小さな穴だった。頭をぶつけたせいで空くような穴ではない。明らかに何か鋭利なもので壁を掘り、その上から漆喰を塗って隠していたのが、衝撃で剝がれて露になったのだ。

スレンは穴の周りに残った漆喰を手で毟《むし》り、払い除《の》けた。

覗き込んでも何も見えない。けれど壁の中にしては、ほんのりと明るい気がする。

この穴は、ひょっとして隣の房まで通じているんじゃないのか。

期待に鼓動《こどう》が速まった。震えそうになる指の関節で、こん、と小さく壁を叩く。

反応はない。あまり強く叩けば、外の見張りに聞こえるかもしれない。

こん、こん、と今度は二度続けて叩く。

「穴だ。白月、ここに穴がある！」

ひそめた声が届くかはわからない。ただ、祈るようにスレンは穴の上から壁を叩き続けた。

ごり、と何か重いものが床を擦るような音がした。

『……スレン？』

その声はかすかだったが、たしかに耳に届いた。

穴を覗くと、向こうからも黒い目が覗いていた。

「まあ」

壁を挟んで目の合った二人は、どちらからともなく噴き出した。

「どうしてこんなところに穴が？」

壁に耳を付けると、声がはっきりと聞こえた。

「わからない。頭をぶつけたら、漆喰が剝がれて穴が出てきた」

「こちらは、穴の前に棚が置いてありました。それをどかしたら、穴を隠すように双蛇のお札が。罰当たりにも、剝がしてしまいましたけど」

「もしかして、俺たちの前にも誰か閉じ込められていて、壁を掘ったのかもしれないな。なんとか隣の房の奴と話そうとして」

「もしそうなら、その誰かに感謝しなくてはいけませんね」

そうだな、とスレンが笑うと、白月も笑った。壁の厚みを隔《へだ》てているというのに、吐息の温かささえ感じられるような気がした。

ひとしきり笑い終えると、スレンはつぶやいた。

「結局、なんで連中は白月を攫ったんだろうな」

「彼は『救ってほしい』と言いました。おそらくあれは真実だと思います。今から話すことは、推測に過ぎませんが」

白月はふうっと大きく息を吐いた。

「私の知る限り、盧郷は栄えた街だったはずです。決して土地に恵まれたわけではありません。山に囲まれ、土は痩せ……国境に位置してはいても、隊商は白嶺山を迂回《うかい》するためその恩恵にも与《あずか》れない。遠い昔には、無謀にも山を越えてきた干陀羅の襲撃も受けたそうです。街の規模に対して城壁が高いのは、当時の名残《なごり》でしょう。

盧郷の受難はそれで終わりませんでした。かつて天屹山は銀を産出しましたが、干陀羅の侵攻と前後して涸《か》れてしまった。もしかしたら、干陀羅の狙いも銀鉱だったのかもしれません。だとしたら皮肉なことですね。今は他より秀でたものといえば、銀鉱時代から続く細工の技術くらいのもののはずです」

「ずいぶん詳しいんだな」

後宮では書物ばかり読んでいましたから、と白月は苦笑した。

「そんな盧郷を富ませたのは天廟です。参拝客のための宿、車や馬の差配、細工の技術を生かした土産物《みやげ》や、廟に納めるための造像。さらには天廟への寄進や朝廷からの援助、香銭と呼ばれる参拝者にかけられる税。そういうものでこの街は成り立っていました。

ですが父上は双子の優遇を廃しました。朝廷からの支援金もなくなった上、双子を授かることを願って天廟に参拝する者も減ったでしょう。加えて、天廟と宗廟の建つ土地はその維持のためとして、他の土地より租税が軽く設定されていたはずです。父上はその措置《そち》も同時に取り止められたと聞いています。他の廟と同様の予算の中で行うように、と」

「それじゃあこの街の連中は、立ち行かなくなった街を何とかしろって皇帝を脅《おど》すために、白月を攫ったっていうのか？」

「おそらくは、そんなところではないでしょうか」

だとすれば気の毒なことです、と白月が壁の向こうでつぶやいた。

「気の毒なんてことあるか！　それが事実だとして、お前をこんなところに攫っていい理由にはならない。もっと真っ当な方法で、街の窮状《きゅうじょう》を訴えればいいだけだ」

「それはそうですけれど、あの人たちが正当な方法を試さずにこんな危険を冒すとも思えないですし……もし父上の策のせいで苦しんでいるのなら、その責は娘の私にもあります」

スレンは苛立《いらだ》ちに任せて壁を叩いた。はっとして扉の方を見たが、見張りの声は聞こえてこなかった。

「お前を攫った張本人だぞ、ほだされてどうする！　あいつらは自分たちに都合のいいことしか言わないに決まってる」

それに、とスレンは言葉を継いだ。

「白月は存在を黙殺されてきたんだろ。なのにどうして、父親の責任なんか取らないといけないんだよ」

そうですね、とくぐもった声が聞こえたきり、白月は黙り込んだ。もう穴の前から離れてしまっただろうかと思うくらいの時間が経《た》った後、スレン、と名を呼ばれた。

「まだそこにいますか？」

「……いる」

短い返答に、白月は息を吐くように笑った。

「ごめんなさい。私のせいで巻き込んでしまって」

「それは前にもう聞いた」

「でも……あなたがここにいてくれてよかったと、どうしても思ってしまうんです」

ごめんなさい、と白月は繰り返した。もう謝るな、とスレンは遮った。

「よかったよ。白月が一人でこんなところに攫われてたらと思うとぞっとする。俺が一緒の方がまだましだ」

スレン、と声は弱々しく笑った。

「できたら軽蔑《けいべつ》しないでほしい……いいえ、軽蔑してくれても構いません。だから、私の願いを聞いてくれますか」

「もちろんだ」

白月が息を吸う気配があった。

「こんなことになって、恐ろしかった。でも、もしかしてこれは好機なんじゃないかと、そう思ってしまったんです」

声はさらに小さくなったが、スレンの耳にはたしかに届いた。

「私はもう、後宮へ帰りたくない」

言葉の続きを待ったが、それきり声は途絶えた。

「おい？　白月」

「ごめんなさい。やっぱり、忘れてください。また折を見て話しましょう」

言い終わらないうちに、白月が壁から遠ざかる気配がした。

おい、と壁を叩いても、反応がない。穴を覗くと、向こうで札が貼りなおされるのが見えた。視界が黒く塗り潰される。目の前で扉が閉じられ、拒絶されたも同じだった。

スレンは溜息を吐いて、暗くなった穴を見つめた。訊きたいことが山程あるのに、会話する手段が穴一つしかないのがもどかしい。今日のように一緒に外に出される機会があればいいが、そう都合よくいく保証はない。

とにかく今はこのちっぽけな穴が、白月と会話できる唯一の確かな手段だ。見つかるわけにはいかないので、穴がちょうど支柱に隠れるように牀を移動させた。

仰向けに寝転がると、白月の言葉が耳に蘇《よみがえ》った。

もう、後宮へ帰りたくない。

子供の頃、もし自分が族長に連れ出されず濫に残されていたらという想像を、眠れぬ夜に巡らせたことがあった。それはほとんど悪夢だった。想像の永寧宮は広いばかりで寒々しく、そこに住む濫人は皆スレンを見ると顔をしかめた。彼らは異民の血を引くスレンを疎み、存在を持て余していた。スレンは人々の視線から逃げるように城内をさまよい、母様、と呼び声を上げたところではっとまぶたを開いた。遠く、狼《おおかみ》の遠吠えが聞こえた。自分が永寧宮ではなく見慣れたユルタの中におり、傍《かたわ》らには母とカウラが眠っているのを確認して、やっと安堵の息を吐いたものだった。

けれど白月は、ずっと一人で後宮にいた。スレンのように目を覚ますこともできなかった。そこは夢ではなく、彼方《かなた》まで続く現実だった。

スレンは暗い虚空《こくう》に向かって手を伸ばした。そうすれば、幼い自分の手が、同じように小さな白月の手を摑むことができるとでもいうかのように。

けれどその手は、何も摑むことはない。


あと少しの辛抱だと、父母は言った。

必ず嫁ぎ先を見つけてくる、ここから出してやると、そう繰り返した。

私を見る時、彼らはいつだって痛ましいものを見る目をしていた。けれど本当は、二人の方がずっと深く傷ついていたのだとわかっていた。

だから私は、父母を憎むことができなかった。外へ出られないなんて名家の娘にはよくあること、大したことじゃありません。母上もそうだったのでしょう？　そう笑うのが精一杯だった。

けれど私がそう口にする度に、父は暗い顔をし、母は目を伏せた。

可哀想《かわいそう》で、苛立たしい人たちだった。いっそ、これは当然の仕打ちなのだという顔をしていてほしかった。そうすれば、心置きなく彼らを恨むことだってできただろう。

父も母も、およそ皇帝や皇后などという地位に向かない人に見えた。

私が生まれる二年前、父は兄帝を双子信仰の歪みから失うことになった。それから父は、双子を優遇することを止めた。各地の廟への支援も打ち切るか、大幅に減額すると決めた。

勅令《ちょくれい》が発され、少なくない反発を呼びながらも、世は変わり始めていた。

そこに、私と兄が双子で生まれた。生まれてしまった。

双子の誕生を公《おおやけ》にすれば、春官たちはここぞとばかりに「これは双蛇神が帝を諫める意志の表れである」と唱え、帝といえど令を覆《くつがえ》さないわけにはいかなかっただろう。世人は、天が見過ごせぬほどの愚を父が犯したのだと見なしただろう。そうなれば、双蛇信仰、ひいては双子信仰がかえって以前よりも隆盛を極めることになったかもしれない。

それは、許されることではなかった。

そうして私の誕生は秘された。

生まれたその時に、出自を偽《いつわ》り養女にやることだってできたはずだ。そうできなかったのは、産着《うぶぎ》にくるまれた私に向かって父が手を伸ばした時、私がその指を握ったせいだったという。赤子とも思えない力で、私は父の小指を握りしめた。

それを見た母は私を抱きすくめ、どこへもやりたくないと泣き崩れた。

だから父は、私を隠した。

父は菓子や簪《かんざし》などの、娘が喜びそうなものを携《たずさ》えては後宮にやってきた。

「もったいないですね。こんなに綺麗《きれい》な簪をいただいても、見せる相手は父上と母上、侍女たちしかおりません」

幼い頃、うっかりそう口にした時の父の顔を忘れることができない。子供特有の素直さが言わせた言葉に過ぎなかったのに、父は凍りついた。

そうか、と父は差し出した簪を引っ込めて帰っていった。

父が行ってしまうと、母は私を抱きしめた。ごめんなさい、とささやいた声は掠《かす》れていた。必ず良い嫁ぎ先を見つけて、その時にこそあなたを自由にするから、と繰り返した。

それから父が衣裳や簪を持ってくることはなくなった。代わりに、書物や象棋《しゃんちー》の盤を私の房に持ち込んだ。母と指す象棋は、永遠にも似て横たわる時を埋めるのに役立ってくれたし、書物は外の世界を知るよすがとなった。読み終えた書は棚に積み上がり、房を埋めた。私ほど多くを読んだ公主など他にないと思えた。進士《しんし》を志《こころざ》す者だって、これほどの読書量ではないだろう。皇帝の権を用いて集められた書物は、濫の史書や経書は言うに及ばず、民話や風土記、物語絵巻に干陀羅の言葉で書かれたものにまで及んだ。

書物に記された文字は、余すところなく私に取り込まれていった。私の中が空っぽだから、文字たちは喜んでそこに身を投げるかのようだった。しかし蓄積されていく知識が生かされる場面などあろうはずもなく、ただ澱《おり》のように溜まるばかりだった。

ここを出たい。

溜め込んだ知識たちが捌《は》け口を求めるかのように、時おりその衝動に突き動かされた。書を読み終えてふと顔を上げた時、象棋の棋譜を一人並べるうちに妙手を考えついた時、あるいは庭の池で蓮花《れんか》が夏の日差しに白い花弁を透かしているのを見た時、侍女に髪を梳《す》かれ、櫛《くし》に残った髪があまりに黒々と長いのを見た時。

理由も脈絡もなく、ここではないどこかへ行きたいと、そう思った。そのどこかは、養女に出されていたかもしれない家ではなく、いずれ嫁ぐことになる家でもなかった。

欲求は怒りにも似て、胸を焼いた。

激情を鎮めようとする時、いつも一人の少年のことを想った。母から聞かされた、遥か遠い北の地にいるという、伯父の血を引く少年のことを。

もし彼が濫に残っていたら、と夢想の中で心を遊ばせた。複雑な立場にある彼は、もしかしたら私と同じように後宮に閉じ込められていたかもしれない。そうしたら、私は一人ではなかったかもしれない。

いいえ今だって、と私は髪を撫でつけた。

濫帝の血を引く少年は、草原で孤独かもしれない。私と同じように、自分は一人だと感じているかもしれない。

私はここにいる、と顔も知らない少年に向かって幾度となく語りかけた。そしていつも、何も摑むことのない手を虚空に向かって伸ばした。

だから私は、燎火節に合わせて街に下りた。母からあなたが伽泉にいると、燎火節を見に行くと聞いて、いてもたってもいられなかった。きっと会えると信じていたわけでも、後宮から逃げ果《おお》せると思っていたわけでもない。どうせすぐに追ってきた侍女に捕まるだろうと思っていた。ただあなたとどこかですれ違っていたかもしれない、後宮で生きる自分にその思い出だけでも与えてやりたかった。

けれど私は、望み通りあなたに出会った。この手で、あなたの袖を摑んでしまった。


二人が天廟に向かったのと時を同じくして、白月公主盧鄕にありとの報を携えた遣いが伽泉に向けて発った。盧鄕で官吏《かんり》が殺されてから、ちょうどひと月が経っていた。

彼らを見送ると、盧鄕の城門はすべて閉じられた。

外界を拒絶した城壁に、殺された六人の州府の官吏たちが吊るされた。州府から、姿を消した官吏たちの行方はすでに糾《ただ》されていた。その度に煙に巻いて追い返していたが、もはやその必要もなくなった。

盧鄕が外界との関わりを絶って十日後、付近の村から報告を受け、再び盧鄕を訪れた州府の役人たちが見たのは、城壁で寒風に揺れる遺体の群れだった。死してすでに時の経った彼らの面相は、いくら廬郷が寒く乾いた土地柄だとはいえ崩れていたが、身に着けた衣で見知った官吏の変わり果てた姿であると知れた。

彼らは泡を食って州府に取って返した。廬郷に蜂起《ほうき》の兆《きざ》しありとの報せ《しら》を受けた岳門州府から軍が動き出したのは、それからさらに五日の後のことだった。彼らは山の斜面にへばりつく廬郷の街の南と東とを包囲し、陣を布《し》いた。街の北と西には、元より山脈が迫っている。二方を塞ぐだけで、廬郷は袋の鼠《ねずみ》だった。

州軍を率いた将は、閉ざされた門を街道から見上げ、人知れず溜息を落とした。気の進まぬ進軍だった。腰の重さは兵たちの足どりにも表れ、行軍を常より遅らせた。

そもそも、廬郷には州軍に抵抗できるような力はない。人も武器も備蓄も、何もかもが欠けた寒村だ。城門を閉じた時点で、廬郷は自決を決めたも同じだった。すぐに攻め込むにしろ、兵糧《ひょうろう》攻めにするにしろ、いずれにせよ廬郷には死しかあり得ない。しかし仮に包囲戦を選択すれば、大量の兵糧を必要とする。今は凍るような冬だ。ただでさえ備蓄を切り崩し、草の露《つゆ》を舐めるようにして日々を暮らす周囲の村から徴収を繰り返せば、彼らまで賊に姿を変えないとも言い切れない。見上げるような恰好《かっこう》の城壁を越えるのは骨だろうが、仕方ない。壁さえ越えてしまえば、後は兵とも呼べぬ丸腰の男共を切り捨てればいいだけだ。こんな死にかけの街に時間をかけることはない。哀れな民ではあるが、いずれにせよ死を免《まぬが》れないのなら、苦痛の時間は短い方が良いだろう。

将は部下を呼びつけ、進軍の鼓《つづみ》を鳴らすよう指示した。その時だった。

一騎の馬が、天幕へと走り込んできた。敵兵が単騎で突っ込んできたかと思うような勢いだったが、鞍《くら》が朱で縁どられたその馬は、朝廷からの遣いに他ならなかった。人馬はその場にどうと倒れ、馬の方は泡を吹いて死んだ。使者は書を将に差し出し、水を一杯与えられると気を失った。

何事かと急ぎ書を開くと、皇帝自らの手蹟《しゆせき》と朱の玉璽《ぎよくじ》が目に飛び込んできた。

「軍を動かすこと、まかりならん」

将は目を眇《すが》めてもう一度文字を目で追った。しかし読み違えではなかった。今度は、言葉に何か異なる意図がこめられているのかと頭を巡らせた。しかし、思いつくものは何もなかった。そもそも寓意《ぐうい》を読み取るような真似が不得手だからこそ、武官を志し、こうして州軍を率いているのだ。

将は呻吟《しんぎん》したが、こうして勅書を受け取ったからには命に背くわけにはいかなかった。しかし書には動くなとあるだけで、撤退せよとも書かれていない。

「……全軍、待機せよ」

こうして不運な岳門州軍は、山から吹き下ろす風をその身に受けながら、街を睨み据えるほかなくなった。

州軍が鷹郷を包囲した日の夜半、住民たちは誰からともなく天廟の最奥に集った。余所《よそ》からの参拝客は立ち入らぬ、坑道の奥の奥である。集った者たちの顔が揃って暗いのは、何も夜闇のせいだけではなかった。

双蛇像を背に座した冥迪は、彼らの沈んだ顔を見渡した。その口元には、常と同じように薄笑いが浮かんでいた。

「お前ら、辛気臭え顔並べてなんだ？　こうなることくらいわかってて、役人共ぶち殺したんじゃなかったのか？」

でもあれは無忌様が、と彼らは口ごもった。

「ああ、そうだったな。安心しろよ。無忌《あにき》の仕出かしたことにはちゃあんと責任をとる。俺たちは二人で一人だからな。無忌の罪は俺の罪だ」

冥迪が唇を舐めると、住民たちは肩を震わせた。

「心配すんな。奴らは城壁を越えられない。なんのためにわざわざこんな辺境へ、公主様をお呼びしたと思ってる？」

冥迪はそう言って背後の双蛇像を振り返った。蛇身を絡ませた二匹の蛇《へび》の片割れの胸元には、奇妙なことに乳房としか思えぬ膨らみが見えた。

「この廬郷におわすのは、真の双蛇だ。余所の連中が崇めてるような紛《まが》い物じゃない。お前たちは祖神に選ばれた聖地の民だってのに、そんなに怯えてたんじゃあ、信心を疑った双蛇がご機嫌を損ねるだろう。それともなんだ、銀片の恩を忘れたのか？」

「俺たちだって、双蛇様のご加護を信じてます。長年の恩に報いたいからこそ、街に残りました。ですが、そう何もかもうまくいくでしょうか」

大丈夫だ、と冥迪は相対した男を絡めとるような目つきで見つめた。

「じきに双蛇が廬郷に揃う」

それに、と冥迪は歯茎を見せてにっと笑った。

「なに、いざとなったら俺と無忌の首を束ねて帝に献上しな。自分たちはこのろくでもねえ双子に唆《そそのか》されただけだと命乞いすりゃ、皆殺しだけは免れるだろうよ」

冥迪様、と男たちの幾人かが立ち上がる。

「我らはそこまで恥知らずではありません。そんなことは双蛇様がお許しにならない。あなた方孫家の双子を失えば、我らはそれこそ破滅だ」

冥迪は声を上げて笑った。鳥の鳴き声にも似たその声は、洞内で木霊する。

「わかってんじゃねえか。今のはものの譬《たと》えだよ。俺だってそう易々《やすやす》と死ぬつもりはない。首落とす羽目になるくらいなら、干陀羅を頼ったっていい」

住民たちははっとして、互いに顔を見合わせた。

「なあだから、そんなしけた面ばっかすんのはやめろ。ただでさえ薄汚ねえ男共の渋面なんざ、双蛇が喜ぶと思うか？」

なあ？　と冥迪は女性《にょしょう》の蛇の顎《あご》に手をやり、猫でもあやすように優しく撫でた。

「しかし……」

いい加減散れ、と冥迪は手を振った。

「無い頭絞ったって、悪い想像が膨らむばっかりだ。不安じゃ腹は膨れねえぞ。そんな暇があるなら、祈れ。人の為すことの中で、ただ祈りだけが美しい」

そう吐き捨てると、冥迪は自ら双蛇像の前に身を投げ出して祈りの言葉を口にした。

男たちは互いに顔を見合わせたが、やがて同じように額づき、冥迪に続いて唱和した。

洞内に祈りは反響し、己の言葉と他者の言葉とが境なく混じり合った。声はまるで、男たちの口から漏れ出るのではなく、洞内に潜む人の理解を超えた何かが発した声のように思われた。その声に包まれる感覚は心地よく、住民たちに心身の苦痛をしばし忘れさせた。

祈りに満ちた廟内だけが、苦界から切り離されていた。


スレンと白月は日に一度、穴を通して短い会話を交わすようになっていた。夜半に壁が叩かれるのを心待ちにして、長い一日をやり過ごした。天廟に連れて行かれて以降、外に出されることもない。食事を与えるためにやってくる小青に何を尋ねても、一言か二言不愛想な返事があるだけだった。その短い言葉からわかるのは、廬郷は危機的状況にあること、街は門を閉じて孤立状態となったこと、白月の存在を材料に皇帝と交渉しようとしているらしいことだけだった。「いずれわかる」と無忌は言ったが、わからないことの方が圧倒的に多い。しかし簡素な調度以外に何もない房の中で、できることは多くなかった。眠る時間ばかりが長くなったが、それも空腹によって度々遮られた。

白月と言葉を交わすわずかな時間がなければ、おかしくなっていたかもしれない。

日が経つにつれ、廬郷のことや、どうやったら逃げ出せるかという話題が減っていった。

盧郷へ連れてこられてから、もうひと月になる。盧郷と朝廷の交渉がうまくいったのならば、いい加減何かしらの動きがあっていい時期に差しかかっていた。しかし日々に何の動きもない。

ということは、と考えるのが恐ろしかった。白月も同じ恐怖を感じていないわけはない。しかし話題にしたのは、房に象棋の盤が差し入れられ、小青を相手に教え込んでいるということだった。無忌とも一度打ったのだという。

「ですが、すぐに対局は終わってしまいました」

「どうしてだ？」

「その……勝負がすぐについてしまったので」

白月は言葉を濁したが、相手にならなかったに違いないと察した。後宮にいた白月が対局できる相手といえば、母である皇后か侍女くらいのものだろう。あの皇后を相手に日常的に打っていたのなら、並みの相手で歯が立つはずもない。

「母上は、もしかしてとても象棋に秀でた方だったのでしょうか」

「そうだと思う。俺も一度打ったが、歯が立たなかった」

スレンも打てるんですね、と白月はつぶやいた。

「たしかに母上には一度も勝てたことがありませんでしたが、自分が弱いせいだと思っていました。私って本当に、何も知らない」

「そんなことは……」

ない、と言いかけてスレンは口を噤《つぐ》んだ。

「スレン？　どうかしましたか」

「何か聞こえないか」

おもてを右往左往するような足音が、かすかだが耳に届いた。男の怒鳴り声もする。

「何かあったんでしょうか」

「しっ」

白月が押し黙ると、ぱちぱちと何かが爆《は》ぜるような音を耳が拾った。

窓の外を見れば、まだ日の出には遠いはずが妙に明るい。嫌な匂いが鼻先を掠めたかと思うと、あっという間に鼻孔《びこう》を満たしていった。

「白月、布で鼻と口を覆え」

くそ、とスレンは壁を殴った。

「……火事だ。邸のどこかが燃えてる」

そんな、と白月が息を呑んだ。

「落ち着け。なるべく声を出さず、息を吸うな」

大丈夫だ。盧郷の連中にとって、白月は必ず生かしておかなければならない切り札だ。絶対に助けが来る。

そう思う一方で、もし朝廷との交渉がすでに決裂していたら？　という考えが頭をもたげた。すぐに殺すのは忍びなく生かしていたが、いよいよ用済みになり、せめて皇帝への意趣返しとして邸ごと焼き殺そうとしているのだとしたら？

もしそうなら、どうしたらいい。

思考を巡らそうとするが、焦《こ》げ臭い匂いが頭に流れ込んでうまくいかない。とにかく、黙って助けを待っていては駄目だ。スレンは身を低くして移動し、扉を蹴った。

「おい！　開けろ！」

返事はない。見張りはすでに逃げたのか、階下で誰かが叫ぶ声がするだけだ。

「聞こえないのか！　開けてくれ！」

それでも扉を叩くしかない。戸の隙間から煙が流れ込み、頭が朦朧《もうろう》としてくる。スレンは自分の腕を噛んだ。歯が肉に食い込む痛みが、かろうじて意識を保たせた。

その時、扉が勢いよく内側に開いた。扉の目の前にいたスレンは、したたかに額を打って倒れた。しかし、とにかく助けが来たのだ。煙と痛みでふらつく頭を手で支えながら、回廊へと這い出る。煙の中を、人影が遠ざかっていくところだった。負傷しているのだろうか、足を引きずるような奇妙な歩き方をしている。

おい、と声を上げようとして咳《せ》き込むと、指先に冷たいものが触れた。

拾い上げると、鍵束だった。見れば、白月の房の扉は閂が掛かったままだ。

霞む視界の中、閂を外し、鍵穴に次々と鍵を押し込んだ。一本、二本と試しても、なかなか合うものが見つからない。焦りに手がぬめり始めた時、かしんと鍵先が回る感触がした。扉が音を立てて開く。

「白月！」

スレンは文字通り房に転がり込んだ。中にいた白月が、よろめきながら立ち上がる。

「逃げるぞ！」

白月は歩き出したが、煙を吸ったのか足元が覚束《おぼつか》ない。

「ちょっと我慢しててくれ」

スレンは白月を肩に担《かつ》ぎ上げた。掠れた声が白月の喉から漏れたが、構ってはいられない。

幸いなことに、回廊にも階下にも人影はなかった。たとえ誰かに見つかっても、この事態ならどうとでも言い訳できるだろう。とにかく今は外へ逃げるのが先決だ。

階《きざはし》を飛び降りるようにして、外へと走った。一階に下りると煙の臭気が増したが、炎は見当たらない。

邸の外へ出ると、熱波が右半身を焼いた。敷地の片隅《かたすみ》で、火元となったらしい離れが炎を噴き上げている。男たちが叫び声を上げながら、火を消そうと奮闘していた。

その時、どうと音を立てて、燃え落ちた庭木が倒れていった。その熱が頬を炙《あぶ》る。焦げ臭い匂いが強まったのは、火の粉に前髪を焼かれたせいかもしれない。

一瞬、邸のどこかで眠っていたはずの無忌や小青のことが頭を掠めた。

白月の両手に衣をぎゅっと摑まれ、我に返る。二人の房は一階にある。スレンたちより早く火事に気づいて逃げたはずだ。

ふりかかる火の粉から白月を庇うように、その体を抱え直した。

「スレン。城門は閉ざされているはずですから、ひとまず街の中に隠れましょう」

「でも、どこに向かう?」

見上げた白月の顔は、炎に照らされ赤く浮かび上がっていた。

その指が、ひたりと北を指した。

「天屹山へ向かってください。身を隠せる場所に心当たりがあります」

背後がいっそう明るくなり、思わず後ろを振り返った。

火が母屋《おもや》へと燃え移り、孫家の屋根が火に呑まれようとするところだった。

ぐずぐずしてはいられない。

「わかった。しっかり摑まってろよ」

スレンは地を蹴り、燃え盛る邸を後にした。

四章

先刻から、光藍《こうらん》は房《へや》の中をうろうろと歩き回っていた。

父帝は昨夜からずっと、後宮の母の邸《やしき》に詰めている。日の出を迎えても朝堂に姿を見せることはなく、咳払《せき》いをした宦官《かんがん》が一言「陛下はご気分が優れぬゆえ、本日の朝議にはお出でになりませぬ」と告げただけだったという。陽《ひ》が高くなっても後宮から姿を見せぬなど、淫蕩《いんとう》に耽《ふけ》り政《まつりごと》を疎《おろそ》かにしたとの誹《そし》りを免《まぬが》れないだろう。しかし、父に限ってそれはあり得ない。父は後宮をあくまで血を残すための場としか見ていない。元々欲の薄い人なのだと臣下たちは言った。兄帝が亡くなるまで、足を運ぶのも稀《まれ》だったと。

その父帝が後宮から出てこないとなれば、母と密かに話さねばならない何かがあるに決まっている。臣下たちだって当然そう見て、不審の念を抱くだろう。

昨日、暮鼓《ぼこ》が鳴り響く伽泉《かせん》の街に飛び込んでくる馬が一頭あったとの噂《うわさ》もある。みすぼらしい身なりの男を乗せた痩《や》せ馬は、大路を走り抜けて永寧宮《えいねいきゅう》に至ったとも耳にした。

――スレンの足取りが掴《つか》めたのだろうか。

しかし、それならばすぐに教えてくれてもよさそうなものだ。

まさか、と光藍は息を呑《の》む。

まさか、遺体で見つかったのだろうか。

ふと、指に痛みを感じて立ち止まる。見れば、指先に血が滲《にじ》んでいた。落ち着かない気分になると爪を嚙《か》む幼い時分の悪癖が、また顔を出したらしい。

誰かと話したい。一人で考え込んでいるから、こんなに不安になるのだ。けれど、ザナトは一人でスレンの行方を追って留守にしている。そのうえ母にも会えないとなれば、話す相手も見当たらない。

燎火節《りょうかせつ》からすでにひと月近くが経《た》っている。

このままスレンが見つからなかったらどうなるのだろう。使者が伽泉で消息を絶ったとなれば、協約を求めてきた草原も態度を翻《ひるがえ》すかもしれない。ましてスレンはアルタナ族長の息子で、血筋の上では濫《らん》の皇子でもある。継承権を有する者が草原にあるのをよく思わない濫が密かに始末したのだと難癖をつけられれば、跳ね返すだけの証拠などどこにもない。永寧宮の中にさえ、そうに決まっているとまことしやかにささやき交わす者もいるのだ。

——あるいは、それが真実だったとしたら？

光藍は、己の思考をすぐに打ち消した。

父がそんなことをするはずはない。スレンは父にとって甥《おい》、それも死んだ双子の兄の子だ。それを殺してしまうなんてあり得ない。

でも、と自分の声が耳元でささやく。

父上は、思い描く治世のためならば、双蛇すら蔑《ないがし》ろにできる人だ。もし濫のためになならないと考えたら、初めて会った甥を殺すことを躊躇《ちゅうちょ》するだろうか？　肉親を手にかけることなど、歴史を紐《ひも》解くまでもなく朝廷では茶飯事《さはんじ》だ。

心臓が早鐘を打った。打ち消そうとどれだけ試みても、一度心に浮かんだ想像は消えてくれなかった。痛む指先が、じんと熱を持つ。

その時、扉を叩く者があった。

「入れ」と応《こた》える。誰かと言葉を交わし、この恐ろしい考えから逃れたかった。

顔を覗《のぞ》かせたのは、柳文虎《りゅうぶんこ》だった。春官長の一人息子で歳《とし》の頃は光藍より十ほど上、自身も信心深い春官である。名家に生まれながら、その血に頼らず市井《しせい》の者に交じって郷試を受け進士《しんし》となった気骨ある若者だ。父親と異なり肉に埋もれてはいない眼は、常であれば潑剌《はつらつ》とした光を湛《たた》えているのだが、その輝きも今は鳴りをひそめていた。

文虎は周囲に視線を巡らせると、扉から身体《からだ》を滑り込ませた。

「殿下、突然の訪問をどうかお許しください」

「いい。それよりどうした、そんな風に周囲を憚《はばか》って。まるで盗人のようじゃないか」

光藍は笑ったが、文虎の生真面目な口元は真一文字に引き結ばれたままだった。気まずさから、光藍の頰《ほお》からも笑みが溶けて消える。

「殿下。今からお話しすることは、どうかご内密に願います。父から伝え聞きましたが、本来であれば父も私も知り得ないことなのです」

「いったい何だというんだ、回りくどい。早く話せ」

失礼を、と文虎は光藍の耳元に唇を寄せた。

「燎火節の夜、見物に出ていた公主殿下が賊《ぞく》によって拐《かどわ》かされたというのです」

寝耳に水だった。スレンの行方ばかり気にしていた光藍は、そのことについてこの若い春官がささやいてくれるものと思っていた。

「なに？　どの公主だ」

父帝には、光藍を含めて三人の皇子と四人の公主がある。光藍に同腹の弟妹《ていまい》はいないので、異母《いぼ》妹たちの誰かが攫《さら》われたことになる。一番上の妹でもまだ十二だ。誰であってもさぞ恐ろしい思いをしているだろう。

それが、と文虎はこの期《ご》に及んでまだ言い淀《よど》んだ。

「なんだ、さっきから歯切れの悪い。もったいぶるだけもったいぶって話す気がないのなら帰れ！」

「申し訳ございません。あまりに信じ難い話でしたので」

「だから、信じ難いとはどういう事態なのかと訊《き》いているんだ！」

文虎の湿った息が耳にかかる。

「お心を鎮めてお聞きください。賊に攫われたのは、殿下の、、、、、双子の妹御にございます」

光藍は思わず文虎から身を引き、その目を見た。

狂人の目ではない。そこにあるのはただ、誠実なる若き進士の澄んだ目だった。

は、と光藍は息を短く吐いた。

「双子？　妹？　何を言ってる？　僕は母上のただ一人の子だ」

「困惑されるのも無理ないことです。私自身も、未だ信じられない気持ちなのですから」

ですが、と文虎は睫毛《まつげ》を伏せた。

「昨日、暮鼓と共に走り込んできた男の話は聞き及んでおられるでしょう。男はどのような手を使ってか、陛下への目通りを許されたのですが」

男はこう述べたのです、と文虎の唇が再び開く。

「『我らが望むことは一つ。故郷を救い、再び双蛇《そうじゃ》を真なる濫の祖神の座へ戻していただきたい。応じていただけるのであれば、我らも陛下の罪を詳《つまび》らかにはしない。罪の証《あかし》、即《すなわ》ち双蛇の片割れである皇太子殿下の妹御は、岳門州《がくもんしゅう》の盧郷《ろごう》におられる。濫軍を差し向けることあれば、我らにはただちに双蛇への背信を告発する準備がある』」

使者はその場で捕らえられたそうです、と文虎はつぶやいた。

「陛下は今も沈黙しておられます。使者の言う公主殿下が存在しないのなら、一笑に付されればよいだけのこと。しかし、そうなさらないということは……」

文虎は言葉を呑み込んだ。しかし続く言葉は明らかなのだから、意味のないことだった。

光藍は身を翻した。どちらへ、と文虎の声が追いかけてくる。

「父上と母上のところに決まっている」

「しかし、皇后陛下《こうごう》の邸の門は閉ざされております。どなたともお会いになられないと」

「うるさい！　それならお会いできるまで門の前を動かなければいいだけだ」

「殿下、話はこれで終わりではないのです。どうかお聞きください」

光藍は文虎を睨《にら》みつけたが、それでもどさりと椅子《いす》に腰を下ろした。

「有難きこと。調べてみたところ、使者を寄越した岳門州の盧郷という街は、ずいぶん前から困窮《こんきゅう》していたようです。天廟《てんびょう》のことは殿下もご存じでしょう。かの廟が建つ地が盧郷でございます」

「それくらい、双蛇をまともに祀《まつ》る者なら誰だって知っている。いいから先を話せ」

文虎は盧郷が貧した経緯をかいつまんで話した。

「盧郷は天廟に縋《すが》って生きてきたような寒村です。蜂起《ほうき》しようにもその力すらなく、偶然知り得た隠された公主殿下を攫うことを決めたのでしょう。許されざる暴挙には違いありませんが、双蛇に献身を尽くしてきた民がここまで追い詰められていたとは」

それに加えて、と文虎は気遣わしげにちらと光藍を見た。

「使者の言うことには、盧郷は再三州府に対し窮状を訴えてきたそうです。そして、州府はその訴えを朝廷に書き送った。しかし、その声が聞き届けられることはなかったというのです」

光藍は頭を振った。

「何かの間違いではないのか？　それでは、父上が盧郷の窮状を知りながら見殺しにしたことになる。父上はたしかに信仰に厚くはないが、民には心を砕いておられる」

「私も、陛下はそのような方ではないと信じておりました。しかし記録を当たってみたところ、たしかに岳門州からそれらしき報《しら》せが幾度も入っているようなのです」

文虎は息を吐き、意を決したように光藍を見た。

「陛下は双蛇を厭《いと》うておられ、盧郷は双蛇によって生きてきた土地です。その二つを鑑《かんが》みれば、陛下に魔が差すようなことがあったかもわかりません」

光藍は目を見開き、眼前の若い男を見た。はっきりと、帝《みかど》への批判と取れる発言だった。しかし文虎の両目に曇《くも》りはなかった。そこには覚悟の色が見て取れた。

「つまり、父上の発した令によって盧郷の民は苦しみ、それを訴えても聞き入れてすらもらえなかった。だから最後の手段に出たというわけか？」

声が震えていないか気がかりだった。

「おっしゃるとおりにございます、殿下。彼らは交渉役を盧郷に遣わすことを求めておりますが、その交渉役というのが、他でもありません」

文虎はそこで言葉を切り、光藍をじっと見つめた。

「……僕を、盧郷が呼んでいると？」

文虎は静かに頷《うなず》いた。

「ならばなぜ、父上はすぐにでも僕を呼ばない」

「陛下のお考えは私にははかりかねます。しかし、殿下であれば盧郷の哀れな民を救うことができると信じております」

これは宿命にございましょう、と文虎は決然と言い放った。

「殿下が双蛇の現身《うつしみ》であらせられることが明らかになったのも、聖地を救えとの双蛇の思《おぼ》し召しではございませんか。陛下が道を誤られたのを、今こそ双蛇が正されようとしている、その意志を感じずにはいられません」

「お前は……僕に父上に背けというのか？」

文虎は強く頭《かぶり》を振った。

「そうではございません。しかし私は、主上をお諫《いさ》めできる者こそ忠臣であると心得ております。ただ諾《だく》と頷くだけの奸臣《かんしん》に落ちたくはございません」

どうか、と文虎は声を低めてつぶやき、光藍に向かって拝礼した。

光藍は音を立てて立ち上がった。その勢いに椅子が倒れたが、元に戻すのももどかしく、房を後にした。


「では父上は、僕に盧郷へ行くなというのですか？」

相対した父は、声を荒らげた光藍を無表情に見下ろしていた。感情の読み取れない相貌《そうぼう》の中で、目の下に浮いた隈《くま》だけが深い疲労を物語っていた。

声を抑えろ、と父帝は静かに言った。

「外の者に聞こえる。もっとも、私が伝える前にお前の耳に入れる者がいるようでは無意味かもしれんがな」

かっと頬が熱くなる。

「その者を貶《おとし》めるのはお止めください。それというのも、父上がいつまでも内情を明かしてくださらなかったせいでしょう。事は一刻を争うというのに！」

光藍、と母が窘《なだ》めるような声を上げた。光藍はきっと鋭い視線を母に向けた。

「母上も母上です。なぜ、僕が双子であるということを今日まで隠していたのですか？ 僕は妹の顔も、名さえ知りません。己が半身だというのに！ こんなことは、双蛇への冒《ぼう》瀆《とく》です。父上も母上も、それを理解しておられるのですか？」

「お前は、私と月凌《げつりょう》が何の憂《うれ》いも考えもなく娘を隠したと思うのか」

父の声には怒りが滲んでいた。しかし何と取り繕《つくろ》ったところで、父と母のしたことは明らかに罪だ。罪は糾弾《きゅうだん》され、償《つぐな》われなければならない。

光藍は唇を噛み、つとめて冷静になるよう自分に言い聞かせた。ここで父と決裂すれば、それこそ妹と盧郷の民は救われない。

「父上、どうか僕を盧郷へ向かわせてください。盧郷の民はただ、救いを求めてこんなことをしでかしただけなのでしょう？ ならば岳門州の義倉を開き、救済を約してやればいいだけのことです。その先のことは、後々考えていけばいい。とにかく今は早く民と妹を救わないと、取り返しのつかないことになります」

しかし父は、まるで幼い子供を教え諭《さと》すようにゆっくりと首を横に振った。

「ならん。使者には別の者を立てる」

「名指しされたのは僕です！　父上は、妹を見殺しにされるおつもりですか！」

父は光藍の顔を眺めた。相変わらずその瞳には熱がない。

「……光藍。銀片《ぎんぺん》教を知っているか」

陛下、と母が咎《とが》めるような声を上げたが、父はそれを黙殺した。

父が口にしたのは、双蛇信仰から派生したいわば邪宗の一派の名であった。朝廷から邪宗の烙印《らくいん》を押されているが、信者は途絶えることなく一定数存在し続けているといわれる。

そんなものが今、いったい何の関わりがあるというのか。

「当然、知っております。父上よりもよほど、僕の方が双蛇について詳しいと自負しておりますから。その銀片教が何か」

「知っているなら話は早い。では、銀片教が邪宗とされた理由はなんだ？」

「彼らが双蛇を男女神と定義するからです。正統の教義では、双蛇に性別は存在しません」

「そこまで理解していながら、わからぬか」

「……銀片教徒が、此度《このたび》の事に関わっていると？」

確証はないが、と父は頷いた。

「銀片教の発祥地は廬郷だ。男女神に、男女の双子。見え透いた罠に、わざわざお前が身を投じることはない」

「ですが廬郷の民が邪宗を奉じているかもしれないからといって、見殺しにしていい理由にはなりません。それとも父上は、邪宗の発祥地などいっそ滅んでしまえばいいとでもお考えなのですか？」

そうではない、と切れ長の目が光藍を睨み据えた。

「私とて手をこまねいているわけではない。いいか、お前は動くな。盧郷と妹を救いたいのならば」

「では、これからどうされるおつもりなのですか？」

父は答えなかった。今は言えぬ、とただそれだけの言葉が返ってきた。

「今は？　それならいつになったら教えていただけるのですか」

返答はなかった。先刻とは比べ物にならないほど、指先の傷口が熱く疼《うず》く。

「父上は盧郷を救う意志が本当におありなのですか⁉　ただ妹を切り捨て、盧郷の者たちが自滅するのを待たれるおつもりなのでは？」

冷静に、という内なる声は自分の怒声にかき消された。

そもそも、と光藍は声を震わせた。

「父上が双蛇を蔑ろにしてきたのが間違いの元だったのでは？　そんなことをなさらなければ、盧郷がこのような暴挙に出ることもなかったのでしょう」

光藍、と呼んだ母の声には懇願《こんがん》の色があった。

「母上。僕は母上のためにも東宮《とうぐう》になろうと、幼い頃双蛇に祈りました。けれどまさか、母上自身が双蛇に対してこのような裏切りを働いていたとは思いもしませんでしたよ」

母は反論もせず、ただ俯《うつむ》いた。代わりに父が繰り返した。

「もう一度言う。お前は動くな。己が太子であると忘れたか？　激情に任せて動けば、それに付け入ろうとする者はいくらでもいる。……今は耐えろ」

頭がひどく熱かった。まるで指先の熱が全身を巡り、頭蓋《ずがい》に流れ込んだかのようだった。

父を見返しても、冷えた視線が返ってくるばかりだ。

なぜ父は、盧郷の民や妹の身のことを想わずにいられるのだろう。父は優れた統治者だと、民を想う心は同じだと思っていた。父と自分は双蛇への考え方が異なるだけなのだと、そう信じていた。

けれどどうやらそれは、思い違いに過ぎなかったらしい。

「父上。よく、わかりました」

すうと息を吸うと、光藍は父に背を向けた。

母に名を呼ばれた気がしたが、振り返らなかった。

おもてへ出た光藍は、自邸すら行き過ぎ、憤然と城下へ向かった。

高楼《こうろう》が、月明かりに照らされていた。

白月《びゃくげつ》が指示するとおりに山に分け入ると、天廟とはやや離れた場所で、岩陰《いわかげ》に隠れるようにしてそれは聳《そび》え立っていた。

「よかった。書物で読んだだけでしたが、本当にあった……」

なぜこんな場所に建てたのかと疑問に思わずにはいられない、切り立った崖の上に五層からなる高楼はあった。崖下を見下ろしても夜闇《よやみ》に塗り潰《つぶ》されているばかりで、高さを窺《うかが》い知ることもできない。街を振り返ると、まだ炎が燃え盛っているのが見えた。

高楼の入り口には、侵入を阻《はば》むように荒縄が渡されていた。

「この高楼には双蛇の顎《あご》の骨が納められているといわれ、禁足地となっています。いずれはここにも人が来るでしょうが、信心深い者ほど立ち入るのを躊躇するはずです。他の場所よりは時間が稼げます」

月光に浮かび上がる古びた扁額《へんがく》は、「顎骨堂《がっこつ》」と読めた。

縄を跨《また》いで中に入ると、埃《ほこり》臭さが鼻をついた。

内部は中央が吹き抜けになっており、互いに絡まり合った巨大な双蛇像が高楼を貫いていた。像の上部は闇に沈んでおり、顔にあたる部分は見えない。上層へと向かう階《きざはし》が壁際に伸びているが、ところどころ段が崩落していた。

スレンが白月を背から下ろすと、じゃり、と沓《くつ》が何かを踏んだ音がした。

拾い上げて月光に翳《かざ》すと、天廟でも見た例の双子産祈願の人形の欠片《かけら》だった。見れば、そこかしこに人形が転がっている。月明かりの下で見るひび割れた人形の群れはどうにも不気味で、自然とそれを避けて二人は腰を下ろした。

切り揃《そろ》えられた前髪から煤《すす》を払い除《の》けてやると、白月は目を瞑《つむ》ったまま言った。

「いったい誰が、火を」

それはスレンも考えていたことだった。火元は明らかに離れだった。しかし孫《そん》家の邸には現在無忌《むき》と冥迪《めいとく》、小青《しょうせい》の三人しかいない。離れは無人のはずだ。火など起こりようもない。ならば、誰かが火付けしたと考えるほかない。

「もしかして、廬郷は一枚岩ではないのでしょうか。孫家に反発する人が、街の中にいる？」

「そうだとして、そいつが俺たちの味方とは限らない」

「そう……ですね。火を放ったのだって、私たちが焼け死んでも構わないと思ってのことかもしれませんし」

白月は自分の言葉に身震いした。高楼の格子《こうし》窓から見上げた空は、いまだ赤かった。

「小青や無忌殿は、無事でしょうか」

「あいつらの房は一階だろ。先に逃げたに決まってる」

そうですね、と白月は力なく答えた。

「どっちにしても、水と食料を調達しに街に下りないとならない。その時に邸や街の様子を探ってくるさ」

俺たちは何も知らなすぎる、とスレンが言うと白月も頷いた。

「火が消えないうちは、追手もきっと来ません。眠りましょう、今は」

白月は双蛇像の尾に頭を預け、筵《むしろ》もない冷えた床に身を横たえた。スレンは毛衣《けごろも》を脱いで渡そうとしたが、白月は「スレンが着ててください」とそれを押し返した。

仕方なく、スレンも横になる。

白月が寝息を立て始めたのを見はからって、毛衣をかけてやった。臭うかもしれないが、凍《こご》えるよりはましだろう。

スレンは体を起こし、入り口近くに膝《ひざ》を立てて座った。外気に一つ身震いする。

眠るつもりはなかった。しばらく、眼下の街を炎が這《は》うのを見ていた。

これからどうしたらいい、と静けさの中で自問する。

どうしたら、白月をここから逃がしてやれる？

今のスレンには馬も刀も弓もなく、族長の息子という身分も意味をなさない。この寒々とした土地で、スレンは丸裸にされた一人の少年でしかなかった。

答えが出るわけもなく、スレンはただ赤い空を睨んだ。

ふと、目が覚めた。夜通し見張りに起きているつもりだったのに、いつの間にか眠ってしまっていたらしい。情けないが、幸いなことに周囲に変わった様子はなかった。

石の床に座り込んで寝たせいで、体が軋《きし》んだ。

空はやはり赤いままだ。まだ火は収まっていないらしい。

ふと視線を感じて振り返ると、眠っているはずの白月と目が合った。

「なんだ。眠れないのか」

スレンこそ、と白月は目を擦《こす》り、そばに来て座った。スレンは床から毛衣を拾い上げ、白月の肩に掛けた。今度は突き返されなかった。

「ありがとう、スレン」

冷たい夜風が、白月の毛先を遊ばせた。髪に染み付いた煙の臭いが、鼻をくすぐる。もう、あの忌々《いまいま》しい壁は無いのだということに今さら気づいた。必死に穴を覗き込む必要もない。

何かを話そうと思う。話したいと思う。

けれど明日からの話をすれば、いたずらに不安を煽《あお》るだけだ。それは白月の不安であり、スレンの不安でもあった。

だからだろうか、口をついて出たのはもっと先のことについてだった。

「白月。この街から出られたら、どうするつもりだ?」

「どうするって?」

「だってお前、帰りたくないんだろ。伽泉に帰れば、また……」

意気地なく萎《しぼ》んだスレンの語尾を汲《く》み、そうか、そうですね、と白月は噛みしめるようにつぶやいて髪を撫《な》でた。

これも口にすべきじゃなかった。「忘れろ」と言いかけたが、先に白月が口を開いた。

「正直なところ、ここから逃げた後のことを考えていませんでした。ただ、目の前のことに必死になるばかりで」

白月は膝を抱え、スレンの方に体を向けた。

「今日みたいに眠れない夜は、母がよく寝物語をしてくれました。小さかった私がよくねだったのは、草原に暮らす少年の話です」

草原？　とスレンが首を傾《かし》げると、白月は目を逸《そ》らした。

「その子は濫で皇帝の子として生まれました。けれどすぐに両親を亡くし、赤ん坊のうちに草原へと連れ出され、そのまま塞外《さいがい》で育った」

「……それって」

「そう、あなたです。あの頃は名前も知らなかったけど、もしスレンが濫に残っていたらとよく考えました。帝の子でありながら、帝を弑《しい》した人の血縁でもあるあなたが濫に残っていたら、もしかして私と同じように存在を隠されていたかもしれないと想像した」

いいえ、と白月は小さく笑った。白い横顔は、空の色を映して仄《ほの》かに赤く染まっていた。

「そうだったらいいと願っていた。私一人ではなくあなたと二人で、後宮に隠されていたらと。そうしたら母上がやってくるのを待たなくても二人で象棋《しゃんちー》ができるし、お話しもできる。お菓子も半分ずつ食べられる。そしてもし、あなたが自分の境遇を悲しんで泣いてしまうことがあったら、私が背中をさすってこう言うんです」

白月の指が、スレンの毛衣をぎゅっと握った。

「『泣かないで。今は無理でも、いつか絶対一緒にここを出ようね』。私が泣いてしまった時は、あなたがそう言う。想像の中のあなたはいつでも私の味方で、言ってほしいことをなんでも言ってくれた」

白月の目に、小さな涙の粒が光った。燎火節のあの日、天灯の炎を映して美しく輝いていた涙を思い出す。

「私がそんなことばかり願っていたから、スレンを廬郷に連れてきてしまった気がするんです。だから絶対に、スレンは死なないで。必ず無事に草原へ帰ってください」

そんなわけないだろ、と白月の言葉を否定するのは簡単だった。けれどスレンにはそれがどうしてもできなかった。これは白月の芯に関わる話なのだと、直感が告げていた。

「だから、身を挺《てい》して庇《かば》ってくれたのか」

「それもあります。ありますけど……」

「けど？」

「空想の中でいつも私を助けてくれた人が、現実でも私を助けようとしてくれて嬉《うれ》しかったから」

私、と白月は両手で胸元を押さえた。

「後宮に篭《こ》もっていた頃は、すべてが他人事《ひとごと》でした。書物を浴びるほど読んでも、そこに書かれたことは日々にまったく関わりがなかった。私には選ぶべきことが何もない。せいぜいが、その日に着る裙《くん》の色くらい。でもあの時は違いました。私が正しい道を選ばなければ、想像の中のじゃない、本物のスレンが死んでしまう。そう思ったら、急に目の前の景色が、色と重みを持って体の中へなだれ込んでくるような心地がしました」

白月の瞳が黒々と光る。

スレンは言葉に迷った。間違った言葉を口にすれば、白月の芯を傷つけてしまう気がする。けれど薄闇に目を凝《こ》らしても、正しい答えが見えてくるわけもない。

「白月。ここを出たら、草原に来るか」

言ってしまってから、自分の言葉に驚く。しかし取り消す前に、白月が目を丸くした。

「……いいんですか?」

咄嗟《とっさ》に出た言葉だったが、スレンは頷いた。

白月が草原にいるところを想像してみる。真っ白な肌は、すぐに日に焼けて色を変えるだろう。スレンは白月の新居のために、新しく竈《かまど》や敷物を造り、新しい仔馬や羊を買ってくる。白月が欲しがれば、犬を余所《よそ》から貰《もら》ってもいい。

悪くない想像だった。

だけどわかっていた。こんなものは、興奮が見せる一時のまやかしだ。許しもなく公主を連れ去ることなどできはしない。そんなことをすれば、協約の話はたちまちに立ち消えるだろう。おまけに白月の立場は、普通の公主よりなお複雑だ。

それに、とスレンは故郷のことを思って息を吐いた。

草原に連れ帰れば、白月は一生「南の女」と呼ばれることになる。族長が牝狼《めろう》という渾名《あだな》に呪われているのと同じように。そんな場所に連れて行くことはできない。

けれど明日も知れない今くらい、呑気《のんき》な夢に浸ることを許してほしかった。

「ありがとう、スレン」

微笑《ほほえ》んだ白月の目にも、これは叶うことのない夢だという諦《あきら》めが浮かんでいた。

「それはさっきも聞いた」

できもしないことを口にしたこと、それを白月に悟られていたことに、スレンは一人頰を熱くした。

「もしここを出られたとしても、結局私は後宮に帰るのだと思っていました。外へ出たいと願ってみても、私のいる場所はあそこしかないのだと思い込んでいた。だけど、そうでない道もあるのかもしれません。そのことについて、これから考えてみます」

そのためにも、と白月の瞳に強い光が宿った。

「二人でこの街を出ましょう。もう、スレンに一人で逃げろとは言いません」

ああ、とスレンは頷いた。

「必ず、二人で出よう」

白月は、闇の中で輝くような笑みを見せた。

「だったら今は、少しでも眠っとけ。体力はなるべく温存しないと」

「スレンは？」

「俺は白月が寝たら寝る」

ほら、とスレンが肩を叩くと、白月は素直に頭を預けてきた。

煙と、白月自身の匂いがかすかにした。触れ合った部分が温かい。

しばらくすると、静かな寝息が聞こえてきた。

曙光《しょこう》が楼内に差し込むまで、スレンが眠りに落ちることはなかった。

朝日が頬を照らすと、白月は薄く目を開いた。

「スレン、ちゃんと眠りましたか」

「眠った。心配するな」

スレンの嘘《うそ》に、白月は安心したように微笑んだ。

「それなら、よかった……」

まだ寝ぼけたその顔は、状況に似つかわしくなく平和なものだった。

ここが草原のユルタの中で、これから放牧に出るような平凡な夜明けだったら、どんなによかっただろう。けれどここは濫の辺境の街で、スレンも白月も追われる身だ。

救いを求めるように、スレンは天を仰いだ。

聳え立つ双蛇像は朝日に照らされ、昨夜は闇の中にあった全容がよく見えた。

ふと、違和感が頭の隅《すみ》を掠《かす》める。

「白月。この双蛇像、変じゃないか」

「え？」

白月も一緒になって双蛇像を見上げた。その途端、穏やかだった顔が強張《こわば》った。

高楼を貫く双蛇像の片割れの蛇には、奇妙なことに二つの乳房が付いていた。

白月はよろめくように立ち上がると、足元に散らばった人形の一つを拾い上げた。

「スレン、これ」

白月が指した人形は、見れば片割れにかすかに乳房の膨らみのようなものがある。よくよく見なければわからないほどだが、どの人形にもその膨らみは付いていた。聳え立つ双蛇像と同じように。取り落とすように床に放ると、土の人形はひび割れた。

白月は階上を見上げると、壁際の階に取り付いた。

「おい、やめとけ。危ないだろ」

「でも、確かめないと」

白月は止める間もなく階を昇り始めてしまった。仕方なくスレンも後に続く。朽ちかけた階は、踏みしめる度に絞め上げられた獣《けもの》のような声で軋んだ。

「確かめるって、何をだ」

白月は早口に答えた。

「双蛇の顎骨は最上階に安置されているはずです。でも、ここは何かがおかしい」

階を上るにつれて、双蛇像の顔が近くなった。その面立ちを見れば、乳房を持つ大蛇が女性《にょしょう》として彫られたのは明らかだった。白月が小さくつぶやく。

「これは、邪宗の……」

高楼の天井が迫ると、そこに双蛇を中心に周囲を取り巻く獣神、ありとあらゆる生き物が描かれているのが見えた。色褪《あ》せてはいるが、かつては極彩色を誇っただろう。

頂《いただき》まで昇り詰めると、双蛇像の顔と真正面から相対することになった。

双蛇は二体とも何かを欲するようにぱっくりと口を開け、舌をこちらに伸ばしていた。

たしかにその口の中に、骨はあった。

白月の喉《のど》から、押し殺した声が漏れる。

しかしそれは、どう見ても蛇の顎骨などではなかった。

人骨だ。

薄汚れた髑髏《しゃれこうべ》が、双蛇の口の中に一つずつ、静かに安置されているのだった。


「皇太子殿下。よくぞこのような僻地《へきち》まで参られました」

いや、と光藍は相対した孫無忌という男に答えた。

「本来であれば、私の邸にお招きすべきところなのですが。先日不審火で燃え落ちてしまいましたゆえ、このようなむさ苦しいところで失礼をいたします」

「不審火？」

「それほどまでに、この街の人心は乱れているということですよ」

光藍がいるのは大路の宿だった。正確には、かつて宿であった場所と言った方がいいだろう。門構えには往時の威容が偲《しの》ばれるが、今では塀に穴が空き、天井裏からは鼠《ねずみ》の走る足音が聞こえる有様である。

「歓迎してもらえるような立場に僕はない。父上を説得することができず、無断でこの地に参った次第だ」

身を隠しながら伽泉からここまで辿り着くのに、二十日《はつか》の時を要した。その間にも盧郷の状況はさらに悪化したはずだ。

　目の前の男は落胆《らくたん》の表情を見せるに違いないと思ったが、無忌は声を詰まらせた。

「なんと。父と帝という天にも等しい存在に背いてまで、この地にお越しいただけるとは」

　無忌は目の端を拭《ぬぐ》って見せた。

「この街は州府からも朝廷からも、長いこと見放されておりました。殿下お一人のみです、我らの訴えに耳を傾けてくださったのは」

　無忌は光藍の手を取ろうと腕を伸ばしたが、途中ではっとして手を引っ込めた。

「皇太子殿下は、双蛇への信仰厚い方とかねてより聞き及んでおります。盧郷は双蛇に……天廟に生かされてきた土地です。民の信心も、濫で随一《ずいいち》のものと自負しております。殿下のお姿を見るだけで、どれだけ励まされることかわかりません」

　光藍は無忌が引っ込めた手を自《みずか》ら取り、握った。恐れ多いことです、と無忌は手を引こうとしたが、光藍は放さなかった。

「すまない。盧郷の民になんと詫《わ》びていいのかわからない。これまでお前たちの苦境を知らず、父上をお諫めすることもできずにいる自分を恥ずかしく思う」

「今のお言葉だけで救われます。我らは貧しさに喘《あえ》ぎ、やがて来る破滅――いえ、もうすでにこの街を覆《おお》っている破滅に、長い間身を竦《すく》ませて参りました。それは明日にも己の背に纏《まと》わりつき、首の骨をへし折るかもしれないと。盧郷の民の骨には、恐怖が毒のように染み込んでいるのです。けれどそれよりも、死の恐怖よりもなお我らを苦しめたものが何であったか、ご想像いただけるでしょうか？」

光藍は沈黙するほかなかった。父への反発心を抱き、継承争いに汲々《きゅうきゅう》としてはいても、食うに困ったことなどない。貧しさも飢《う》えも、少しも知りはしない。

涙を浮かべたまま、笑うように無忌は息を吐いた。

「我らの声を聞く者が、誰もいなかったことです。州府は朝廷に話を通すと言うばかり、朝廷からの返答は待てど暮らせどなしのつぶて。廬郷を見放したのはお上ばかりではありません。二十年前、私が子供の時分には、廬郷は多くの人で溢《あふ》れておりました。天廟へ向かう山道は参拝者で埋まり、大路は飯屋に宿屋に土産物屋《みやげものや》が所狭しと建ち並び、夜は妓楼《ぎろう》の灯《あかり》が眩《まぶ》しくて寝苦しいほどでございました。けれどご覧になりましたでしょう、街の現状を。往時の賑わいが、もはや信じられぬ有様にございます。あの頃廬郷にいた人々はどこへ行ったのでしょうか？　街が衰《おとろ》えるにつれて、住民たちも歯が抜けるように消えてゆきました。しかし彼らを責めることはできません。日々の糧《かて》がなければ、人は生きられない。浮民に身を落としてもこの街に留まるよりはましだと彼らが判断したのなら、それは仕方のないこと。けれど、だからこそ、今この街に双蛇への信心のみで残った民を、私は是《ぜ》が非《ひ》でも守らねばならないのです」

殿下、と無忌は今度は自ら光藍の手を握った。

「不遜《ふそん》ながら、殿下であれば我らの声をお聞き届けくださるのではないかと、私は一縷《いちる》の望みを貴方《あなた》に賭けたのです。そしてそれは、間違いではなかった。殿下は、卑怯《ひきよう》にも公主様を攫った我らを責めるよりも先に、盧郷に詫びてくださった。これがどれほど私の心を打つものであったか、わかりますまい」

無忌の濡れた瞳から、とうとう涙の粒が零《こぼ》れた。光藍は思わず目を逸らした。大の男が取り縋いもせず泣くところを、初めて見たからだ。

皇子として生まれ、人々に褒めそやされ賛辞の言葉を向けられるのには慣れているつもりだった。けれどこの孫無忌の全身から発される感情を前にすれば、これまで光藍の耳を慰めてきた言葉など、所詮《しよせん》は世辞に過ぎなかったと理解できた。

何も知らなかった。民に心を寄せているつもりで、光藍が見ていたのは、伽泉とその周辺に住まうわずかな者程度でしかなかった。この西の果ての街に、目を向けたことなどなかった。そこに住む民が父の策によりどれほど困窮するかなど、想像してみたこともなかった。自分や永寧宮の春官たちは、純粋な信心から父に反発していただけだった。盧郷の民にしてみれば、さぞ呑気に見えたことだろう。

ただ、恥ずかしかった。安心しろ、と光藍は羞恥《しゆうち》にまみれた舌で言った。

「必ずお前たちを、苦しみから解放すると約束する。父上が交渉に応じるまでは、僕はこの街を出ない。いかに父上といえど、皇太子が盧郷にいることを無視できないはずだ」

何とお礼を申し上げれば、と無忌は唇を震わせた。

「ご自分の身を顧《かえり》みず、民を救われようとする。殿下こそ、双蛇に守られし濫の帝になられるに相応《ふさわ》しいお方でしょう」

鼓動《こどう》が高く鳴った。

双蛇の聖地であるこの地を救えるのは、自分しかいないのだという確信が襲ってくる。その津波のように押しよせる心地よさは、廃太子となるかもしれないという恐れさえ押し流していった。いや、たとえそうなっても構わない。皇太子になりたかったのは、母を守るためだった。だがその母がずっと自分を騙《だま》していたのだ。もはや地位に固執する理由もない。そんなもののために、盧郷を見捨てたりはしない。

「聖地たる盧郷を、双蛇の現身たる殿下と公主様がお救いになる。これは、宿命にございましょう。主上とて、双蛇の御意志に反することはできますまい」

父は片割れを亡くし、片首だけが残った不完全な双蛇だ。今や自分と妹公主こそが、唯一真なる双蛇と呼べる一対なのだ。そのことを知った今、何を恐れることがあるだろう。

「そうだ、妹。妹はどこにいる？　早く会いたい」

無忌の顔が曇り、それが、と言い淀んだ。

「どうした。まさか妹に何かあったのか？」

「先ほど、邸に不審火があったと申し上げましたでしょう。その際、公主様も邸の中におられたのです」

光藍は、がたんと椅子を鳴らして立ち上がった。

「ご安心ください、燃える邸から公主様が連れ去られるのを見た者がおります。城門はすべて閉じられておりますので、街の中におられることは確かです」

「誰だ？　いったい誰が、妹を」

「公主様と共にこの廬郷へ来た男でしょう。彼はスレンと、そう名乗りました。アルタナ族長の子、スレンと」

光藍は、立ち上がったばかりの椅子にどさりと落ちるように座った。

スレン？

廬郷と妹のことでいっぱいになっていた頭に、さっと光が差し込むようにその存在が帰ってきた。

「なぜ、スレンが？」

「彼をご存じなのですか？」

「……知り合いだ。伽泉に使者として来ていたから、少し話した」

「そうでしたか。スレン殿は燎火節の夜、公主様と共にいらしたようですね。彼は草原育ちですから、双蛇への信心も、我らの行動も理解できなかったようです。公主様は、廬郷に同情を示してくださっていたのですが」

無忌の声が遠く聞こえた。

なぜ。スレン、なぜだ。

指先に痛みを感じた。気がつくと、またしても爪を噛んでいた。

「ご安心ください、殿下。総力を挙げて捜しておりますから、見つかるのも時間の問題でしょう」

がん、と爪を隠すように握り込んだ拳《こぶし》で卓子《つくえ》を叩いた。

「安心などできるわけがない！　妹に何かあってからでは遅いんだ」

たった一人の片割れだ、とつぶやくと、無忌の三白眼が細まった。

「スレン殿も街の惨状《さんじょう》を目《ま》の当たりにすれば、きっと我らの意図を理解してくださるでしょう。我らが捜し出すより早く、彼の方から会いにくるやもしれませんよ。殿下と公主様はお二人で一対。聖地たるこの廬郷では、いっそう強く引き合うことでしょうから」

無忌の舌が、軽く唇を舐《な》めた。

「なにせ廬郷では、古くから双蛇は男女神であるといわれておりますゆえ」

光藍は顔をしかめて無忌を見た。

「男女の神……銀片教か？　それは邪宗の教えだろう」

無忌はゆるく頭を振った。無忌の眼が、光藍の瞳の中心を捉える。

「いいえ、そうではございません。殿下、たとえば双蛇像は国中にございますが、そのどれもが同じ姿をしておりますでしょうか？」

「そんなわけはないだろう。像を彫る者が皆、己が想う双蛇の姿を表すのだから」

「そうでしょう？　同じことにございます。我らの祖先が双蛇の姿を思い浮かべた時、男女一対の姿を取った。天廟は双子祈願でも有名な廟ですから、あるいはそのせいで男女神としての像が定着したのかもしれません。いずれにせよ、ただそれだけの話なのですよ」

光藍が眉をひそめたままなのを見て、無忌は「殿下が戸惑われるのも無理からぬ話です」と頷いた。

「しかし盧郷に根付いたそれ……銀片教と呼ばれるものには、邪宗とするに相応しい血生臭い儀式も、天道に背く教えもございません。ただ双蛇の姿が異なるだけです。同じ双蛇を奉ずる者に、何の違いがありましょうか？」

言われてみればたしかに、双蛇像の姿のことのみで正邪を判ずるのは人間の傲慢《ごうまん》にも思える。なにせ、原初の双蛇の姿を知るものなど誰もいないのだ。

「お前の言うことにも一理ある。祈る神を同じくする者が、その中で争うことはない」

わかってくださいましたか、と無忌は微笑んだ。

「いや。こちらこそ礼を言うべきだな。永寧宮の春官たちと話しているだけではわからないことがやはりある。双蛇は朝廷に祀り上げられるのみではなく、濫のいたるところ……民の中にあってこその神なのだから」

光藍は窓の外に目をやった。剝《む》き出しの山肌が続く、荒涼たる景色である。伽泉とここでは、世界が違う。ならば奉じる神の姿が変じることもあるだろう。しかし姿形が変わったとて、それはこの世界を創造した双蛇に変わりない。

「不信を口にしたりして、悪かった。まずは妹を捜すとして、それ以外にやれることはあるか？　僕にできることがあるのなら、なんだってする」

よろしいのですか、と無忌は声を低め、身を乗り出した。

「不敬なことを申しても？」

許す、と光藍は頷いた。

「では、私めと義兄弟の契りを結んではくださいませんか。双蛇の現身である殿下と私が縁を結んだとあれば、廬郷の民も安んじましょう」

それに、と無忌ははにかんだような笑みを浮かべた。

「私としましても、こうして言葉を交わしておりますと、殿下とは初めて会った気がいたしません。まるで前世にも縁があったかのような心地がするのです」

つられて光藍も笑うと、口角がかすかに痛んだ。考えてみれば、燎火節のあの夜からずっと気を張っていて、笑うことなど一度もなかった。

「同じだ、僕も。その話、受けよう」

無忌は表情を明るくし、「小青」と房の外に向かって呼びかけた。

「盃《さかずき》を持ってきてくれ」

しばらくすると、金の髪を揺らしながら少女が盆を持って入ってきた。少女が盃を並べる間に、異国の血を感じさせるその横顔を眺めていると、碧《あお》い目でじろりと睨まれた。

「酒はありませぬが、心一つあれば構わないでしょう」

無忌はそう言って盃を掲げた。

「兄弟に幸あれば共に喜び、苦あればこれを助《たす》くと誓う。我らの縁、命尽きる日まで」

「その日まで」

光藍も見様見真似で盃を上げた。空の盃を飲み干す振りをし、義兄弟の契りは成った。

「これで私と殿下は、血を分けた兄弟も同じです」

ああ、と光藍は頷いたが、視線を感じて房の隅に目を向けた。

そこには、盆を抱えて控えたさっきの少女がいた。その両目は、相変わらず光藍に強い視線を向けていた。目が合うと、少女はさっさと盃を片づけ始めながら言った。

「無忌様。そういえば昨夜、冥迪様が天廟へ来てほしいとおっしゃられていました」

「……弟が？　珍しいこともあるものだね」

殿下、私は少し出て参ります、と無忌は告げた。

光藍は慌《あわ》てて椅子から立ち上がった。理由もわからない敵意を向けてくる少女と二人で残されたのではたまらない。

「僕も行っていいか。廬郷の様子をこの目で見たい。それに、妹を捜すにもまず街の地理がわからなくては話にならないだろう」

「もちろんです。ぜひ、殿下にも街と天廟を見ていただきたい」

おもてに出ると、吹き下ろす風が首元を撫でた。肌を切るように冷たいその風が、砂塵《さじん》を巻き上げる。

「天廟は、天屹山《てんきつざん》の中にございます」

光藍は、砂埃の向こうに聳《そび》える山を睨み据えた。

思えば、皇太子という身分にあるのだから、もっと早く天廟に参ることがあってもよかったはずだ。父と亡くなった伯父は、太子であった頃に行幸《ぎょうこう》したことがあると春官長から聞いた覚えがある。光藍がその機会に恵まれなかったのは、父が瀕《ひん》した盧郷の姿を見せまいとしたためだろうか。それは、己の失策を隠そうとしたことに他ならない。

だが、今となってはもうなんだって構わない。こうして自分の足でここまで来たのだ。

「では、参りましょうか」

無忌の言葉に頷き、光藍は歩き出した。

高楼の天辺で二つの髑髏を見つけてから、スレンはすぐに白月を連れて階《きざはし》を駆け下りた。あれが何だったのかもわからず、ただ禍々《まがまが》しいものを見た薄ら寒さだけが背に残った。

一階に戻った二人は、無言で荒い息を吐いた。床に転がる無数の人形共が、いっそう忌《い》まわしいものに思えてならない。

長い沈黙の後、「あの骨が何を意味するのかはわかりませんが」と白月が口を開いた。

「少なくとも、男女の姿をした双蛇像がここに建てられているということは、盧郷に今も銀片教が根ざしている証でしょう」

銀片教は双蛇を男女神と定義する、盧郷が発祥の邪宗だと白月は説明した。

男女の双蛇。それは容易に男女の双子に結び付けられる。皇帝の血の下に生まれたそれであれば尚更だろう。スレンの懸念を感じ取ったのか、白月は付け加えた。

「銀片教は邪宗とされてはいますが、双蛇を男女と見なす他は正統の双蛇信仰と変わらないもののはずです」

「それならあれはなんだ。あれは、人骨だ」

白月は黙って首を横に振った。

「わかりません。盧郷が私を攫ったのは、父上との交渉のためとばかり思っていました。けれど彼らは私に、もっと他の役割も期待しているのかもしれない」

役割。その言葉とさっき見たばかりの髑髏が重なり合って、スレンの肌を粟立《あわだ》てた。

高楼に留まるのは気味が悪かったが、他に行くあてもない。移動するなら別の場所を探さなければならないし、高楼内には水も食料もなかった。

なんにしても一度、街に下りるほかない。自分も行くと言い張る白月を説き伏せ、スレンは一人山を下りた。あの場所に一人でいるのは嫌だろうが、街よりはまだしも危険が少ない。気味が悪くとも、死者は生者と違い襲いかかってくることはないのだから。

街には焦げた臭いが漂っていたが、炎はすでに見えなかった。夜のうちに消し止められたのだろう。しかし孫家の邸は燃え落ち、離れは焼け残った柱が残るばかりだった。母屋も屋根が崩れ、炭化した梁《はり》が剝き出しになっている。

あのまま逃げることができなかったらと思うと、改めて背中を冷えたものが伝った。

誰とも知らない、煙の中に消えていった影にスレンは感謝した。もしあの人物に巡り合うことができたら、助けを期待できるだろうか。けれど顔もわからない誰かを、身を隠しながら探すなどということは不可能に近い。

スレンは甘い考えを頭から振り落とし、民家の朽ちかけた物置小屋の陰で息を殺した。

家の中から話し声が聞こえてくる。しばらくすると、夫婦が敷居を跨いで外へ出てきた。

「あんた、気をつけてね」

「なに、州軍の奴らは動かないさ。日がな一日、歩哨《ほしよう》の上で過ごせばいいだけの楽な仕事だ。岩みたいに硬い土に鋤《すき》入れるより、よっぽどいい」

「そりゃあ、軍が街に来たらおしまいだけどさ。でもあんた、ずうっと何の音沙汰《おとさた》もなくって、無忌様も冥迪様もなんともおっしゃらないし、このままじゃあたしたち……」

妻の不安を吹き飛ばそうとするかのように、夫は笑った。

「朝から辛気臭い顔をするな。いざとなれば、お二人がガザラ様に助けを求めなさるだろうよ。俺たちのことはきっと守ると約束してくださったんだから」

ガザラ。初めて聞く名だ。少なくとも濫人のそれではない。

「あてにならないわよ。いくら孫家の血縁とはいっても、干陀羅《かんだら》人に借りを作ったりしたらどうなるかわからないじゃない」

しっ、と夫は妻を黙らせた。

「滅多なことを言うな。誰が聞いてるかわからないんだぞ」

夫は声を低めて言った。

「正直俺はもうなんでもいいよ。助けてくれるんなら、孫家でも干陀羅でも。誰だっていい、早く何とかしてほしい。これ以上飢えさせないでほしい。そうじゃなきゃ……」

妻が小さくすすり泣く声が聞こえ、男の声が途絶えた。

「……あんたの言うとおりだよ。天子様はもう、盧郷も公主様も見放されたんだ。天子様が双蛇様を捨てられるなら、あたしたちが干陀羅の手を取ったって、罰は当たらないだろうよ。でも、ガザラ様を頼るなら誰かが干陀羅へ行かなきゃいけない。だけど干陀羅に行くには、白嶺山《はくれいさん》を越えるか、州軍を突っ切って山を迂回《うかい》するか、賊のうようよいる大峡谷を越えるかしかないじゃない。いったい誰がそんなことできるっていうの？　土台無理な話じゃないか」

妻はしゃくり上げ、言葉は途切れた。夫は妻の問いに答えず「泣くな」とだけ言った。

「泣いたら余計に腹が減るだろ」

しかし妻は、余計に激しく泣くばかりだった。

夫が妻をなだめ、二人が南北に分かれてそれぞれの仕事場へと向かっていくのを確認し、スレンは物置小屋の陰から這い出た。民家にするりと体を滑り込ませる。

盧郷は飢えている。惨状は想像以上らしい。まさか干陀羅に縋ろうとするほどとは。

孫家で供された、白湯《さゆ》のような粥《かゆ》を思い出す。あれは、スレンが虜囚《りよしゆう》だから取られた待遇ではなかったのか。本当にあれしか出せるものがなかったのか。

スレンは民家の中を見渡した。

竈は冷えていた。夫婦は朝餉《あさげ》も食わずに出かけたのだろう。

心臓が嫌な鳴り方をしていた。

ここで盗みを働けば、あの夫婦は今晩食うものすら失うかもしれない。けれど孫家があの有様では、この街のどこを探したって、余裕のある家などないだろう。何か持ち帰らねば、飢えるのはスレンと白月の方だ。

　床に置かれた麻袋を覗くと、わずかばかりの粟が見えた。スレンは麻袋の口を握った。大した重みもあるはずのないそれが、ひどく重たかった。今すぐこの麻袋を放り捨てて、白月の待つ高楼へ逃げ帰りたかった。手ぶらで戻っても、白月は責めたりはしない。むしろ盧郷の現状を話せば、スレンが何も盗らなかったことに安堵《あんど》するだろう。

　けれどそれでは、白月を救うことはできない。

　気がつくと、口の中に唾液《だえき》が溢れていた。

　燎火節の夜から、ろくなものを口にしていない。冠斉《かんぜい》や伽泉で未知の味に舌鼓《したつづみ》を打ったのが、何年も前のことのように思えた。

　焼けつくような空腹が襲ってくる。違う、本当はずっとそこにいたのだ。そいつが、早く袋を盗って立ち去れ、行け、逃げろ、走れ、とスレンを急《せ》かす。

　──仕方ない。これは、仕方ないことなんだ。

　民家を走り出ようとしたその時、背後で声がした。

「兄ちゃん、だれ？」

　スレンはその場に凍り付いた。

「だめだよそれ、持っていったら」

走り寄ってきて麻袋を摑んだのは、まだ四つ、五つの稚《いとけな》い子供だった。

「これ、今日の夜の分だよ。夜までぜったい食べちゃだめだって言われたから、おれ、がまんしてるんだよ」

弱々しい力が、スレンの手から取り返そうと麻袋を引いた。

「ほんとうは、すぐ食べたいけど。でも、弟や妹は食べたくても食べられないんだからがまんしなさいって、母ちゃんが」

スレンの腕から力が抜けた。麻袋が子の手に渡る。子は、大事そうに麻袋を両手で抱えた。民家の中を見渡したが、この子供以外に人の気配はない。

「……弟や妹は、どこにいるんだ？」

「ここにはいないよ。弟は、ちょっと前の朝に起きたらいなかったんだ。となりで寝てたはずなんだけどな。父ちゃんは、双蛇様が連れていったって言ってた」

幼子《おさなご》の黒い瞳が、薄暗い民家の中で光る。

「妹はこないだ生まれたんだ。かわいかったんだよ、ふにゃふにゃで。手にも足にも、ちいさい爪がちょこんってついててさ」

「それで、その妹はどうした」

「しらない。いなくなっちゃったんだけど、どこにいったのってきくと父ちゃんが怒るんだ。たぶん、弟といっしょで双蛇様のとこに行ったんじゃないかな」

幼子は麻袋を抱き締めたまま、こてんと首を傾げた。

「ねえ、兄ちゃんは知ってる？　双蛇様のところって、どこなのかな。天廟のこと？　おれ、弟と妹にまた会いたいよ」

幼子の黒い瞳の向こうに、草原でスレンを見送った小さな兄弟の姿が過《よ》ぎった気がした。子供らしくふくふくとした赤い頬、オロイに乗せてやると上げた歓声。しかし目の前の子供の頬は青白く、手足は枝のように細い。麻袋を奪おうとすれば泣くだろう。泣くばかりで、スレンを止めることはできないだろう。

スレンは幼子の前に屈みこんだ。

「……悪かった。ちゃんと我慢ができてえらいな。お前は家族の食い扶持《ぶち》を守った、えらい兄貴だ」

語尾が水気を含んだ。幼子が不思議そうな顔をしてスレンを見る。

「兄ちゃん、なんで泣いてるの？　おなかすいたの？　かわいそう。弟もよく、おなかすいたって夜中に泣いてたよ」

幼子は麻袋に手を入れて小さな拳一つ分粟を握りしめ、スレンに突き出した。

「あげる。ほんとはだめだけど、おなかがすくのって本当にくるしいから。かわいそうだから、あげる。ないしょにしてね」

震える手を差し出すと、幼子はそこに粟を降らせた。

スレンは拳を握りしめて立ち上がり、今度こそ民家を走り出た。他の家に忍び込む気力は残されていなかった。一握りの粟だけを土産に、高楼に帰ることしかできなかった。

幼子に貰った粟は、白月と分け合ってかじった。どうやってそれを手に入れたのかは話さなかった。事情を聞けば、喉が詰まる。手に入れたものはどうしても食わせなければならない。食わなければ、それだけ死が近くなる。

「浮かない顔ですね」

食事とも呼べない食事を終えると、白月はそう言った。

「街で何かありましたか」

スレンはぐっと言葉に詰まった。

伝えるべきだろうか。盧郷の有様は、きっと白月を苦しめる。

けれど逡巡《しゅんじゅん》は長く続かなかった。民家での出来事、幼子のことまですべて話した。スレンは自分の口から、街での顚末《てんまつ》が流れ出ていくのを他人事のように眺めることしかできなかった。本当は、話したかったのだ。街で見たものを、自分だけで抱えていたくなかった。

白月の顔は見られなかった。

話し終えると、白月はえずくように喉を鳴らしたが、吐くことはしなかった。

「盧郷は、思ったよりも酷《ひど》い状況なのですね」

父上はご承知の上なのでしょうか、と白月は青い顔で息を吐いた。

「わからない。知っているからこそ動かず、盧郷の自滅を待っているのかもしれない」

「父上が、そこまで冷酷な方と思いたくはありません。けれどどんな事情があるにしても、今日まで動かれなかったのは事実です。あるいは父上は、私がこの地で息絶えれば、盧郷が何を主張しても『光藍と双子の公主など最初から存在しなかった』と言い逃れられるとお考えなのかもしれませんね」

　そんなわけはない、とスレンはつぶやいた。しかし空しい言葉だった。

　白月は自分を奮い立たせるように顔を上げた。

「わずかでも望みがあるのなら、私は干陀羅に頼るべきだと思います」

「本気で言ってるのか？　あいつらは敵国だろ」

「ですがこのままでは、盧郷の民は飢えて死にます。私を攫うのも、ほとんど最後の手段だったのでしょう。それすら失敗に終わったのなら、もう後がない」

「だけど俺は、元々干陀羅と戦うために濫に協約を持ち掛けに……」

　スレンは口を噤《つぐ》んだ。何を言っても白月の顔は曇るばかりだった。当たり前だ、表情を明るくするような話は何もない。孫家の邸に囚《とら》われている頃は見えなかったが、盧郷は色濃い絶望に包まれている。街のあの様子では、州軍の包囲がなくとも冬を越せない者が多くいただろう。

　無言のまま日が暮れていき、赤銅《しやくどう》色の光が楼内を満たした。巨大な双蛇像が、血のような色に染まる。不吉な色に、頂上に置かれた人骨のことをふと思い出した。だけど今は、それさえ些末《さまつ》なことに思えた。たった二人分の、それも古い髑髏だ。今、街には真新しい骨になろうかという人々がひしめいている。

　隣を見ると、白月の全身も赤い陽に染まっていた。

陽が落ちる。今日という日が終わる。

今日が終われば明日が来る。

明日が来れば、また食い物を探さなければならない。今日は、あの幼子から麻袋を奪わずに済んだ。けれど明日には、なぜ無理にでも奪わなかったと悔いているかもしれない。

この街にいる限り、この街が救われない限り、スレンはいつか悪人になる。無辜《むこ》の人間と、白月と自分、その二つを天秤《てんびん》にかける時が必ず来る。あの幼子の親たちが、我が子を秤《はかり》にかけたのと同じように。

その時は決して遠くない。


あくる日も、スレンは山道を下った。白月は今度こそ自分が行くと言ったが、首を縦に振ることはできなかった。昨日のような光景を直に見せたくなかった。

黙っておくこともできなかったくせに、という声を頭を振って追い払う。

麓《ふもと》に近づいたところで、スレンははっとして岩陰に身を隠した。

向こうから、三人の人影が連れ立って歩いてくる。その顔にはいずれも見覚えがあった。無忌と小青、それに——光藍だった。光藍が廬郷にいるわけがない。だが、白月に瓜二つのあの顔は見間違いようがなかった。

皇帝の使者として、この地に遣わされたのだろうか？

しかしそれにしては様子がおかしい。光藍は供も連れていない。おまけに、妹を攫い、朝廷を脅《おど》す賊を相手にしているというのに、声音《こわね》には怒気も苛立《いらだ》ちも聞き取れなかった。それどころか、親しげな響きすらある。

三人は天廟へ向かっているようだった。

スレンは岩陰から、上気した光藍の横顔を睨んだ。なんでお前はそんな奴と連れ立って歩いてる、と襟《えり》首を摑《つか》まえて問い質《ただ》したかったが、無忌がいては出て行くこともできない。

迷ったが、後をつけてみることにした。光藍がここにいる理由はわからないが、この閉塞した状況に何か動きがあったのかもしれない。

スレンは身を低くし、三人について山を登った。


「これは……見事だな」

派手な廟門や、数々の石窟《せっくつ》を前にして光藍は感嘆の声を上げた。

スレンは岩陰から耳を澄ませた。今日ほど五感が優れているのが有難かった日はない。

「ええ。けれど、殿下には人で溢れた天廟をご覧に入れたかった。かつては参拝者が山道にまでずらりと並んだものですよ。今の寂れた様子など、とても双蛇に顔向けできるものではございません」

「無忌殿が恥じ入られることではないだろう。これは父の……いや、知るべきを知らなかった僕の罪だ」

その時、住民たちが何人か天廟から出てきた。無忌が彼らに声をかける。

「お勤めご苦労だったね」

「へえ。無忌様、こちらのお方は……」

彼らは上等な袍《ほう》に身を包んだ光藍に、不審の目を向けた。

「そんな風にじろじろ見るものではないよ。こちらは恐れ多くも皇太子殿下だ。廬郷を救うため、足を運んでくださったのだよ」

皇太子、と聞いた途端に住民たちはその場に膝をついた。彼らの骨張った膝頭が、地に打ち付けられる。並んだうなじには、首の骨が浮き出ていた。

「この者たちは皆……どうしてこんなに瘦せているんだ」

光藍が問うと、小青が鼻を鳴らした。

「食べる物がなければ瘦せていくわ、当たり前でしょう。あたしたちがなぜお上に逆らったのか知らないっていうの？　太子殿下は公主様と違って、閉じ込められていたわけでもないでしょうに」

光藍の顔がかっと赤くなった。無忌が小青の口を塞ぐ。

「殿下、申し訳ございません。小青に代わってお詫び申し上げます。この者は唯一の肉親である母を亡くした後で孫家が引き取ったのですが、歯に衣《きぬ》着せぬところがありまして」

いや、と光藍は首を振り、まるで恐ろしいものでも見るような目で小青を見た。

「この街は……皆、そんなに……」

言葉は途切れた。小青のぎらぎらした目が、光藍を見つめていた。光藍はその視線に押し負けるように俯いた。

「中を、見てもいいか」

「ええ。ご案内いたします」

「いや、一人で見たい。構わないか？」

無忌は一瞬真顔になったが、すぐに「ええ、どうぞ。では、私共はこちらでお待ちしております。中は暗いですので、お気をつけて」と微笑んだ。

光藍は頷き、廟門の奥の闇へと消えていった。

その背が見えなくなると、無忌は「すまなかったね」と小青に声をかけた。

「君の過去を勝手に話したりして」

いいえ、と答えた小青の声は明るかった。光藍に相対した時とは別人のようだ。

「私の汚れた過去が、無忌様のお役に立てるのならば喜ばしいことです」

「汚れたなどと言ってはいけないよ」

小青はかすかに首を傾けただけで、その言葉には返事をしなかった。

その時、山道を息を弾ませて駆け上ってくる男の姿があった。スレンは慌てて伏せた。

「無忌様、無忌様！　急ぎお戻りください！　火付けの犯人が見つかったのです！　大路に引き出してきております！」

「なに？　わかった、すぐに行く」

無忌は小青を振り返った。

「小青、ここで殿下が出てくるのを待って、その後は宿にご案内するんだ。失礼なことを言ってはいけないよ。いいね？」

わかりました、と小青は頷いた。

スレンは、二人が走り込んできた男と話す間に岩陰を飛び出した。無我夢中で門へと走り、洞内へと転がり込む。

洞の闇の中で、心臓がばくばくとうるさく鳴り響いた。

追ってくる影も、声もない。幸いにも気づかれなかったらしい。

息を整えながら、スレンは足早に進んだ。

火付けの犯人も気にかかるが、今は光藍と直接話がしたい。どうして廬郷にいるのか、朝廷は事態をどう収束させるつもりなのか、協約の話はどうなったのか。

なぜ、無忌と親しげに話しているのか。

先を急ぎたいところだが、足元も覚束《おぼつか》ない暗がりでは走ることもできない。しかしそれは光藍も同じはずだ。

もがくように進むスレンを、岩壁のあちこちに彫られた穴に据えられた獣神像がじっと見ていた。揺らぐ灯に照らされた彼らの視線が、通り過ぎてもなお背中に張り付く。それを引き剝がすように、スレンは奥へ奥へと急いだ。

道は横穴との分岐に差し掛かった。記憶が正しければ、横穴に入るとまじない師の老婆《ろうば》がいた小さな窟に着くはずだ。天廟を初めて訪れた光藍は、太い道を選ぶだろう。

まっすぐに進むと、神像は次第に大きくなり、置かれる場所も岩壁の穴から地面へと変わっていった。開けた場所に出ると、広いはずの洞内が狭く感じられるほどの数の像が居並んでいた。塑像《そぞう》たちの身の丈もスレンとほぼ変わらず、生きた人間のようで気味が悪い。

足早に通り過ぎようとした時、端の方に置かれた一体に目が留まった。獣神像の群れの中、その一帯は冕冠《べんかん》を頂いた人間たちの像が列を成していた。彼らは皆厳《いか》めしい顔つきで虚空《こくう》を睨んでいたが、その像だけは微笑んでいるようにも見えた。彩色が他のものに比べて鮮やかで、比較的新しいものだと一目でわかった。

けれど目を引いたのは、色鮮やかさのせいではなかった。

似ていたからだ。

スレンは引き寄せられるように、塑像へ足を向けた。

一時、自分の置かれた状況も忘れてその顔に見入った。

まるで水鏡を見るようだった。

像に名は記されていなかったが、それが誰であるのかは明らかだった。

なんと呼びかければいいのかもわからず、スレンはただ像を見つめた。

ふと、塑像の足元に何か置かれていることに気がついた。

しゃがみ込んでみると、手に載るほどの小さな睡蓮《すいれん》の花の木彫りだった。塑像と同じくまだそれほど色褪せてはいない。指先で触れると、ことりと音を立てて岩の上に落ちた。像に元々備えられていたものではなく、誰かが後から供えたのだろう。

拾い上げようと手を伸ばしたその時、背後に気配を感じた。

振り返ると、そこにいた影は驚いたように飛び上がった。

光藍だった。追っていたはずの背ではなく、白い顔がスレンに向けられている。

「久しぶりだな。お前、なんでこんなところにいる？」

スレンは動揺を隠して立ち上がった。光藍は答えず、ずんずんと距離を詰めてきた。

「妹はどこだ？　どこに隠した」

光藍の頬は赤く染まり、声には怒気が満ちていた。

「問い詰める相手を間違えてないか？　俺は白月が攫われるのに巻き込まれてここに連れてこられただけだ」

「いいから答えろ！」

その剣幕に、スレンは一歩下がった。さっきの睡蓮の木彫りが踵《かかと》に触れる感触があった。

「ここにいないことは確かだな」

「隠し立てするつもりか？」

「白月の居場所を教えてほしいなら、俺の質問にも答えろ。なんでお前が盧郷にいる。さっきは無忌と何を話していた？」

「後をつけていたのか？　悪趣味だな」

光藍は舌を鳴らしはしたが、口を開いた。

「盧郷から書き送られた文《ふみ》で、僕が朝廷との交渉役に指名されていた。だが父上は僕がここへ来ることを許さなかった。信じられるか？　父上は、盧郷も妹も切り捨てられるおつもりだ。だから僕は、自分の足でここへ来た」

「公主を攫うような連中のところへ、皇太子のお前を行かせられるわけがないだろう。帝は盧郷を見捨てると、たしかにそう言ったのか？」

「そうはおっしゃらない。けれど父上は、今の今まで僕が双子だと隠していたんだ。そんなことができる人を、信じられるわけがない！」

光藍の怒声が洞内に木霊《こだま》する。居並んだ像たちは、表情を変えることなくその叫びを聞いていた。

「おい、落ち着け。お前が怒るのもわかるけど、それとこれとは話が違うだろ」

「同じだ！　父上は双蛇を疎《うと》んじておられる。だから妹を後宮に閉じ込め、盧郷の訴えには耳を貸されない。こんなこと、明らかに間違っている。帝が道を誤った時は、誰かがそれを正さねばならない」

これは宿命だ、と光藍は陶然と言い放った。まるで誰かの言葉を借りたかのように。

「自分が双子だと知った時、天啓のように悟ったんだ。僕はそのために、父上のもとに双子として生まれたのだと」

「それがどうして、白月を攫った人間と仲良く連れ立って歩く理由になる？」

「スレンにだってわかるだろ！　この街はそれ以外に選びようがなかった！　だから……」

「だからお前は、盧郷の叛乱《はんらん》に手を貸すっていうのか？」

叛乱という言葉を耳にすると、光藍は怯《ひる》んだ。ここぞとばかりに、スレンは畳みかける。

「お前、わかってるのか？　盧郷にしてみたら、新たな人質が自分から飛び込んできてくれたようなもんだ。奴らにとってこんな都合のいいことはないだろう。労せずして、皇帝が隠しておきたかった双子を手中に収められたんだからな。これで盧郷が望み通りに交渉を進められたとして、お前はその後どうするつもりだ？　濫は皇太子であれば、叛乱に与《くみ》しても許すのか？」

「黙れ！」

光藍は肩で息をした。言いすぎたかと思ったが、一度放った言葉は取り消せない。

「父上はきっと気づいてくださる、ご自身の過《あやま》ちに！　双蛇を蔑ろにすることが間違いだったとわかっていただければ、僕を罰することなんかできない！　罰するどころか、きっと今度こそ僕を認めてくださるはずだ。僕が長子だから皇太子としたのではない、父上の子の中で最も帝に相応しいからそうしたのだと、きっと……」

「光藍？　お前、何を言ってる」

「お前にはわからない！　族長唯一の子で、いつか当たり前に長《おさ》になるお前には！」

その時、洞の外で甲高《かんだか》い悲鳴が上がった。

「……白月？」

白月がここにいるはずがない。けれど、スレンの耳があれは白月の声だと告げていた。帰りがあまりに遅いから、高楼を出て探しに来たのか。それとも不測の事態が起きたのだろうか？

どちらにしろ手間取りすぎた、とスレンは歯噛みした。

なんだ？　と光藍が振り返った隙《すき》に、地を蹴《け》った。

「おい、待て！」

光藍の声と足音が追いかけてきたが、振り返ることなく駆けた。目の慣れた今ならば、洞の中でも走れる。

出口が見えてくると、外界の光が白く目を焼いた。

何か言い争う声が聞こえてくる。

門の向こうに見えたのは、二人の男に挟まれ、髪を摑まれた小青の姿だった。そのそばに、白月がへたりこんでいる。

すぐにでも飛び出していきたいが、状況がわからないまま出て行けば捕まりかねない。スレンは焦《じ》れる気持ちを抑え、門の陰から様子を窺った。しかし早くなんとかしなければ、光藍が追い付いてくる。

「いいご身分だなあ小青、無忌様に取り入って。本当ならお前は、あの方と口もきけないような卑《いや》しい女のくせに」

「俺たちとおんなじように孫家の二人をもてなして、邸に入り込んだんだろ。なあ？」

小青は男の手から逃れようともがいた。しかし大人の男の力を振りほどけるわけもなく、ただ髪が引っ張られただけだった。痛みに歪《ゆが》んだ顔を、男たちは笑った。

「糞共《くそ》が。あんたたちに用なんかない、さっさと失せな！」

「そうそう、お前にゃそういう口の利き方がお似合いだよ。付け焼刃《やきば》のお上品な言葉なんか、虫唾《むしず》が走る」

下卑《げび》た笑いが男たちの喉を震わせた。

「母ちゃんのこと恨んでやるなよ。可哀想《かわいそう》な女なんだ、あいつも。言葉もわかんねえ歳に拾われて異国で体売って、父親も誰だかわからんお前を産んで。挙句、病気して客取れなくなったら店追い出されてな」

「おまけに故郷のことはなんも覚えてねえ、濫語しか話せねえってのに、いつまで経《た》っても異邦人扱いだ。濫人になりたかったんだろうなあ、あいつ。せっかくの金髪、黒く染めちまってよ。染粉のひでえ臭いで萎《な》えそうだった。銀片教に入れあげたのも、そうしたら同胞《どうほう》にしてもらえると思ったからだろ？　娘売ってまで稼いだ金、あるだけ寄進しちまって、てめえのもとには何も残らねえ。なあ小青、親が選べねえってのはほんとにつれえことだな」

男の目が、白月の方に向けられる。

「いい機会だ。公主様に民草の暮らしってやつを、よく見て聞いてもらうといいさ」

小青が金切声を上げげた。男たちの嘲笑《ちょうしょう》が、それを塗りつぶすように被せられる。

「もうこの街は終わりだよ。無忌様や冥迪様が今さら何したって、お上に背いて先があるわけない。なあ、だからよ、今くらい楽しもうぜ。俺たちもお前も、どうせ残り短い命だ」

小青の体が地面に押し付けられた時、スレンは門を飛び出した。無防備に晒《さら》された男の横腹を蹴りつけ、地に転がす。逃げ出そうとしたもう一人の鳩尾《みぞおち》に拳をめり込ませると、折れるように膝をついた。どちらも骨の感触ばかりが手に残る、痩せた体だった。

小青、と白月がよろめきながらそばに駆け寄る。

「大丈夫ですか」

差し出された手を取らず、小青は自力で立ち上がった。土で汚れた頬を、ぐいと手の甲で擦る。

「あんたたち、なんで出てきたの。放っておけばよかったでしょ、あたしのことなんか。わかってるの？　あたしが無忌様に報告すれば、また閉じ込められるのよ」

白月は困ったように眉を下げ、だらりと体の横にぶら下げられた小青の手を取った。

「ただ見ているなんて、できないでしょう」

小青は白月を睨み、手を振り払った。

「だからあんたは嫌い。助けるのが当たり前みたいな、そういう顔しないでよ」

「でも……とても見過ごせることではありません」

碧い両目が、ざらついた光を帯びた。

「へえ。じゃあ、あたしをあいつらに差し出した母親はなんだったの？　あの女、へらへら笑って見てやがった。死んでくれた時は、心底嬉しかったわ」

絶句した白月に、小青は勝ち誇ったように口元を歪めて見せた。

「あたしはそういう肥溜《こえだ》め以下の場所で生きてきた。あんたは都で何不自由ない暮らしをしてて、それなのに可哀想がられるのはなんで？　後宮から出られないくらい、なんだっていうのよ」

代わってくれるなら、と小青は掠れた声を絞り出した。

「いくらでもあたしが代わってやったのに」

小青の目から、溜まる間もなくぼろぼろと涙の粒が落ちた。

「なんでわかんないの？　あたしはあんたに聞かれたくなかった。聞いたんなら、すぐに忘れてどっか行ってほしかった。あいつらの相手するのなんか、今さら何でもないのに」

スレンは二人のもとへ歩み寄った。

「なんでもないってことは、ないだろ」

「あたしは公主様に話してるのよ。あんたは黙ってて」

小青、と白月がその名を呼んだ。

「……ごめんなさい」

「謝らないでよ。早く行って。あたしは何も知らないし、何も見てない！」

小青は懐《ふところ》をまさぐると、「これも返す」と短剣をスレンに差し出した。廬郷に来たばかりの頃に取り上げられたものだ。

「これで貸し借りなしよ。早く行って」

いいのか、と訊くと「ぐずぐずしないで」とばかりに押し付けられた。

その時、駆けてくる足音が洞内から聞こえてきた。

「太子殿下が来る。さっさと逃げて、あたしの気が変わらないうちに」

スレンは白月と顔を見合わせた。

「ごめんなさい、スレン。私も、廬郷で何が起きているのかをこの目で見たかった。だから高楼を出て、そして知ってしまった」

決然とした黒い瞳が、そこにあった。それ以上の言葉はなかったが、スレンと同じ意志を白月が抱いていることは明らかだった。

「小青。俺たちは逃げない」

「何言ってるの？　早く公主様を連れて逃げてよ！」

スレンが動かないのを見ると、小青は白月に向かって「ねえ！」と叫んだが、白月もまた動かなかった。

「せっかく逃がそうとしてくれたのに、ごめんなさい」

足音が近づく。今はもう、光藍が息を弾ませるのも聞こえるくらいだ。

「これまで私は、何も知らなかった。自分を哀れむだけでよかった。でも今はもう、それだけでは許されない。他の誰が許しても、私が私を許すことができない」

とうとう気配が背後に立った。

「たとえ父上がお認めにならなくとも……私は、濫の公主に生まれついたのですから」

スレンがくるりと体を反転させると、光藍は驚いて後ずさった。

「……なんだよ」

「光藍。俺たちを無忌のもとへ連れて行ってくれ」

光藍の目が見開かれる。

「何を言ってる？　お前はわざわざ邸を焼いてまで逃げたんだろう！」

気が変わった、とスレンは努力して口角を引き上げた。

「孫兄弟に伝えろ。俺たちは廬郷に手を貸す。干陀羅へ行けと言うなら、喜んで行こう」


数日後、スレンは一人馬上にあった。

腰には弓と矢筒を提《さ》げ、背には偃月刀《えんげつとう》を負っている。短剣は白月のもとに残した。そんなもの一つで身を守れるとも思わないが、お守り代わりだ。

廬郷を出たのは夜だった。

「名馬とはいかないが、潰されずに生き残った貴重な馬だ。あと数日もすりゃ、こいつも肉に変わってるところだったがな。せいぜいかわいがってやれ」

出立前、手綱《たづな》を渡した冥迪は痩せ馬の胴を叩いた。

「それと、これも持っていくといい。有難く思えよ。今の廬郷じゃ、一番上等な武具だ」

そう言って冥迪が放ったのは、一振りの偃月刀だった。柄《つか》の部分には双蛇の装飾が巻き付いている。濫特有のこの武具を、もちろんスレンは握ったことはない。けれど柄を摑むと、まるで掌《てのひら》に吸い付くようだった。

「そいつは魏帝《ぎてい》が行幸の際、天廟に奉納したものだ。手入れは欠かさなかったから、錆《さび》一つない。祭祀刀《さいしとう》だが実用に足りるだろう。今の天廟には、贅沢《ぜいたく》すぎる代物《しろもの》だ」

そう言った冥迪の白目が、夜闇の中で光っていた。

急ごしらえの石積みで塞がれていた城壁の穴から石を取り去り、鼠のように街の西へと這い出た。むずかる馬を牽《ひ》き出すのは骨だった。英雄的な出立とはとても言えなかったが、何人かの住民たちが見送りに来てスレンを拝んだ。

「頼む。俺たちじゃ、賊に襲われたらどうしようもねえんだ。どうか無事に、干陀羅まで辿《たど》り着いてくれ」

城壁を越えた先には、さらなる強固な壁である白嶺山が聳え立っていた。急峻《きゅうしゅん》なその山は、まるで人が踏み込むことを拒絶するかのようだ。

スレンは峡谷へと馬を進めた。赤茶けた岩肌には、木はおろか草すら探さねば見当たらない。左右に切り立った崖と、その間を縫《ぬ》う狭路だけが延々と続く。道は所によって騎馬がようやくすれ違えるほどの幅しかない。なるほどこれでは、軍勢を率いてこの峡谷を通るのは無謀というものだ。一列に伸びた隊列が、待ち受けた弓兵の掃射を浴びればひとたまりもない。こうして外から見ると、廬郷は実に恵まれた天然の要塞といえる。北と西は高い山脈に固められ、街自体が小高い場所に位置している。かつて白嶺山を越えたという干陀羅の軍勢が、廬郷を攻め落とすことができなかったのも道理だ。

その要塞が今、内側から崩れ落ちようとしている。

皮肉なもんだな、とスレンは痩せ馬の鬣《たてがみ》を撫でた。

盧郷の状況は一刻を争う。白嶺山を越えているような猶予《ゆうよ》はない。スレンが選んだのは、西へと伸びる峡谷を通る道だった。ここを抜ければ、干陀羅の領土に入る。そこに干陀羅の王女である領主ガザラの治める街、サドキアがある。ガザラの母方の血を数代辿れば、孫家の女に突き当たるらしい。その縁もあり、ガザラは度々盧郷を訪れている。濫にとって干陀羅は敵国だが、盧郷にしてみれば都の伽泉よりよほど距離の近い隣人なのだろう。

しかしいつの頃からか、峡谷には賊が住むようになった。そのせいで、細々と続いていたサドキアとの交流は途絶えることになる。ガザラもこの数年は盧郷に姿を見せることなく、ただ彼女の鷹《たか》による文のやり取りが孫家との間にあっただけとのことだった。

「おそらく、峡谷に住み着いた連中は賊じゃない」

冥迪は苦々しくそう言った。

「ガザラの見立てじゃ、干陀羅の王太子ミクダムの雇った私兵が賊に扮してるんだろうとさ。ミクダムは継承権を奪われることを異様に恐れてる。これまでも兄弟たちを何人も殺したって話だからなあ。ガザラも今は辺境領主の座に収まってるとはいえ、一応正統な王女だ。現王が死にかけの今は、サドキアに押し込めときたいんだろうよ」

次期干陀羅王に相応しい狭量さだと思わないか、と冥迪は口元を歪めて笑った。

濫も干陀羅も、巨大な国にはかくもしがらみが付いて回るものなのか。

スレンは馬を急がせようとしたが、馬は嫌がって言うことをきかなかった。ままならなさに、思い出す。草原だって同じことだ。定住地を持たず気ままに生きているようで、皆それぞれ生まれによって定められた立場と役目があった。

『私は昔、行商人になりたかった。馬を連れて集落をまわり、自由に生きるのに憧れた』

いつだったか、爆《は》ぜる火の前で族長はそう言った。しかし子供のスレンが『俺もそれがいい、今からでもカウラと三人でなろうよ』と答えると、声を上げて笑った。

『昔の話だ。今はそうではないさ』

でも、族長って大変そうだし、嫌なこと言う奴もいるし、もっと他のことがしたくならない？　とスレンは尋《たず》ねた。族長はゆっくりと首を横に振った。

『私はもう、誰にも死んでほしくない。だからここにいる。いつまでだって、居座ってやるつもりだ』

族長がそう言ってスレンを抱き寄せると、狼牙《ろうが》の首飾りが頬に当たって冷たかった。

あの時は、族長が何を言っているのかわからなかった。けれど今なら、わかる気がする。スレンが今からしようとしていることは、族長の意志に反することかもしれない。けれどスレンも、誰にも死んでほしくないのだ。

どうかわかってくれ、と祈るように天を見上げた。

そこに、草原の民が奉じる太陽の姿はなかった。

月が出ていた。ぽつねんと浮かんだ白い月は、ひどく孤独に見えた。

夜が明けると、吹き抜ける風の冷たさはそのままに、照り付ける陽がじりじりと肌を焼いた。これ以上故郷を離れるのを拒むようにむずかる馬をなだめながら、西へと進む。

どこまで行っても、同じ色をした岩ばかりの景色が続いた。動くものはスレンと馬以外になく、この岩の牢獄《ろうごく》じみた峡谷が永遠に続いているようにさえ思えてくる。四、五日も行けば着くはずだと冥迪は言ったが、今どの辺りまで来ているのか知る術《すべ》はない。

太陽の位置が動いていることだけが、前へ進んでいることの証だった。すでに陽は傾きつつあり、崖のつくる影が次第に色濃くなっている。

そろそろ野営の場所を定めてもいいかもしれない。

その時、びょうと風が吹いて目に砂が入った。目をつむり、砂を追い出すように瞬《まばた》く。

ふと、視界の端に影を見た気がした。目に入った砂粒だろうかと思い、周囲に頭を巡らす。

影が、動いた。

砂じゃない。

スレンは咄嗟に背から矢を抜き出し、弓を構えた。

ぼやけた視界に映ったのは、小さな影だった。

子供だ。まだ十かそこらの子供がこちらに向かって走ってくる。

なぜこんなところに子供が、と思う間もなく男たちの怒声が聞こえた。

「助けて！」

子供はそう叫んだ。迫ってくるその目に涙が浮かんでいるのさえ見えた。子供の後を追って、騎乗し得物を振り上げた男たちがこちらへ向かってくる。いかにもという風体の連中ばかりだ。たぶん、あれが峡谷に住み着いているという「賊」なのだろう。なるほど、賊が乗り回すにしてはよく肥《こ》えた良馬を揃えている。

目視できるのは六人。崖上に目を走らせても、人影はない。

ここが狭路で助かった。おかげで、六人を同時に相手にせずに済む。

「来い！」

スレンが馬上から手を伸ばすと、子供は必死の形相で腕にしがみついた。ぐんと勢いを付けて抱え上げ、馬に乗り上げさせる。驚いた痩せ馬は高くいなないた。

「目ぇつむって、しっかり摑まっとけよ！」

子供を馬の首にかじり付かせると、手綱から手を放した。

矢をつがえ、正面に飛ばす。

先頭の一人の肩に命中し、馬から転げ落ちた。それに二人目が足を取られて勝手に落馬する。怒号が上がり、主を失った馬がいななく。起き上がろうとする男の額《ひたい》が、蹄《ひづめ》に蹴り付けられた。額の割れた男が、再び地面に沈む。手綱を暴れさせながら駆けてくる二頭を射ると、音を立てて倒れた。殺すに惜しい馬だが、そうも言っていられない。

残りの連中が、怯むことなく突っ込んでくる。馬が怖がって退きそうになるのを、足先で蹴って鼓舞《こぶ》する。

「あと四人」

立て続けに二本の矢を放った。一本は馬の前脚に命中して主を落馬させ、いま一本は賊の脳天を貫いた。

「あと二人」

人数が減った分、上がる怒声も小さくなった。

盗賊たちは、もう矢では間に合わない距離まで近づいている。スレンは背に負った偃月刀を手にした。ずしりとした重みが腕に加わる。右腕の筋がかすかに痛んだ。しかしその痛みは、喜びでもあった。

草原に偃月刀はない。けれどその扱いは、握った拳が知っていた。

期待に、体が声を上げる。今か今かと、快哉《かいさい》を叫ぶその時を待つ。

湾曲した刃が、風を切って唸《うな》った。駆けてきた男の振り上げた得物に、切っ先がぶつかる。男の大刀が吹っ飛び、砂の上を滑った。腕を返し、柄の先で男の脇腹を突く。叫び声を上げて、男は落馬した。

最後の賊に向けて、そのまま刃を突き出す。刃は首元を捉《とら》え、横に引くと鮮血が噴き出した。皮一枚で繋《つな》がったままの首ごと、体が傾ぐ。熟した果実が枝から離れるように、賊は地へと落ちていった。

落馬を見届けることなく走り抜ける。血の臭いが鼻を掠め、後方へと消えていった。

周囲を見渡すが、増援の姿はない。雇われた賊がこれで全員ということはないだろうが、ひとまずの窮地は脱したようだった。偃月刀の血を振り落として背に戻し、手綱を握る。

「よく踏ん張った。お前は汗馬《かんば》にも劣らないぞ」

馬は息が上がっていたが、スレンの言葉に目を細めた。ひとしきり撫でてやってから、馬上で縮こまっている子供の背を叩いた。

「おい、もう大丈夫だ。災難だったな」

スレンがそう言うと、子供が振り返った。

——熱い。

何かが起きたことだけはわかった。けれど何が起こったのか、すぐにはわからなかった。痛みが襲ってきたのは、子供が握り締めたものを見てからだった。銀色に光るそれは、赤く染まっていた。銀が短剣、赤が血と頭が理解すると、指先が手綱から離れた。

馬のいななきの向こうで、子供が「ごめんね」とつぶやいたような気がした。

いつもそうだ。

いつも、詰めが甘い。もう少しと思ったところで、この手をすり抜けていく。

落ちていくスレンの目に、空が映った。

まだ明るさを残したそこには、白い月が浮かんでいた。

五章

甘ったるい香りが鼻をついた。凍《い》てつく季節に似合わない、花の香りだ。

「少年。目が覚めた？」

覆《おお》いかぶさるように、ぼんやりとした影があった。それは女の輪郭《りんかく》のように見えた。

唇に、何か冷たいものが触れる。口をこじ開けられ、液体が流し込まれた。果実の酸《す》い匂いが、鼻を抜けていく。喉《のど》を潤す心地よさに身を預けたのも束の間、咳《せ》き込んだ。

酒だ。それも、とんでもなく強い。

「あら、ごめんなさい。一気に飲ませすぎたかしら」

長い髪が頬《ほお》を撫《な》で、口元が拭《ぬぐ》われた。

ぼやけていた視界が、次第に鮮明になっていく。目の前に現れたのは、二十代半ばほどの背の高い女だった。髪は黒く波打ち、首や腕に重ねられた金の装身具が浅黒い肌に映える。彫りの深い顔に穿《うが》たれた緑色の目が、スレンを見ていた。

干陀羅《かんだら》人だ。

そう思った瞬間、スレンは跳ね起きた。

しかし、脇腹に走った痛みに呻《うめ》く羽目になった。

「急に動いたら駄目よ。死んでたっておかしくない怪我だったんだから」

草原の言葉だった。どうして話せる、と尋《たず》ねようとしたが、声が出なかった。

ほら、と盃《さかずき》を差し出される。また酒かと覗《のぞ》き込んだが、盃に満ちていたのは清浄な水だった。ひったくるように盃を奪い、瞬《またた》く間に空にした。これほど水を旨《うま》いと思ったことはない。酒ではないのに、またしてもむせる。女のやわらかな手が、スレンの背をさすった。

「丈夫に生んでくれた親に感謝することね。倒れているのを見つけた者は、死んでると思ったみたいよ」

「……ここは、干陀羅か」

呟き込みながら訊《たず》ねると、女は頷《うなず》いた。それなら、とスレンは女の手首を摑《つか》んだ。

「サドキア領主のもとへ連れて行ってくれ。ガザラという名の女領主だ」

女は目を丸くすると、やがて声を上げて笑い出した。

「おい、何がおかしい」

女はひとしきり笑い終えると、目の端に浮かんだ涙を拭った。

「私を覚えていない？」

女の緑の目が瞬くと、それを縁どる長い睫毛《まつげ》がぱちぱちと涙の粒を弾いた。

「悪いが、干陀羅人の知り合いに覚えはない。誰かと間違えてないか」

「間違えるわけがないわよ。ねえ、アルタナのスレン。すっかり立派になって」

スレンは顔を上げた。女の輪郭に沿って観察してみても、思い出す顔はない。

「こういう時は、嘘《うそ》でも覚えてるって言うものよ」

まあでも、ほんの子供だったし無理ないかもね、と女は豊かな髪をかき上げた。

「私は覚えているわよ。私と同じ、その緑の目」

女は自分の瞳をスレンに見せるように屈み込んだ。花の香りが強くなる。その匂いに、古い記憶が揺さぶり起こされた。

十年ほど前、スレンが六歳かそこらの子供だった頃だ。草原に、干陀羅からの隊商が姿を見せた。二国間はすでに長い緊張状態にあったが、商魂《しょうこん》たくましい西域《さいいき》商人たちには何ほどのことでもないらしかった。

その中に一人、若い女がいた。当時は大人に見えたが、今のスレンと変わらない年頃の少女だったように思う。彼女は行商としてやってきたくせに、集落を物珍しそうに見て回るばかりで、ちっとも商売の手伝いをしていなかった。それなのに誰も彼女を咎《とが》めないのが不思議だった。そして、隊商の連れた駱駝《らくだ》を眺めていたスレンを見つけると『そこの少年！』と声をかけ、顔を覗き込んだ。少女の放つ嗅《か》ぎ慣れない香りに、スレンは顔をしかめた。少女は構わずに言った。

『あなた、草原じゃ珍しい目の色をしてるわね。私と同じ色』

答え合わせをするように、目の前の女と記憶の中の少女を重ね合わせる。束ねることなく風に揺れる黒髪と、大きな緑の目は違《たが》わず一致した。

「あんた、大昔にアルタナに行商に来てた……」

「そう。思い出してくれた？」

女はスレンの頰に唇を寄せた。香がきつく、鼻孔《びこう》の奥で花が開いたようだった。女の肌から発される香が、館全体を満たしているように錯覚しそうになる。

そう、たしかに十年前にもこの香りを嗅いだ。スレンは女を押しのける。

「臭い……いや、匂いがきつい」

「命の恩人に向かって、その言い草はあんまりじゃない？」

女が立ち上がると、紗《しゃ》で織られた黒衣が女の身体《からだ》の線を露《あらわ》にしているのが見えた。スレンは思わず目を逸《そ》らした。

「あんたが俺を助けてくれたのか」

「正確には、私の部下がだけど」

部下、と霞《かすみ》がかった頭でその言葉の意味を考えた。

見回せば、スレンの横たわる寝台は持て余すほど広く、支柱には葡萄《ぶどう》を象《かたど》った精巧な彫り物がある。調度品も女の身に着けた装身具も、よく見れば並の物ではない。

「……もしかして、あんたが領主様？」

「そうよ、ずいぶん鈍いんだから。私がガザラ。ガザラ・ファカル。このサドキアの女領主で、干陀羅の第九王女」

「なんで、王女が行商なんかに交じってた？」

「いろいろあるのよ、王女にも。あの頃はミクダムがめぼしい兄弟たちを次々に殺してまわっててね。だから逃げたの。乳母《うば》の親族に連れられて、草原や濫《らん》、もちろん廬郷《ろごう》にも行ったわ。何年か放浪して、ミクダムが正式に王太子になってようやく国に帰ってこられた。それでも都には戻れなくて、有難くこの辺境に領地を拝領したってわけよ」

ガザラは枕元の呼び鈴を鳴らした。いくらもしないうちに、使用人が姿を見せた。

「客人が目を覚ましたわ。食事の支度をお願い」

使用人たちは短く返事をすると、すぐに部屋を出て行った。

ガザラはスレンの額《ひたい》に浮いた汗を手巾《しゅきん》で拭うと、部屋に面した中庭に目をやった。陽光の差し込む庭では、噴水がたえず水を噴き上げては植物たちを喜ばせていた。峡谷の景色からして、サドキアの雨量が多いとは思えない。だというのに、溢《あふ》れる水があり、緑の色濃い草木が生い茂っている。耳を澄ませば、鳥の囀《さえず》りも聞こえてきた。

ここはまるで、地の果てにあるという楽園だ。夢のようなこの場所にいると、廬郷での暮らしこそが夢だったように思える。

そう、あれは悪い夢だ。けれどその悪夢の中に、白月《びゃくげつ》を残してきた。どうにかこの女領主を説得し、あの悪夢の中へ連れ戻らなければならない。

スレンは寝台から起き上がろうとしたが、足が萎《な》えていて床に落ちる羽目になった。

「もう。動いたら駄目って言ったでしょう」

ガザラはそう言って手を差し出したが、スレンは自力で立ち上がった。傷の痛みに顔をしかめながら、なんとか拝礼の姿勢を取る。

「領主殿。頼みがある」

傷が開いたのか、脇腹が熱を持って痛み出した。見れば、傷口に巻かれた布には新たな血が滲《にじ》んでいる。

「どうか廬郷を、救ってやってくれ」

ガザラはじっと、珍しい虫でも観察するような目でスレンを見ていた。

「なぜ、そんなことを頼むの？　あの街は、少年には何の関係もない土地でしょう」

「たしかに俺には関係ない。だけど、一度関わったら見捨てるわけにもいかないだろう。廬郷はもう十分待ったが、濫帝はとうとう動かなかった。だから、縁ある貴女《あなた》のもとへ来た」

ガザラは寝台に腰かけると、長い足を組んだ。

「ふうん。それは、冥迪《めいとく》の差し金？」

「違う。冥迪も同じ意見だが、そうじゃない。ここへ来たのは俺の意志だ」

「へえ、そうなの。少年は公主様を人質に取られて、やむなくここへ来たんだとばかり思っていたわ」

スレンが驚いてガザラを見ると、ふ、と赤い唇が三日月形に笑んだ。

「どうして、隠されていた公主が廬郷にいることを知っているのかって？　私の鷹《たか》は何でも教えてくれるのよ」

ガザラの指がスレンの顎《あご》に添えられる。

「それにしても、なんて健気なこと。たとえ廬郷の民が死に絶えたとして、少年は何も困らないでしょうに。それとも、その身に流れる濫帝の血がそうさせるの？」

この女は、スレンの出自もとうに知っているらしい。

「違う、血は関係ない。苦しむ人間を見たくないだけだ」

ガザラは一瞬目を見開いたが、すぐに高く笑った。

「愚《おろ》かな子。己が身を流れる血は呪いよ。生きる限り、逃れることなどできない」

どういう意味だ、と問う前に使用人たちが戻ってきて、ガザラの指が離れた。

彼らがテーブルに食事の支度を整えると、芳《かぐわ》しい香りに意識が遠のきそうになった。ふらついたところで、巨体の従僕に抱え上げられ、寝台に放られた。

「優しくなさいね、ラケス。少年は怪我人なのよ」

ラケスと呼ばれた男は無言で一礼すると、スレンの包帯を新しいものに取り換えた。

使用人たちが行ってしまうと、ガザラは手ずから匙《さじ》でスープを掬《すく》い、スレンの口にねじ込んだ。喉に触れた匙に吐き出しそうになったが、舌に触れた味は脳天まで染みこんだ。飲み下した滋味に、今まで押し黙っていた腹が飛び起きたように騒ぎ始める。考えてみれば、何日ぶりのまともな飯だろう。ガザラが匙を運ぶのを待つのがもどかしく、皿をひったくって直接口を付けた。

「飢《う》えた野良犬みたいね。餌《えさ》のやりがいがあるわ」

酷《ひど》い言い草だったが、文句を言う暇があるなら食べ物を口に詰め込みたかった。スープを飲み干そうと皿を傾けるスレンを眺めながら、ガザラは謎かけのように言った。

「ねえ。なぜ、濫帝は動かないのだと思う？」

スレンには答える余裕がなかった。しかしガザラは返事がないのに気を悪くした様子もなく、「私にはわかるわ」とつぶやいた。

「知っている？　民のことを想えば想うほど、王でいるのは辛くなるのよ」

スープのことでいっぱいになった頭には、ガザラの声は遠く聞こえた。汁をすっかり飲んでしまい、皿に残った具を匙でかき集める。そうしてようやく、これが豆のスープだと気づいた。たしかに口の中には煮崩れた豆の味があった。鼻の奥に羊肉の匂いもかすかに感じる。その匂いは、草原で族長とカウラと共に囲んだ食卓を思い起こさせた。

涙が出た。大の男が飯を食って泣いているなんて情けないが、頰を伝い落ちる涙を止められない。鼻が詰まったが、それでも塩辛さを増したスープを啜《すす》る手は止まらなかった。

「すべての民を救うことなんて、人の身では到底無理なの。どれだけ善政を施《ほどこ》し、たとえ千人を救えても、その陰《かげ》には救われなかった百人が控えている。万民が万歳を唱えようと、心中で王を呪う者が玉座の背後に立っている。この世界は、そういうものだから」

スープの皿が空になると、ガザラはテーブルから薄く丸いパンを取って投げた。ガザラの言うとおりこれでは犬だと思いながらも、拾って口に運ばずにいられなかった。薄焼きのパンはまだ指先に熱く、ちぎると湯気が湧き出た。口の中へ押し込み、香ばしい皮を嚙《か》み潰《つぶ》すと、塩味と小麦の匂いが溢れた。熱さに上顎の皮が剝がれる感覚があったが、構ってはいられない。

これも食べる？　とガザラの差し出した羊肉の串焼きをひったくる。振りかけられた香辛料を除けば、慣れ親しんだ故郷の味だ。奥歯でみしりと肉の筋を嚙み切る度に、幸福感が押し寄せた。染み出した甘い肉の脂《あぶら》を、口の中で一緒になったパンが余すことなく受け止める。脂の匂いの移った小麦は、また格別の味を舌にもたらした。

「廬郷を、救ってあげてもいいわよ」

スレンははっとして顔を上げた。開いた口から、ぽろりとパンの欠片《かけら》が落ちる。口の周りにべっとりと付いた脂を、慌《あわ》てて拭った。

「冥迪とは知らない仲じゃないし、恩を売っておくのも悪くない。廬郷が息を吹き返したら、倍にして返してもらうわ。それにあなたがこうして死にかけながらサドキアへ来てくれたおかげで、ミクダムの鬱陶《うっとう》しい私兵共を蹴《け》散らす理由ができたわ。かえって助かったのよ、私たちも」

本当か、とスレンは口の中のものを飲み下した。

「ええ。でも、私たちの支援を受けて一時の飢えを凌《しの》ぎ、その後はどうするの？　朝廷に叛意《はんい》を見せ、あまつさえ敵国と結んだ街を濫帝は許すかしら」

「……廬郷の奴らは、このままじゃ冬を越せない。その後がどうこうじゃないんだ。今、助けなければ死ぬ。命を繋《つな》ぐことができてやっと、先のことも考えられるようになる」

無責任な言葉だった。口にした途端、羞恥心《しゅうち》がせり上がり、喉奥に残る脂の臭いが鼻をついた。食べ物で満たされた胃の腑《ふ》が、かすかに震える。スレンは思わず口元を押さえて下を向いた。

「そんなに自分を責めることはないわよ。少年の言うことも事実ではある」

ガザラはスレンの顎を摘まみ、前を向かせた。

「今日滅びるか明日滅びるかなら、誰だって明日の方がいいでしょ？」

「それは……」

ガザラは唇を引き上げて笑った。

「でも、少年の母君はさぞお嘆きになるでしょうね。干陀羅に抗するために奔走《ほんそう》しているというのに、息子がその干陀羅に近づき、濫に反しようというのだから」

スレンは言葉に詰まった。

「廬郷に今あるのは、死にかけの蛇神と朽ちた廟《びょう》だけ。それを救うことに、どれだけの益があるの？　濫へ来たのは草原の名代《みょうだい》としてだったのでしょう？　ならば廬郷と故郷を天秤《てんびん》にかけ、どちらを選ぶべきか考えなければならなかったんじゃないかしら。それとも少年には、故郷を捨てて廬郷と心中する覚悟がすでにあるの？」

「……ない。俺はただ、選べなかっただけだ。でも、あいつらはまだ生きてる。まだ救えるはずだと、思う」

ガザラの指が輪郭を這い、ゆっくりとスレンの頬に移動した。

「愚かな子ね」

長い指が、スレンの目の下を這う。しんと冷えた、すべらかな指先だった。

「だけど、綺麗《きれい》な目。砂漠に気まぐれに現れる緑地の、命の色だわ」

ガザラ自身の瞳も同じ色をしているというのに、まるで自分にはないものの話をするかのように言った。

「私の弟も、同じ瞳をしていた」

していた。過去形だった。ガザラの指が、顔から離れる。

「こうして少年を虐《いじ》めていても仕方ないわね。久しぶりに冥迪の顔も拝みたいし、出立の支度にかかるわ。少年は、怪我が癒《い》えるまでここにいたらいい」

「俺も行く。大した傷じゃない」

ガザラは笑って、布の上から傷口に触れた。冷や汗が噴き出し、身動きが取れなくなる。

そういえば、この傷を付けた子供はどうなったのだろう。

「ガザラ。俺が倒れてた辺りに、子供がいなかったか」

「子供？　いいえ、報告は受けてないわ」

スレンが経緯を説明すると、ガザラは事も無げに答えた。

「その子もミクダムの子飼いでしょうね。おかしいと思わなかったの？　あんな賊《ぞく》のうようよいる峡谷に、子供が一人でいるなんて」

言われてみればそのとおりだった。スレンは赤面しながら「助けないとって、それしか考えられなかった」と答えた。

馬鹿《ばか》ね、とガザラは言ったが、口調に嘲《あざけ》るような響きはなかった。

「飲みなさい」とガザラは赤い液体で満たされた金盃を差し出した。つんと酒の匂いが薫る。いらないと首を横に振ったが、「飲むとよく眠れるわよ。痛みも和《やわ》らぐ」と唇に押し付けられた。酒が零《こぼ》れて寝台を汚すのも忍びなく、観念して口を開けた。甘酸っぱい果実の香りが鼻を通り、喉を焼いた。喉から腹までかっかと熱くなる。

「盧郷に戻りたかったら、早く傷を治すことね。そう焦ることはないわ。少年がサドキアに着いたことは、鷹を飛ばして冥迪に伝える。盧郷への支援を約束することもね」

ガザラの声が揺らいで聞こえる。目の前の景色の輪郭が滲《にじ》み、とろみを帯びた。体が水を吸ったように重くなり、まぶたが引き下げられていく。

「あら。お酒、駄目だった？　こんなに早く効くなんて」

かわいいこと、と薄らぐ意識の中で声を聞いた。額を、冷たい掌《てのひら》が撫でた気がした。甘い果実酒に手を引かれ、スレンは眠りに落ちていった。


白月が光藍《こうらん》と初めて言葉を交わしたのは、スレンが干陀羅へ発《た》った夜だった。

光藍が双子の兄だというのは、一目見てすぐにわかった。男に生まれたらこうだっただろう、という自分がそこにいた。

しかし双子とはいえ、赤子の時分以来初めての対面である。もし兄と会えたら、と後宮にいた頃に何度も考えはした。想像の中で二人はひしと抱き合い、劇的な再会を果たした。しかし現実ともなると、話したこともないのに最も近しい間柄であるという気まずさが先立った。加えて、兄は廬郷と白月を救うため、父の命に逆らって廬郷へ来たという。そんな兄と何から話すべきなのかわからず、今日までいたずらに時が行き過ぎてしまった。

「名は、白月というのか」

話しかけたのは光藍からだった。けれど問いかけてすぐ、妹と初めて交わす言葉をそんなありきたりなものにしてしまったことを悔いるように顔を赤くした。それが、母から聞いたとおりの兄の性情を表している気がして、白月は人知れず安堵《あんど》の息を漏らした。

光藍が名乗ろうとするのを、白月は首を振って押し留めた。

「存じております。光藍兄上とお呼びすること、許していただけますか」

「もちろんだ。僕は間違いなく白月の兄なのだから」

光藍はぎこちなく、けれどたしかに白月に向かって笑いかけた。

「もっと早く会いたかった。僕の、ただ一人の妹」

思いがけず、胸が詰まった。

生まれてこなければよかったのだと、ずっと己を呪ってきた。自分がいなければ父母がこれほど苦しむことはなかったろうと、何度思ったかわからない。

「兄上は、私を厭《いと》われないのですか？」

光藍は、その問いに憤慨《ふんがい》するように表情を硬くした。

「なぜ、己が半身を厭うようなことがある？」

光藍は白月の手を取ると、痛いほど強く握った。

「許してくれ。何も知らず、僕は永寧宮《えいねいきゅう》でのうのうと生きていた。もっと早く、白月の存在に……父上の罪に気がついていれば」

いいえ、と答えた声は期せずして掠《かす》れた。

「兄上には何の責もないことです。それに、父上も母上も、私よりずっと苦しんでおられました。たとえ恨めしくは思っても……私は、誰のことも責めたくはありません」

白月はつとめて穏やかに言ったが、光藍の、白月のそれとよく似た形をした眉は吊り上がった。

「自分が苦しんでいれば、子を閉じ込めてもいいのか？　そんなはずはないだろう」

「兄上の言うとおりだと思います。でももう、いいんです」

光藍が口を開く前に、その手を握り返した。

「こうしてお会いすることができて、兄上が私の代わりに憤《いきどお》ってくださった。会いたかったと、そうおっしゃってくださった。それだけで、私には十分です」

語尾が揺れるのを、なんとか押し留めた。口元を引き上げ、無理に笑って見せる。

「兄上、どうか伽泉《かせん》にお戻りください。今ならまだ、きっと父上も許してくださいます。兄上まで、盧郷と命運を共にすることはありません」

「何を言うんだ？　戻れるわけがない、僕はこの街を救うために来た」

「スレンがガザラ殿を連れて戻れば、盧郷は実質的に彼女の統治下に置かれることになるでしょう。盧郷を干陀羅に売り渡したとの汚名を着せられれば、兄上のお立場もどうなるかわかりません。どうか、ご帰還を」

「馬鹿を言うな！　僕が何の覚悟もなくここまで来たと思うのか。盧郷を干陀羅の好きにはさせない。それに、お前を置いていけるわけがないだろう。この街を出るのは、父上に僕たち双子の存在を認めさせ、白月も一緒に永寧宮へ帰る時だ」

いけません、と白月は首を横に振った。暗澹《あんたん》たる気分が胸の底に広がりつつあった。兄と出会えた光り輝くばかりの喜びが、黒々とした闇《やみ》へと沈んでいく。

「兄上にも、本当はわかっているはずです。私たち双子の存在は盧郷の民の慰《なぐさ》めにはなっても、もはやこの局面でできることはない。ならばせめて、盧郷がこれ以上父上の怒りを買うようなことは避けるべきです。ですから、伽泉にお戻りを」

「それで、白月のことは口を噤《つぐ》み、盧郷のことは忘れて暮らせっていうのか？」

光藍の声が大きくなったが、白月は身じろぐことなく頷いた。たとえこれで兄に疎《うと》まれても、元より会うはずのなかった人だ。

「白月、白月、それは駄目だ。それじゃあ、お前の存在がなかったことになる」

「構いません。私は、隠されたままの公主でいい。もし父上の立場に私があったとすれば、同じように娘を隠さなかったとは言い切れません」

光藍は露骨に顔を曇《くも》らせた。

「何を言っているかわかっているのか？　それは双蛇《そうじゃ》への冒瀆《ぼうとく》だ。双蛇の現身《うつしみ》たるお前自身が、そんなことを口にするのは許されない」

光藍が双蛇に傾倒していることは、母から聞いていた。漏らした言葉から察するに、母は光藍が父への反発心からその傾向を強めているのではないかと危惧《きぐ》しているようだった。

しかし兄本人を目《ま》の当たりにして、白月は別の印象を抱いた。

似ている。兄は、父とよく似ている。

双蛇への態度は正反対のものなのに、兄と父は奇妙に似通って見える。

「僕は帰らない。必ず廬郷を救い、白月の事を世に知らしめる。それを双蛇もお望みのはずだ」

会話は平行線を辿《たど》った。説得の糸口も見当たらなかった。白月が無力感に俯《うつむ》くと、話が終わったと思ったのか、光藍は息を吐いた。

「せっかく会えたのに、こんな話しかできなくて残念だ。でも、何と言われようと僕はここにいる。彼も僕の力が必要だと言った」

白月は顔を上げた。

「彼？」

「無忌《むき》殿だ。先日、義兄弟の契りを交わしたのだ。兄を置いて自分だけ都へ帰ることなんて、できるわけがないだろう？　弟は兄に尽くすものだ」

そう言い残すと、光藍は房《へや》を後にした。

「……無忌殿と、義兄弟？」

無忌が何の意味もなくそんなことを持ち掛けるとは思えない。いったいどんな意図でと考えようとしたが、妹《わたし》のそれよりも義兄《むき》の言葉をとるのか、と拗《す》ねた気分ばかりが頭を覆ってうまくいかなかった。

虚脱感がべっとりと体に残った。それをかき分け、「会いたかった」と言われた時の喜びをなんとか掘り起こそうとした。胸の底にわずかに残った輝きを拾い上げ、薄紙に包んでそっとしまい込む。

涙が零れた。光藍のように双蛇の信奉者というわけではないのに、どこかで双子なのだから一目会えばすべてわかり合えるような気がしていた。生きてきたそれぞれの時間が手を取り合った途端に溶け出して、生まれた頃のような双子に戻れるのだと思っていた。

そんなこと、あるわけがない。母の胎《はら》を出た時から、兄と自分は別個の人間だったのだから。

白月は窓辺に立ち、外を――西を見た。

月夜だった。自分と同じ名を冠するものが、寄る辺《べ》なく空に浮かんでいた。

白月という名を付けたのは、父だと聞いている。白月が生まれた朝にも、こうして月が出ていたと。その日、父は何を思って月を見上げただろうか。

白月は窓辺を離れた。牀《しょう》に寝転び、髪を撫でる。スレンが早く帰ってくるといいと、そう思った。

出立までに傷は完治しなかった。しかしこれ以上は待てない。盧郷を出てから、すでに半月あまりが過ぎている。なんとか馬に乗れるまでは回復したのだから上出来だ。獣《けもの》みたいな治癒《ちゆ》力ね、とガザラは笑った。

いよいよ明日には盧郷に向かうとなった日、ガザラはスレンを街へ誘った。

「盧郷へ帰れば、二度と干陀羅へは来ないかもしれないでしょ？　私の街を一度くらい見て行ってもいいじゃない」

サドキアは美しいわよ、とガザラは中庭に向けて腕を差し出した。そこに一羽の鷹が舞い降りる。ガザラの指が見事な羽を撫で、血の滴《したた》る肉を手ずからついばませた。

「都なんかじゃなく、私もここで生まれたかったと思うくらいよ」

「干陀羅の都って、どんなところだ？」

「神殿と宮殿ばかりが大きくて、辛気臭い街ね」

ガザラの手から、再び鷹が飛び立つ。羽を広げて邸《やしき》の上空を滑り、やがて見えなくなった。おもてへ出ると、子供の歓声が聞こえてきた。眩《まぶ》しい光のもと、広い庭を子らが駆け回っている。

「庭は領民に開放しているの。邸は私と使用人だけだから、物寂しいでしょう」

ガザラの邸は小高い丘の上に建っており、サドキアの街が一望できた。城壁の東には白《はく》嶺山《れいさん》が迫っているが、盧郷で感じたような圧迫感はない。

多くの人々が街を行き来しているのが、遠目にもわかった。市《いち》が立っているのだろう、大路は人で埋め尽くされ、常緑樹が道に沿って揺れている。中心に神殿が鎮座し、広場には多くの露店が軒《のき》を連ねていた。街外れには、貯水池と思《おぼ》しきものも見える。

街の造りに、廬郷とさしたる違いは見当たらない。けれどこの街と比べれば、廬郷はすでに死んだも同然だった。

「廬郷も、昔はここより賑わってたのよ」

まさか、とスレンはガザラを見た。

「嘘じゃないわよ。街が廃《すた》れる時って、本当に一瞬だから」

人が死ぬ時と同じ、とガザラは丘を下りながらつぶやいた。

「呆気《あっけ》ないものなの。信じられないくらいにね」

ガザラが道を行くと、領民たちは皆立ち止まって「ガザラ様、こんにちは」「ガザラ様、ごきげんよう」と挨拶《あいさつ》した。ガザラは微笑《ほほえ》んで手を振り、それに応《こた》えた。

「あんた、慕われてるんだな」

「前の領主が酷かったから。それに比べたらましに見えるってだけよ」

ガザラはそう言ったが、領民たちの表情はおしなべて穏やかで、街は活気に溢れていた。通りかかった市には、冬だというのに野菜や果物の山も見えた。玻璃《はり》の雑貨ばかりを下げた店や、精緻《せいち》な幾何学《きかがく》模様入りの絨毯《じゅうたん》を扱う店が建ち並び、そこかしこで金貨銀貨のぶつかり合う軽快な音がする。濫の冠斉《かんぜい》にも比肩する豊かさだ。

スレンはこれまで、わずかとはいえ自分に干陀羅の血が流れているのを忌《い》まわしく思っていた。草原の民は濫人以上に干陀羅人を忌み嫌い、彼らを「侵略者」「天の恵みを知らぬ者」と呼ぶ。そして此度《こたび》のドルガ占領だ。好感など抱きようがない。

しかし目の前のサドキアの街は明るい光に溢れ、市に立つ者は一目で異郷の者とわかるスレンに対しても笑いかける。ガザラの客人として扱われているせいかもしれないが、想像の干陀羅と実像とのずれに戸惑うほどだった。

「白月にも、この光景を見せたかった」

思わずそうつぶやいていた。

「白月って、盧郷にいるお姫様？」

「ああ。あいつはずっと後宮にいたんだ。初めて見た外の世界が盧郷じゃ、あんまりだろ」

飢えに脅《おびや》かされ、死に怯《おび》えるのではない人々の暮らしを、白月に見せたかった。この世界に、日々に痛めつけられるばかりではない生活があると知らせたかった。

一笑に付されるかと思ったが、ガザラは「見せられたらいいわね」と答えた。

「先のことは誰にもわからないわ。そういう未来も、もしかしたらあるかもしれない。サドキアでなくとも、どこかにあるもっと美しい場所を公主様が見ることだってね」

ガザラは歌うようにそう言った。

「あ！　ガザラ様！」

糸束を大量に吊り下げた露店から、幼い少女が手を振った。干陀羅語で、何か親しげに言葉を交わしている。少女はふと、視線をスレンの方へ向けて何か言った。言葉はわからなかったが、少女があまりに屈託なく笑いかけるので、スレンもぎこちなく笑い返した。

ガザラは隣の金物屋の主人に声をかけられ、そちらへ歩み寄った。

糸屋の少女が手招くので、スレンは歩み寄った。あのね、と少女が耳打ちする。たどたどしいが、濫語だった。

「濫の言葉、わかるのか」

「うん、あんまり上手じゃないけど。おじいちゃんが廬郷の人だから」

少女ははにかむように笑うと、小声で言った。

「ね、お兄さんはガザラ様のお婿《むこ》さんになるの？」

「お婿さん？」

そういえば、ガザラの邸に夫らしき人の気配はなかった。

「いや、違う。結婚してないのか、あの人は」

内緒だよ、と少女は続けた。

「昔、一度結婚されたの。でも、お相手の方は殺されちゃったんだって。お母さんがそう言ってた」

「殺された？　誰にだ」

決まってるじゃない、と少女は気取って言った。

「ミクダム様によ。ミクダム様は、どうしても王様になりたいんだって。だから邪魔な人は殺すの。ガザラ様も危なかったんだって言ってた。今でもね、都に帰ると殺されちゃうから、サドキアから出られないのよ」

少女は大人ぶった仕草で頬に手を当て、溜息を吐いて見せた。きっと少女の母親がよくやる仕草なのだろう。

「ガザラ様、おかわいそうなのよ。たった一人の同腹の弟も、ミクダム様に殺されてしまったし。きっと、再婚したらまた相手の方が殺されちゃうって思ってらっしゃるんだわ。でもお兄さんは、普通の人なら死んでるくらい血が出ても生きてたっていうし。それくらい丈夫なら、ガザラ様も安心じゃない？」

目を輝かせる少女に、そうかもな、とスレンは言葉を濁《にご》した。市の活況ぶりや少女のあどけなさに似つかわしくない、血生臭い話だ。

あーあ、と少女は息を吐いた。

「ガザラ様が次の王様だったらよかったな。ミクダム様は戦《いくさ》がお好きだから、お父さんも戦場に行かなくちゃならないかもってお母さん言ってた」

「お父さんは兵士なのか？」

「違うよ。でも、草原と濫の両方を攻めるなら、きっと男の人はみんな軍にとられるんだって、大人はそう言ってるよ」

草原と濫。ミクダムの狙いはやはり、ドルガの占領だけに留まらない。草原、そして濫までもが狙い定められている。

「お兄さん、怖い顔してる」

眉間《みけん》に皺《しわ》が寄っていたことに気づき、スレンは無理に表情を和《なご》ませた。

「ガザラは、ミクダムとは違うのか」

「全然違うよ。平和が一番だっていつも言ってるもん。街の皆に優しいし」

少女の言うことが本当なら、ガザラはミクダムと対立する立場にあると言っていい。少なくとも、ドルガの侵攻にガザラの意図は介在していないだろう。

では、ガザラは廬郷に来たらどう動くつもりだろうか。

「お兄さん、また顔怖くなってる。ここのシワ、取れなくなっちゃうよ！」

少女は眉間を指し、屈託なく笑った。

あくる日の早朝、スレンはガザラと共にサドキアを出た。護衛団と、幾許《いくばく》かの物資を積んだ駱駝の隊列も続いた。一団の先頭を走るのは、ガザラに仕える例の巨体の男、ラケスだった。彼の騎馬には特別巨体のものが選ばれていたが、それでも馬が小さく見えた。峡谷に入ると、ラケスの体に隠れて前が見えないほどだった。

旅路は平穏なものだった。賊は一掃したというガザラの言葉通り、襲ってくる者もない。早く早くと気ばかりが急《せ》くが、飛ばしすぎれば隊が分散する。スレンはただ、手綱を強く握り締めることしかできなかった。

サドキアを出て五日目、じきに廬郷に着こうかという晩に、スレンはガザラに尋ねた。

「結局、なんで来てくれる気になったんだ？」

「言ったでしょ？　冥迪に恩を売りに行くの」

先を行くラケスの馬が提げたランプが揺れる。

「それだけで、わざわざ他国の街を救おうとは思わないだろ。いくらサドキアが豊かでも、街一つなんとかしようとすれば負担は相当のもんだ。今の孫《そん》家や盧郷に、それだけの価値があるとは思えない。あんたは、双蛇を信じてるわけでもないし」

「そうね。私が真に正しき領主であったなら、盧郷のことは捨て置いたでしょうね」

先を行くガザラはスレンを振り返った。

「少年は少し、弟に似ているの。だから肩入れしてしまうのかしら」

ガザラ様はおかわいそうなの。

少女の舌足らずの声が、耳の奥に蘇《よみがえ》った。

「ミクダムに殺されたって、聞いた」

「あら。鸚鵡《おうむ》みたいにおしゃべりな誰かがいたのね」

いけない子、とガザラはくすくす笑った。

「そうよ。あの子はずっと昔に死んだ。河に落ちて、そのまま。遺体も上がらなかった。表向きは不幸な事故、ただそれだけ」

ガザラは口元だけで笑った。

「誰の差し金で殺されたか、皆わかってるけど口には出さない。累が及ぶのを恐れてね」

「兄が弟を殺したっていうのか？」

「異腹ではあるけど、そうなるわね。でも、干陀羅王家では珍しいことじゃないのよ。父上には妻が十五人、子が三十二人いた。今でも生きている子は、そのうち何人だと思う？」

スレンが答えられずにいると、ガザラは乾いた笑い声を上げた。

「五人よ。たったの五人。ミクダム以外の四人は、私のように辺境に領地を貰《もら》って引きこもり、息を潜めて暮らす臆病者だけ。あとは全部死んだわ。玉座に野心を見せた者はもちろん、他の兄弟より秀でた者、隙《すき》を見せた者から順に骸《むくろ》に変わっていった。生き残るためには、自身の爪も歯もすべて引っこ抜いて、ミクダムに恭順を示すほかなかった」

「そんな馬鹿な話があるか。血縁を殺し尽くした男を、周囲が王と認めるはずがない」

「それが、干陀羅では逆なのよ。殺さなければ認められない。干陀羅王は代々そうやって決められてきたの。現王も先王も、その前の王もそう。根拠のない話じゃないわ。干陀羅人が崇《あが》めるのは、ただ一人の女神アナティマ。女神は闘争と多産を肯定する。なにしろ女神自身が、百を超す兄弟姉妹、さらには創造神たる父母までも手にかけ、唯一神の座についたのだから。それまで神と呼ばれていた者たちは、彼女が玉座についた瞬間に魔に落とされた」

女神は数百を超す自《みずか》らの子らにも争いを強《し》いた、とガザラは笑い含みに付け加えた。

「多く産み、互いに争う。王家がそれを繰り返せば、真に優れた血だけが継がれていく。父上もミクダムも、多くの国民たちもそう信じている」

よかったわね、とガザラはスレンに向かって微笑んだ。

「少年の母君は、自ら子をなしてあなたと争わせたりしなかったでしょう。賢い選択よ。上に立つ者が争えば、国はその分荒れるもの」

「じゃあなんで、干陀羅はいまだにそんなことをする？」

「伝統と合理ね。女神を模して多産が推奨される一方で、多く生まれた王子や王女すべてを養う財、与える領地など干陀羅王家にはない。侵略による領土の拡大を繰り返しても限度がある。ならば女神の教えに従って相争えば、玉座に神の権威を重ねることができる上、王の血だけ引く無駄な人員は間引くことができる。一石二鳥よ。そうして選ばれた今代の王太子がミクダム」

ガザラは目を細めた。

「草原や濫にとっては不幸なことね。あの男は冷酷で狡猾《こうかつ》よ。欲したものは必ず手にする。そして厄介《やっかい》なことに、愚かでもない」

同情するわ、とガザラはスレンの目を見ずに言った。

「賭けてもいい。いずれ、盧郷の乱など些末《さまつ》に思えるほどの災禍《さいか》がこの地を覆う」

スレンが口を開くより先に、前を行くラケスが振り返った。

「ああ、見えてきた？　懐かしいわ、何年振りかしら」

ラケスが指差した先で峡谷が途切れ、盧郷の城壁が見えた。太陽の代わりに天へ昇った満月が、道を白く照らしている。思わず馬を急がせた。城門の上、歩哨《ほしょう》にいる見張りに向かって灯《あかり》を揺らすと、音を立てて城門が開き始めた。

開ききるのを待つのももどかしく、馬を滑り込ませる。

「スレン！」

おかえりなさい、と待ちかまえていた白月が駆け寄ってきた。馬を飛び降りると、ひしと首元に抱きつかれる。

「よかった……無事で」

うん、とスレンはその背をやわらかく叩いた。白月の匂いがした。ガザラの放つ花の香りに慣れた鼻孔に、それはひどく懐かしく感じられた。

「よかったわね、少年。無事にお姫様のもとへ帰ってこられて」

ガザラの声に顔を上げると、白月の頭越しに冥迪と光藍、小青《しょうせい》の顔も見えた。その背後には、不安げに事の成り行きを見守る住民たちの姿があった。スレンは慌てて白月から体を離した。

手燭《てしょく》を掲げた冥迪が、ぬうっと進み出る。

「ガザラ。足労、感謝する」

「あら。冥迪、あんたも人に礼なんか言えたのね」

ガザラはそう言って笑うと、遠巻きに見つめる住民たちをぐるりと見渡し、声を張った。

「同胞《どうほう》よ」

ガザラの声は、月夜に力強く響き渡った。同胞、という言葉が自分たちを指すのだと気づいた住民たちは、はっとして顔を上げた。

「私は孫家と祖先を同じくする者。濫の者であろうと、孫家の民は我が領民も同じ。私はお前たちを決して見捨てはしない」

住民たちの目が期待と不安に濡れて光るのが、夜闇の中でも見て取れた。

「数日後には、さらなる物資を積んだ一団が街に着くだろう。もうじきだ。あとわずかの時を耐えれば、苦渋の日々は終わる」

しんと、辺りは静まり返った。星の瞬きすらも聞こえそうな静けさだった。

「これまでよく耐えた」

静寂は長くは続かなかった。

呻き声が人垣から漏れたかと思うと、一人がその場に膝をついた。後に続くように、人々はその場に崩れ落ちていった。すすり泣きにすすり泣きが重なり、巨大な獣が唸《うな》るような声が夜空の下でうねった。

「今日までの苦痛に耐えたことは、お前たちの強さの証明だ。その強さを誇れ。この街の民は、決して弱くない」

ガザラは自身を、ミクダムを恐れて辺境に引きこもった臆病者だと言った。しかしその言葉に似つかわしくない、たしかに王の血を引く領主なのだと思える威容だった。

「本当に、干陀羅の王女を連れてくるとはな」

声に振り返ると、光藍の顔がそこにあった。

「……ああ」

なんと言ってよいのかわからず、ただそう答えることしかできなかった。これで、住民たちの飢えはましになるかもしれない。死は遠ざかるかもしれない。しかしガザラをこの街に呼び込んだことが、どんな結果をもたらすのかはわからない。

「スレン。お前は……」

しばらく、言葉を探すような沈黙があった。けれど光藍は結局何も言わず、背を向けて行ってしまった。呼び止めようとしたが、「スレン、怪我をしているのですか」と白月に声をかけられた。

「大したことない。平気だ」

「平気なわけないでしょう。早く休んでください。小青、手伝って」

しかし声をかけられた小青は動かなかった。ガザラを囲む住民たちとは反対の方向を、じっと睨《にら》みつけている。

「小青?」

二度呼びかけられて、小青ははっと我に返ったように動き出した。

「はい。わかりました」

白月と小青に連れられて歩きながら、スレンは気がついた。小青が視線を向けていたのは、光藍が去っていった方向だ。いったい何を気にしているのだろう。

しかし、かすかな声に思考は断ち切られた。

「……ありがと。廬郷を、助けてくれて」

声の主を見ると、ふいと目が逸らされた。

「助けるのは俺じゃない。ガザラだ」

「でも、あんたが行かなきゃ、あの人は来なかった」

スレンが答える前に、小青は声を張った。

「宿に戻って、食事と寝床の支度を済ませておきます」

それだけ言うと、先に立ってずんずん歩いていってしまった。

どちらからともなく、白月と顔を見合わせる。

先のことはわからない。でも、これでよかったはずだ。よかったのだと、今は思いたい。

そう思うと、急に体から力が抜けた。

「スレン！」

白月の腕が、スレンの体を支える。

「悪い、白月……」

肌に触れた掌は、真っ白な肌からは想像できないほど温かかった。懐かしさを覚える温《ぬく》もりだった。ずっとこの心地よさの中に漂っていたいと、そう願ってしまうほどだった。

ひと月近く、小康状態の日々が続いた。

白月によると、捕まった火付けの犯人は狂言だったらしい。あの夜に見た人影が誰だったのか、結局わからずじまいだ。

相変わらず州軍は沈黙を守っているが、包囲は解かれず続いている。朝廷が次なる一手を打つか、あるいは州軍がサドキアの隊列の出入りに気づくかしなければ、この不気味な静けさは続くのだろう。

当初はガザラを疑いの目で見つめ遠巻きにしていた住民たちも、駱駝の背から物資が――とりわけ食物が――下ろされると、態度を軟化させた。それはスレンに対しても同じことが言えた。大路の宿に時々住民たちがやってきては、ぼそぼそと礼を述べ、まだ十分とは言えない食料の中から麦や干し肉を置いていった。

気がかりなのは光藍のことだった。同じ宿に寝泊まりしているが、房からほとんど出てこず、食事もあまり口にしていないようだった。

スレンは光藍の房の扉を叩いた。

「おい、光藍。せっかく物資が来たんだ、とにかく飯くらい食わないと――」

その時、唐突に鳴り響いた音に言葉は断ち切られた。腹の底に響くようなその音は、盧郷に来てついぞ聞いたことのなかった街鼓《がいこ》だった。すでに盧郷では使われなくなったものと思っていたが、埃《ほこり》をかぶった鼓《つづみ》を打ち鳴らすほどのことが起きたということだろうか。

物音に階下を見下ろすと、息を乱した小青が宿に走り込んでくるところだった。

「スレン、来て！　無忌様が呼んでる！」

「どうした、何かあったのか」

「州軍が来る！　街に向かって前進してるの！」

弾かれるように、光藍の房の扉が開いた。数日ぶりに見る光藍の顔は青白く、まるで幽鬼のようだった。

「聞こえたか？　お前も来い！」

光藍は返事をしなかったが、手を引くとおとなしくついてきた。

光藍と白月と共に宿の外に出ると、街はすでに混乱の只中にあった。大路は北へ南へと駆けていく人々でもうもうと砂煙が立ち、スレンは思わず咳き込んだ。

「無忌はどこにいる？　ガザラは？」

「無忌様は邸跡に皆を集めてる。これからどう動くか指示するって言ってた。ガザラ様もそこにいる。幸い、州軍に攻城用の衝車《しょうしゃ》は見当たらないわ。街が斜面にあるから、運んでこれないんだろうって。だったら州軍もすぐには城壁を越えられないはず」

わかった、とスレンは北へ体を向けた。

南へ向かうのは、よく見れば男たちばかりだった。野良着姿の彼らは、手に手に鍬《くわ》や鋤《すき》を携《たずさ》えている。あんな装備で、州軍相手に通用するはずもない。そんなことは男たちにもわかっているだろう。それでも駆けて行く彼らを止める言葉を、スレンは持たなかった。

スレンとて、手にできる武器は何もない。弓矢や偃月刀《えんげつとう》は冥迪に返してしまった。偃月刀は天廟に戻されているだろうが、この混乱の中で石窟《せっくつ》の奥まで取りに行けるだろうか。

それにしても、なぜ今さら州軍は動き始めたのだろう。ガザラの存在を嗅ぎ付けたのか？　威嚇《いかく》ではなく本当に攻め込んでくるつもりなら、廬郷は焼野原となる。帝《みかど》は廬郷との交渉を破棄することをいよいよ決意したのだろうか。もしそうなら、孫兄弟は光藍と白月の二人をこれからどう扱う？

鼓動が速まるのは、必死に駆けているせいばかりではなかった。

邸の焼け跡には、無忌とガザラ、不安げな顔をした住民たちが集まっていた。

来たか、と無忌が顔を向ける。しかしその眉は、すぐに怪訝《けげん》そうにひそめられた。

「スレン殿。太子殿下と公主様はどうなされた？」

振り返ると、二人の姿がなかった。不安に呑《の》まれ、はぐれたことにも気がつかなかったのか。小青を見たが、スレンと同じように焦った顔がそこにあるだけだった。

「申し訳ありません、無忌様。私、戻ってすぐにお連れします！」

小青はそう言い残すと、無忌が返事をする前に来た道を駆け戻っていった。スレンも後を追おうとしたが、「少年は残りなさい」というガザラの声に押し留められた。

「事は一刻を争う。わかるでしょう」

自分の迂闊《うかつ》さに歯噛みしたが、ガザラの言うとおりだ。宿からここまで、そう長い道のりではない。すぐに小青が二人を連れて戻る、と腰を下ろした。

それを待っていたかのように、無忌が声を張り上げる。

「皆、よく集まってくれた。此度の危機は知ってのとおりだ。岳門州《がくもんしゅう》軍がこの街を目指して前進を始めている。彼らは私たちを救いに来るのではない、殺しに来るのだ」

群衆から、悲鳴のような声が上がる。

「陛下は、最後まで我らとの交渉に応じることはなかった」

怒号に、女たちがすすり泣く声が混じる。

光藍と白月を、ここへ連れてきて大丈夫だろうか。今の二人に、人質としての価値があるかは疑わしい。二人は父帝と異なる意志を持つとはいえ、その子であることに変わりはない。住民たちの怒りの矛《ほこ》先が、二人に向けられないとも限らない。

ガザラがすっと無忌の前に進み出た。

「濫という国は、もはやお前たちの主人ではない。お前たちを庇護《ひご》するどころか、必死の訴えを黙殺し、挙句その生命さえも脅かそうとしている」

ガザラは集《つど》った住民たちをぐるりと見渡した。緑の両目に睥睨《へいげい》されると、彼らは泣くのを止めてその顔に見入った。

「私は一度、盧郷をサドキアの傘下に置こうと思う」

戸惑いの声が上がったが、ガザラの表情は揺らがなかった。

「一時のこととはいえ、濫の象徴たる双蛇の聖地に住まうお前たちが干陀羅に与《くみ》するのは、忸怩《じくじ》たる想いがあろう。しかし双蛇とて、最も敬虔《けいけん》なる民が死に絶えることを良しとはしないはずだ。この地は、双蛇を貶《おとし》める濫帝の手から守られねばならない。なに、心配は無用だ。我らはお前たちの神を否定しない」

盧郷の民の目に、光が燈《とも》るのを見た気がした。自分たちこそ聖地の守り人であるという誇りが踏みにじられた彼らに、ガザラの言葉が慈雨のように染み込んでいく。これこそ盧郷の民が欲していたものなのだ。彼らの飢餓《きが》は、何も目に見えるものだけではなかった。彼らはずっと、言葉に飢えていた。

「今は屈辱《くつじょく》に耐えて生き延び、いつの日か濫の民に思い起こさせるといい。お前たちの神の偉大さを」

それを可能にするのは、とガザラは言葉を切って笑った。

「選ばれし民たるお前たちの意志一つだ」

おお、と声が上がった。それは怒りの声だった。ガザラへの怒りではない。盧郷を見捨てた、濫への怒りである。やがてその声は、邸跡を埋め尽くした。

「今しばらく持ちこたえよ。さすれば、やがて来る我が軍が濫軍を一掃しよう」

サドキアの軍がここへ来る。つまり、濫と干陀羅の戦端《せんたん》が開かれるのだ。ガザラを連れてきた以上、こうなる可能性は最初から頭にあった。だが、可能性のままであってほしかった。恐れていたことが現実に姿を変えていく。

ガザラが軍を出すなら、盧郷は全滅を免《まぬが》れるだろう。だが、これでよかったのか。代償として、もっと大きな戦乱を呼んだだけではないのか?

不安が、ざわざわと肌の上を這う。

ガザラは群衆が静まるのを待ち、「さて」と再び口を開いた。

「濫軍に抗するためには、まずはこの街に潜む裏切り者を排さなくてはならない」

——裏切り者？

不穏な言葉に、住民たちの顔という顔にたちまち疑心が走った。

何を言うつもりだ、と睨んでもガザラはこちらを見ない。

青くなって互いに顔を見合わせる人々を前に、ガザラは身を翻《ひるがえ》して背を向けた。どこへ行くのかと皆が思ったが、ガザラは背後に立っていた無忌に、鼻先が付きそうなほど顔を近づけた。

「無忌。この一大事に、お前の片割れはいったいどこにいるのかしら？」

無忌の口元が、かすかに痙攣《けいれん》したように見えた。

「ガザラ、あなたも知っているでしょう。陽《ひ》があるうちは、冥迪は廟に篭《こ》もって出てこない」

「盧郷に破滅が迫っているこの時でさえ？　民は怯えている。今この時に皆の前に立たなくて、祭官長の意味があるのかしら」

無忌様、と群衆たちから声が上がった。

「ガザラ様のおっしゃるとおりです。こんな時くらい、冥迪様にもお出でいただいて、お二人が揃ったところを見せていただきたい」

「考えてみれば、先代と奥方様が亡くなられてから、お二人が揃っているところなど見たことがない。子らの中には、お二人が並んだ姿を一度も見ていない者もおります」

「無忌様、どうか冥迪様をここにお呼びください。そして双蛇様に、盧郷の安寧を祈りましょう」

住民たちは口々にそう言い、無忌の返事を待った。彼らの知る無忌であれば、「たしかにこの非常時です。すぐに弟を呼んできましょう。大丈夫です、我ら孫家があなた方を必ず守ります」と微笑むはずだった。

しかし無忌は動かなかった。口元に笑みを残したまま、何か恐ろしいものを見るような目をして、群衆の前に立ち尽くしていた。

「無忌様?」

住民たちが不安げにささやき合い始めたその時、笑い声が耳に届いた。堪《こら》えていたものが思わず漏れてしまったような、そんな笑いだった。

ガザラだった。もはや押し殺そうともせず、背を丸めて笑っていた。

失礼、とガザラは目の端に浮かんだ涙を拭った。

「意地の悪いことを言って悪かったわ。冥迪は来られない。そうよね? 無忌」

だって、とガザラの赤い唇が半月形に割れた。不吉な笑みだった。サドキアの民に向かって微笑むガザラとは、まるで別人だった。これから良くないことが起きると、その笑み一つで確信できた。

「冥迪はもうここにいるんだもの。ねえ?」

蠟燭《ろうそく》の火を吹き消すがごとく、無忌の唇から笑みが消えた。表情をなくしたその顔が、ガザラを見る。

ぐにゃりと、無忌の顔が形を作り変えるように歪んだ気がした。

しかしそれは一瞬のことだった。は、と無忌は息を吐くように笑った。

「わかってたさ。お前をここへ呼べば、この時が遠からず来ることを」

それは、すでに無忌の笑い方ではなかった。

「俺はもう用済みだもんな？　ガザラ」

そこに立っているのは、冥迪だった。眉の動きも、掠れた声も、瞳の奥に宿った酷薄さも、何もかもが無忌にはないものだった。

「悪いな、お前ら。後はこの女を頼れ」

蘆郷の住民たちは、まるで幻術でもかけられたかのように、ぽかんと自分たちの指導者の顔を見ていた。

「まだわからないの？　お前たちはずっと騙《だま》されていたのよ」

目の前で起こっていることについていけない住民たちは、目を白黒させた。

ガザラは彼らの反応を楽しむように邸跡をぐるりと見渡し、言った。

「この男は、ずっと昔に双子の兄である無忌を殺したの。その後には両親をも手にかけた。その事実を隠蔽《いんぺい》し、あたかも無忌が存命であるかのように振る舞い、お前たちを破滅へと導いたのよ。すべてを兄弟で決めると言いながら、この男は自分の意志だけを通していた。誰も、冥迪が帝に書き送った文を検《あらた》めたことなどないでしょう？　本当に、蘆郷の救済を求める文言《もんごん》がそこに書かれていたのかしら。この男が帝に報《しら》せたのが、もっと別のことだったとしたら?」

「冥迪様が、いったい何を帝に書き送ったっていうんだ」

ガザラは立ち尽くす冥迪にしなだれかかり、顎に手をやった。

「例えばそうね、『盧郷は邪宗に冒され救済の余地すでになし』とか。双蛇神を憎む者同士、濫帝とは通ずるものがあったのではなくて?」

住民たちの間に、ざわめきが走った。

冥迪は言葉を発さず、ぎらぎらとした目で相対する住民たちを見ていた。

「冥迪様。嘘ですよね。無忌様がとうに亡くなってるなんて、ご両親もあなたが手にかけたなんて、おまけに、双蛇様を憎んでいる……? 全部でたらめですよね?」

冥迪は声を発した女の方に顔を向けた。そして、にっと笑った。その笑みに、住民たちはほっと安堵の息を吐いた。ガザラの言うことは嘘だ、弟がここへ来られないのにはこういう訳があって、と今から話し始めるのだと思えた。

しかし、冥迪の言葉は住民たちを凍り付かせた。

「ガザラの言ったことは真実だ。無忌はもうこの世にいない。十二の時に俺が殺した」

嘘、と掠れた声が上がる。

冥迪は三白眼で住民たちを見渡した。蛇《へび》のようなその目に睨まれると、彼らは皆蛙《かえる》のように動けなくなった。

本当だ、と冥迪の唇が動く。

「無忌の後は両親だった。十三の時に母、十五で父。順番に殺した。それで俺は孫家を継いだ。祭官長の役目を無忌と分けたふりをして、ずっと一人で演じてきた。嘘と思うなら、顎骨堂《がっこつ》に行ってみろ。そこに両親の骨がある」

冥迪は言葉を切り、地面を指した。

「無忌は、ちょうどここに埋まってる」

ずいぶん骨の折れる仕事だったなあ、と冥迪はにやっと笑った。

「けれど双蛇は俺を咎めなかった。今日この日まで」

咎めもしなかったが、と口元からいつもの笑みを消し去って続けた。

「救ってもくれなかった。誰かこの中にいるか、双蛇に救われたという者は？　この死にかけの街にわざわざ留まった、酔狂《すいきょう》で信心深いお前たちの中に誰か？」

住民たちは動かなかった。声も上げず、ただ冥迪の一挙一動を見ていた。

「廬郷で銀片《ぎんぺん》教を奉じる者は、男女の双蛇こそが真の姿であり、それを知るのは自分たちだけだという自負があるだろう。けれどお前たちの信じるその神は、濫の双蛇じゃない。遥《はる》か昔に廬郷に移り住んだ干陀羅人が、自らの女神が多産を善とするのに重ね合わせ、双蛇は男女に違いないと唱えた。それが銀片教の始まりだ。お前たちの神は、濫と干陀羅双方の血を引く異形だ。孫家の祖先が、それが双蛇の真の姿なんだと都合よく捻《ね》じ曲げた」

く、と冥迪は喉を鳴らした。たぶん、笑ったのだ。

「騙していて、悪かった」

父親は悪漢だった。

乳飲《ちの》み子の時分からよく母親の乳首に噛みついては泣かせたと、自慢げに語るのを幾度も聞いた。己の足で歩けるようになってからは、泣かす相手は近隣の子供たちに変わった。多少は頭で物を考えられるようになると、殴ったり蹴ったりはぴたりと止んだ。両親は安堵の息を漏らしたが、暴力よりも色濃い悪性が、父の中に渦巻くようになっただけだった。少年となった父は甘言と冷淡、そして人より整って見える容姿を巧みに使い分け、近づく人間すべてを惑乱した。父に関わった相手は、美酒のごとき言葉と顔貌《がんぼう》に酔いしれた。泥酔した相手を蹂躙《じゅうりん》するのは簡単なことだった。彼らが夢から覚める前に、父は全身の血を啜《すす》り尽くすようにすべてを奪った。やがて酔いから醒《さ》めた彼らは、自分がとうに破滅していることを知るのだった。

父は、腐臭に似た香気を放つ蘭花に似ていた。

母はそれに誘われた虫の一匹に過ぎなかった。頭の鈍い女だったのだ。父の悪性は、母の空っぽの頭にいともたやすく流れ込んだ。つまりは生まれつきかそうでないかの違いだけで、父母は揃って悪人だった。

孫家を継いだ父は岳門州府の高官に接近し、天廟と銀片教がもたらす恩恵を分け合って吸った。その甘い関係は、次第に永寧宮の春官にまで及ぶところとなった。三者は何かと理由をつけて香銭の額を吊り上げ、天廟に修繕費が必要とでっちあげては先帝から費用を掠め取り、双子産に効くというまじないや護符を乱発した。一方で銀片教徒には、奉納金の多さが即《すなわ》ち双蛇への信心の深さを示すと言って聞かせた。恥というものを知らぬ父は、そのほか考えつくかぎりの悪辣《あくらつ》な方法すべてでもって私腹を肥《こ》やした。

しかし、父の悪行が盧郷の民に暴かれることはなかった。なにせ当時の盧郷は豊かだったのだ。その富は多少の税や奉納金で揺らぐものではなかったし、父は生来の賢しさによって悪事を巧妙に隠した。

その父母のもとに生まれたのが、無忌と冥迪の双子だった。

父の喜びは相当なものだったと伝え聞く。それはそうだろう、天廟の祭官長自ら、双子産のまじないの効能を証明してみせることになったのだから。天廟への参拝者はますます増え、盧郷の民は尊崇《そんすう》の眼差《まなざ》しを父に向けた。奉納金を積みさえすれば、きっと自分の家も双子を授かると信じた者たちは、競って天廟へ寄進した。

そんなある日、冥迪は怪我をした。無忌と庭で遊ぶうち、木から落ちたのだ。打ちどころが悪く、腕が折れていた。その時父は初めて、双子の息子たちを失うことがあるかもしれないということに思い至ったらしかった。

父の行動は迅速だった。邸の客庁《きゃくま》を密かに作り替えたのだ。窓には独房のように格子《こうし》を入れ、扉には鍵と閂《かんぬき》を取り付けた。

二人の息子を、そこに住まわせるためだった。

その日から、無忌と冥迪はほとんどの時を房内で過ごすことを強いられた。孤独に耐えかねて、冥迪は壁に穴を掘った。食事のために供された箸《はし》を盗み、気づかれぬように毎夜少しずつ壁を穿《うが》ち、ついに無忌の房まで穴を貫通させた。

それからは孤独ではなかった。周囲に人のいない時を見計らい、二人で思う存分語り合った。無忌は父に騙されて富を差し出す教徒たちを憂《うれ》い、自分たちの代になったら彼らを正しく導こうと何度も言った。冥迪もそれに同意した。

無忌と話のできない時も、冥迪は自分の中に作り上げた無忌と会話をするようになった。自分の中の無忌と話したのと同じことを、本物の無忌に確かめるように問いかけてみることもあった。二人の無忌が同じ答えを返すと、作り上げた無忌が本物だと思えた。

けれど束の間の平穏はすぐに終わった。ある時干陀羅からの客人が邸を訪れ、無忌と冥迪は客人が連れた歳《とし》の近い娘の相手を言いつかった。二人が房を空けた隙に、父が壁に穿たれた穴を発見した。客人をもてなす酒宴のせいで、父が泥酔していたことも災いした。

父はひどく怒り、父親に逆らう者は畜生にも劣ると言った。だから、畜生に相応《ふさわ》しい罰を受けなければならないと。

父は冥迪に懲罰《ちょうばつ》棒を手渡して言った。

「お前たちは合わせて三十打たれないといけない。合わせてだ。最初に無忌、次にお前だ。お前は、無忌が何度打たれるか決めていい」

父は赤ら顔で笑っていた。母はこれから始まる見世物の意味もわからず、父に合わせてにこにこと笑みを浮かべていた。

冥迪は弱り切り、無忌の顔を見た。無忌は無理に笑ってみせ、言った。

「お前が選んでいいんだ、冥迪」

冥迪は兄の背を打った。一度、二度、三度、打った。背は裂け、血が噴き出した。獣じみた慟哭《どうこく》が兄の口から漏れていた。いいんだ、と言ったその口で、やめてくれ、お願いだからと叫んでいた。

「三度でいいんだな？　じゃあお前は、二十七だ」

酒臭い息が耳元にかかった。足が震えた。

冥迪は再び棒を振り上げた。数はもう数えられなかった。

「おい、もうやめろ！」

父に蹴られて棒を取り落とし、我に返った。はっとして起き上がると、血まみれの無忌が庭に転がっていた。もう、叫び声さえなかった。

馬鹿が、と父は酒をあおった。

「三十でいいと言ったろうが」

無忌のもとまで這っていった。膝が笑って、足は使い物にならなかった。

「せっかくの双子をなんだと思ってんだ、お前は」

無忌の眼窩《がんか》は、白目まで真っ赤に染まっていた。

「それ、片づけとけよ。お前が仕出かしたことなんだ、ちゃんと責任とれ。明日っからは、お前一人が孫家の双子だ」

夜半、中院《なかにわ》に穴を掘った。深く深く掘った。掌の皮が剝《む》けて痛んだが、休むことはできなかった。手を止めるのが恐ろしかった。あの赤い目を見たくなくて、土中にうつ伏せに寝かせた。悲しみよりも恐怖で泣きながら、無忌の体に土をかけた。

遺骸《いがい》を埋めてしまうと、全身の力が抜けた。地面に体を横たえると、掘り返したばかりの湿った土の匂いがした。自分の鼓動の音ばかりがよく聞こえた。

無忌、と冥迪は胸中で呼びかけた。

答えるものはなかった。

無忌、ともう一度呼んだ。無忌、無忌、と幾度も、夢中で兄の背中に棒を振り下ろした時のように、硬い土を掘り続けた時のように。

『大丈夫だ』

唐突に、兄の声がした。重い体を、思わず跳ねさせる。もしや穴の底から聞こえるのかと土に耳を押し当てたが、何も聞こえない。

『そこにはいないさ』

笑い含みの声に、冥迪は自分の内から声が響くのに気がついた。

『これからは、今まで以上にいつも一緒だ』

冥迪は体を起こし、天を仰いだ。そこには満天の星々が輝いていた。

冥迪、と声は優しく語りかけた。

『教徒たちを救おう。それにはまず、悪を除かないとならない』

冥迪は強く頷いた。

途端に強烈な眠気がやってきて、鋤を抱いてもう一度土の上に寝転んだ。房に戻る気力もなかった。疲労がまぶたを押し下げようとしたその時、声がした。

「何してるの？」

はっとして体を起こした。いつの間にか、少女がそばに立っていた。客人が連れてきた、孫家の遠縁だという干陀羅人の娘だった。どうして中院に、と思う間もなく少女は掘り返した土の前にしゃがみ込んだ。

「何を埋めてたの？」

冥迪は俯いてはくはくと口を開閉し、何も、とだけやっと答えた。

けれど月光に濡れた緑の瞳は、すでに答えを知っているようだった。

少女は土で汚れた冥迪の手を取り、両手でぎゅっと握った。

「可哀想《かわいそう》にね。大丈夫、わかってるわ。誰にも言わない。二人だけの秘密よ」

救われた思いで、冥迪は顔を上げた。

少女は笑っていた。月を背に、蛇のような目をして笑っていた。


そんな、と誰かが声を上げた。

「それじゃあ、俺たちは何のために廬郷に留まり、天廟を守ってきたんだ？　何のために、子を飢えさせてまでこの土地や、銀片教を」

「私たちの信じてきた双蛇は、偽物だったっていうの？」

「なぜ、私の子は死んだの。生まれたばかりの子を井戸に沈めてまでこの地に残ったのは、すべて双蛇様のためだったのに」

「冥迪様、いや、冥迪、説明しろ。何か言え、答えろ。答えてくれ」

答えろ、答えろ、と声は唱和した。

しかし冥迪は「今伝えたことがすべてだ」と言ったきり口を閉ざした。

スレンは混乱する頭で、そういえば小青がまだ戻っていないことに気がついた。どう考えても、宿からここまで一往復できる以上の時間が経《た》っている。

まさか、白月と光藍の身に何かあったのか。

その時、誰かが立ち上がって冥迪に向かっていった。他の者たちも、次々に続く。住民たちの目は、ぎらぎらと殺意に光っていた。

スレンは反射的に走り出し、冥迪の腕を摑んで引いた。しかし冥迪はスレンを拒むかのように、そこから動こうとしなかった。

「ったく面倒くせえな！」

スレンは冥迪を担《かつ》ぎ上げ、駆けた。

「おい、待て！　そいつをどこに連れて行く！」

数多《あまた》の声が、腕が追いかけてくる。住民の腕が絡みつきそうになったその時、街鼓の音が再び大きく響いた。

「州軍が街に入ってくる！」

女の声がそう叫ぶと、住民たちは散り散りになって逃げ出した。

幸か不幸かわからないが、とにかく冥迪を担いだまま走った。追ってくる者はなかった。

邸跡を抜けたところで振り返ると、ガザラと目が合った。その口元は笑っていた。

くそ、と思わず悪態が口を突く。

結局ガザラも、干陀羅人に違いないということか。サドキアで見た美しく平和な光景が、まるで夢であったかのように溶け出していく。

ガザラの笑みから逃げるように、スレンは足を速めた。

「おい。俺なんか助けてどうする。捨ててけ」

肩の上で冥迪が身じろいだ。

「俺だってお前なんか助けたかねえけど、あのままほっといたら殴り殺されてただろ」

「俺が死んだところで、お前にはどうだっていいことだろうが」

「うるっせえな！　目の前でそんな死に方されたら寝覚めが悪いだろ！　それにお前、何があっても盧郷は守るとかぬかしてたじゃねえか。今死んでどうすんだよ！」

冥迪は小さく笑うと、静かになった。

「わかった、下ろせ。自分で走る」

冥迪を肩から降ろし、駆ける。半信半疑だったが、言葉通り冥迪もついてきた。

二人は無言で走った。辺りに目を配るが、白月たちの姿は見当たらない。

悪い予感に胸が蝕《むしば》まれていく。

小路の一つを覗いた時、そこに人影があった。心臓が跳ねる。男の背だった。引き返そうとしたが、影が振り返るのが先だった。

その顔は、干陀羅人のものだった。駱駝の一団を率いていた男だ。腰に剣が見える。サドキアからの道程では、あんなものは提げていなかったはずだ。

男は、右手で何かを掲げていた。

それが子供の体であると気づくのに、そう時間はかからなかった。ぶらぶらと揺れる子の足元に、黒い血だまりが見えた。

スレンが動くより早く、冥迪が咆哮《ほうこう》を上げて男に向かっていった。男は子の体を地に放り投げ、笑った。

「お前らありがとな、自分から門を開いて俺たちを迎え入れてくれて！　馬鹿だよなあ、多少の血の繋がりくらいで、見返りもなく救ってくれる奴なんて本当にいると思ったのか？　人間、腹が減ると頭が鈍るってのは本当なんだな！」

男はそう言い残すと、その場から逃げた。追おうとすると、冥迪が叫んだ。

「乗るな、挑発だ！」

スレンはぐっと奥歯を噛み、踏み留まった。

地面に投げ出された子を、冥迪が抱え起こす。まだ、息があった。

「あ……」

見覚えがあった。スレンに、一握りの粟《あわ》を譲ってくれた子供だった。

ひゅうひゅうと、子の喉に空いた穴から音が漏れ出ていく。声にもならないその声は、痛い、なんで、痛いと繰り返しているように思えた。

冥迪が何事か早口に唱えた。双蛇への祈りの文句らしかった。

「眠れ。弟と妹のところへ行くんだ、何も怖いことはない」

子はかすかに頷いたように見えた。やがて、ひゅうひゅういう音も止んだ。

冥迪は子を抱え上げると、民家の中へ入った。後に続くと、血の臭気が鼻をついた。

夫婦の亡骸《なきがら》が転がっていた。夫は妻を庇《かば》うように、覆いかぶさる格好で死んでいた。冥迪は、子を二人に寄り添わせるように横たえた。

「俺たちは、最後の賭けに負けたんだ。ガザラが連れ込んだ護衛と人夫、あれは私兵だったんだろうな」

兄妹揃《そろ》って似たような手使いやがって、と冥迪は鼻を鳴らした。

「だが、まだ全員が死んだわけじゃない。……行くぞ」

スレンは外へと走り出た。今見たばかりの光景がちかちかと点滅する。

死んだ。

殺された、干陀羅人に。自分が呼び寄せ、門を開いて招き入れた者に。

両親が弟妹《ていまい》を殺してまで生かした子が、呆気なく死んだ。

なけなしの食べ物を差し出してくれた子供が、無残に、痛みの中で、罪もないのに、わけもわからず、死んでいった。

——俺のせいで。

「白月！　光藍！　小青！　どこだ！」

応える声なんてあるわけがないとわかっていても、叫ばずにいられなかった。

しかし思いがけないことに、路地から呻き声が返ってきた。空き家の間の暗がりに目をやると、そこに倒れた影があった。金の髪は、他の誰とも間違いようがない。

「小青！」

冥迪が駆け寄って抱き起こすと、小青は苦痛に歪んだ顔を上げた。

「あ……無忌様。公主様が」

小青は冥迪を無忌と呼んだ。小青はまだ、無忌と冥迪の真実を知らないのだ。

「白月がどうした？」

しかし今はそれを説明している時間が惜しい。

「連れて行かれたの」

「誰に！」

「あの、皇子。南の大門へ向かった」

「光藍が？」

あたしは平気だから早く行って、と小青は無理に笑って見せた。

「ちょっと蹴られただけだから。すぐに立てるようになるわ」

冥迪はスレンの顔を見て頷いた。

「俺は後から小青と共に行く。お前は大門へ急げ」

わかった、とスレンは南へ走った。

自分の歩幅分でしか前に進めないことがもどかしい。オロイがこの場にいれば、と今ほど強く思ったことはなかった。

大路に出ると、見上げた城壁の上、歩哨に立つ二つの人影が遠く見えた。

風が吹き抜け、影が身に纏《まと》った薄青い裙《くん》が靡《なび》く。

白月だ。ならば、隣に立つのは光藍だろう。

そこで何をしてる、降りろ、と叫んだところで声は届かない。

スレンは一直線に大路を駆けた。砂煙の中、常人には到底聞こえないだろうが、スレンの耳には光藍の声が切れ切れに聞こえてきた。

『お前たちも妙だと思ったろう。なぜ、叛旗を翻したこの街を攻め滅ぼす許しがいつまでも出ないのか。いたずらに兵糧《ひょうろう》を消費し、なぜこの貧した街を何もせず見上げていなければならないのか』

街に迫った州軍に向けて語り掛けているのか。あまりに無謀だが、演説で州軍の動きを止めようというのだろうか？

しかしそれなら、白月を連れて行く必要はない。

『父は、己《おの》が罪が暴かれるのを恐れたのだ。だから手をこまねいていることしかできなかった』

まさか、とスレンは城壁を見上げた。城門近くに集まっていた男たちも、何事かと成り行きを見守っている。

『近くに寄ってとくと見るがいい。私とこの娘の顔貌を見比べて、父の罪を理解しないものはいまい』

「やめろ！」

無駄とわかっていても叫んだ。

州軍には、まだ白月の顔は見えていないはずだ。草原の民以上の視力がなければ、離れた城門の上に立つ人間の顔貌まで見分けることは不可能だ。州軍からはただ、二人の人間が歩哨に立って何か訴えている、その程度のことしかわからないに違いない。

そうは思っても、心臓が高く鳴るのを抑えられなかった。

早く二人を引っ込めなければ、前進してくる州軍が彼らの顔を見る。見れば終わりだ。あれは、他人の空似で片づけられるものではない。

スレンは城壁の階《きざはし》に取りついた。駆け上がりながら、打ち鳴らされ続ける街鼓を聞いた。音はまるでスレンを急かすように、腹の底に響く。

城壁の向こうに、もうもうと上がる土煙が見えた。騎馬隊が、斜面を登り前進して来ている。彼らの鳴らす蹄《ひづめ》が、沓音《くつ》が、城壁を揺らすようだった。

荒い息を吐きながら歩哨に立つと、よく似た二つの顔がこちらを見た。

「スレン！」

白月の悲痛な声が、蒼天《そうてん》に響く。

「白月、何も恐れることはない。僕たちはたしかに孝子《こうし》ではなくなるだろう。けれど、僕らには双蛇の加護がある」

「光藍、お前」

スレンが一歩踏み出そうとすると、光藍は手にした短剣を白月の首元に当てた。

「動くなよ。僕だってこんなことをしたくはないんだ」

実際、光藍は苦痛に耐えるように唇を噛みしめていたが、スレンは構わず吼《ほ》えた。

「お前、何してるかわかってるのか！　実の妹だぞ！　それがお前の為すべきことだっていうのか!?」

しかし光藍も怯《ひる》まなかった。

「ここへ来て、無忌殿に出会ってわかったんだ。これは双蛇が僕に課した試練だ。男女の双蛇が真の双蛇の姿なら、そう生まれついた僕らが父上の過《あやま》ちを償《つぐな》わなくてどうする」

「違う！　あれは真の双蛇でもなんでもない！」

「スレン。お前に双蛇のなんたるかがわかるはずもない」

男女の双蛇は、孫家に創《つく》られた虚像だった。けれど今それを説いたところで、光藍が剣を収めるとは思えない。

光藍はどこか哀れむような、恍惚《こうこつ》とした目をスレンに向けた。

「わからないよ、お前には。いくら伯父上の血を引いていたって——お前は異民だから」

血が煮える。一瞬、スレンは目の前にいる少年が誰であるかも、ここがどこかも忘れた。

「スレン！」

呼び声に、腕を振り上げたまま体が固まる。白月の目が、強い光を宿してスレンを見ていた。その意図が、視線から伝わるようだった。

白月の唇が、はなしつづけて、と声もなく動く。

スレンは喉を焼く激情を呑み込んで、言った。

「残念だったな。男女の双蛇がどうとかいう話は、さっき無忌自身が否定した」

光藍の眉が跳ね上がるように動く。光藍が激昂《げっこう》しそうな言葉をあえて選んだ。

「銀片教が双蛇を男女神としたのは、干陀羅の女神が多産を善とすることの影響に過ぎないとさ。全部、でたらめだったんだよ。男女の双蛇は、真の姿でもなんでもない。人の都合によって生み出された、ただの魔獣だ。濫の神ですらない」

「そんなわけがあるか！　無忌殿がそんなことを言うはずがない。お前の言うことこそでたらめだ！」

「馬鹿だな、光藍。ころっと騙されちまって。孫無忌って男は、とっくに死んでたんだ。あれは冥迪が演じた死人の影だ。今頃、住民たちに捕らえられてるだろうよ。それか、干陀羅人に殺されたかどっちかだ」

「何を言ってる？　無忌殿が死んだ？　冗談でも口にするな、そんなこと！」

「冗談でこんなこと言うわけないだろ。本当のことだ。光藍は無忌と義兄弟になったんだったか？　あんな詐欺師《さぎ》と皇太子が兄弟だなんて、お笑い種《ぐさ》だな。お前はただいいように使われてたんだ。無忌だけじゃない。都の春官長にだって、どう見たってそうだっただろ。気づいてないのはお前くらいのものじゃないか？　それなのに喜んで双蛇を有難がって、異民の俺からしてみたら滑稽《こっけい》でしょうがなかった」

光藍は顔から首元まで、怒りで肌を真っ赤にした。

その間に白月の手が襦《じゅ》の袖《そで》をまさぐり、短剣を取り出した。

鞘《さや》に巻きついた金の双蛇が、一瞬、天に煌《きら》めく。

喉が引き絞るような声が上がった。がらん、と音を立てて光藍の手から剣が落ちる。

鞘から抜かれた刃は、白月の腰を摑んでいた光藍の手に突き立っていた。

「ごめんなさい。でも、私はもう誰にも利用されたくない」

白月は光藍の手の甲から短剣を引き抜き、スレンに向かって走った。その体を抱きとめる。スレンの腕の中で、白月は光藍を振り返った。

「どうして。白月、なぜだ」

片手で傷口を押さえた光藍は、切れ切れにそう言った。

「兄上。あなたは父上が間違っておられると言った。そうかもしれないと、私も考えました。なぜ、この街を捨て置かれるのかと」

「それじゃあ、なぜ」

光藍の手の甲から、ぼたぼたと血が滴る。

「でも、兄上も結局は父上と同じ。私を双子の片割れとしか見ていない」

光藍の顔から血の気が引いた。

「何を、言うんだ」

「兄上は、私と会えてよかったと言ってくれましたね。私はずっと、自分は生まれてこない方がよかったのだと思っていた。だから、その言葉にどれだけ救われる想いだったかわかりません。でも」

白月の声が掠れる。

「兄上が会えて嬉《うれ》しかったのは、私じゃない。兄上を双蛇の現身《うつしみ》にしてくれる、特別な存在にしてくれる双子の妹を見つけて嬉しかった、ただそれだけのことだったんでしょう？　それは、私じゃない！」

「ちが」

う、と語尾は弱々しく宙に放たれ、吹きすさぶ風に攫《さら》われた。

「光藍、お前にだってわかってるだろ。こんなことをしても意味がない」

「でも、僕は、干陀羅なんかに頼らず、僕の手でこの街を……」

スレンは唇を噛んだ。

「……もう遅いんだ。お前も来い。俺がさっき言ったことは嘘じゃない」

しかし光藍は動かなかった。スレンは無言で近づき、その鳩尾《みぞおち》を殴った。小柄な体はいとも簡単に傾いだ。スレンは気を失った光藍を担ぎ、白月の手を引いた。

大門の付近には、住民が集まっていて危険だ。離れた場所の階から下りようと歩哨を駆けながら、スレンは白月に邸跡で見たことを手短に説明した。

「ガザラが裏切った。あの女は、廬郷を救うつもりなんかない。冥迪を住民たちに引きずり降ろさせて、廬郷を自分の領地に併合するつもりだ。あいつの連れてきた干陀羅人が……廬郷の民を殺した。俺は、この街に化け物を引き入れたんだ」

スレン、と白月は叫ぶように名前を呼んだ。

「あなただけのせいじゃない。私も同罪です。干陀羅に頼るべきだと、私が先に言いました。それに、まだ終わったわけではありません。まだ、廬郷は生きている」

スレンは苦味を奥歯ですり潰し、頷いた。

「ここへ来る途中、小青と会いませんでしたか？　あの子のこと、兄上が……」

「心配するな、冥迪に預けてきた。だけど、住民たちは長い間騙されてたことに気づいて気が立ってる。冥迪は住民に見つかれば殺されるかもしれない」

「とにかく二人を捜しましょう。そして街を出て、州軍に保護を求めるんです。干陀羅に廬郷を押さえさせてはなりません。彼らが廬郷の民を手にかけた以上、統治が平穏なものであることは期待できないでしょう」

白月は双蛇の短剣を走りながら差し出した。

「勝手に使ってごめんなさい。やっぱりこれ、スレンが持っていてください。私が持つよりずっと役立てられるはずです」

白月は光藍の手の傷を、すまなそうに見やった。

「あの場ではああするほかなかった。大丈夫だ、見た目ほど傷は深くない」

スレンは短剣を受け取り、懐にしまい込んだ。

階に辿《たど》り着き、一気に駆け下る。幸いにも、周囲に人影は見当たらなかった。

とにかく姿を隠そうと、小路に入った。すると、空き家の一つから細い腕がにゅっと伸びて手招いた。

「こっち」

戸口から中を覗くと、竈《かまど》の陰にうずくまるようにして冥迪と小青の二人がいた。

「皆、冥迪様を探しているみたい。でも、なんだか様子が変なの。殺気立ってて、とても出て行ける雰囲気じゃない。なんでこんなことになってるのよ？　冥迪様が何かしたの？」

小青は責めるようにスレンと白月を見たが、二人とも答えられなかった。小青はまだ事情を知らない。事実を知れば、小青も冥迪を住民に突き出そうとする可能性がある以上、今は話せない。

「なあに、ちょっとした勘違いだ、小青」

小青は冥迪の顔を見た。無忌と思っていた男の口調が急に変わったからだろう。

「黙ってて悪かった。俺は冥迪だ。無忌は天廟に詰めて街の無事を祈ってる最中だから、邪魔できなくてな。それで俺が無忌のふりして皆の前に出たんだが、ばれちまった。州軍が来るっていうんで皆混乱してるから、なんでそんなことしたんだ、やましいことでもあるのかって騒ぎになってな」

時機が悪かったな、と冥迪は笑った。笑いながらも、目はスレンと白月に向けられていた。小青に真実を言うなということだろう。

「なんだ、そうだったんですか？　それならそうと早く言ってくだされればよかったのに」

小青はほっとしたように息を吐いた。

「でも、今は出て行かない方がいいですね。皆、何を言っても聞いてくれなそう」

スレンは小青の言葉に頷いた。

「冥迪、街の外へ出よう。ここにいたらお前は……まずいことになる」

「俺はいい。小青を連れて、お前たちだけで行け」

「そんなことできません！　冥迪様を置いていったら、無忌様に合わせる顔がありません」

「俺が行けば、お前たちを危険に晒《さら》すことになる。小青、公主様たちと共に行くか、皆のもとに帰るんだ」

「嫌です！　それに、無忌様が天廟にいるなら迎えに行かなくちゃ」

スレンは冥迪の襟《えり》元を摑んで立ち上がらせた。

「一緒に来い。お前が来ないと、小青が動かない」

冥迪は小青の顔を見やると、のろのろと立ち上がり、懐から何か光るものを取り出した。

「これで大門を開け」

差し出されたのは、鍵だった。

「俺を州軍のもとへ連れて行け。此度のことは、すべて俺の仕出かしたこと、住民たちは銀片教の支配下にあり抵抗できなかったのだと釈明する。下策も下策だが……こうなった以上は仕方なかろうな」

冥迪様、と小青が悲鳴のような声を上げた。

「駄目です、そんなこと」

「事を起こした以上、首謀者は死ぬ。最初からわかってたことだ。なに、心配するな。天廟にいる無忌は、いざとなれば坑道を伝って逃げられる」

でも、と小青が言い募ったところで、民家の壁と板扉が、一緒くたに室内へと吹っ飛んできた。

扉の消えた戸口には、ぬうっと黒い影が立っている。

右手に大剣を携えたラケスだった。スレンの顔をみとめると、口を開いた。

「皇子と公主も、ここにいるな？」

ラケスの声を初めて聞いた。低く掠れた、喉を焼かれたような声だった。

「ガザラ様がお呼びだ。来い」

「そう言われて、おとなしくついてくと思うか？」

ラケスは小さな目をわずかに細めた。

「最悪、死体でもいいと言われている」

スレンは冥迪と目を合わせた。

「白月と光藍を、頼む」

冥迪が頷くのを後目《しりめ》に、スレンは飛び出した。ラケスが破壊した壁の穴から、外へと転がり出る。

「行け！」

冥迪の声に背中を押されるように、スレンは走った。一目散に、大門へと駆ける。

スレンの意図に気がついたのだろう、ラケスが地を鳴らしながら追ってきたが、足ならスレンの方がずっと速い。ラケスを引き離し、大路へと出る。

しかし大門の前には、立ち塞がる住民たちの姿が見えた。

「おい、何しようっていうんだ」

「どけ。どいてくれ！」

息が上がって、そんな言葉しか出なかった。けれどそれで退いてくれるわけもない。

「通さねえよ。州軍を呼び込まれたら、俺たちは皆殺しだ。公主と皇子はどこへ行った？もう俺たちには、あの二人を人質に取るくらいしかねえんだ」

「そんなことにはさせない！　それより、街に入り込んだ干陀羅の連中が住民を殺すのを見た。このままじゃ、盧郷は」

「でたらめ言うな！」

お前だって、と口から泡を飛ばした住民の顔は、これ以上ないほど青ざめていた。

「皇帝の血を引いてるんだろ。捕まえとけば、少しは交渉の足しになるかもしれねえ。俺たちを助けてくれよ。なあ」

助けてやりたい。助けてやりたかった、助けてやれるつもりだった。

でもできなかった。判断を間違えた。

この男の言葉に頷けば、白月と光藍を救えない。

スレンは黙って首を横に振った。

なんだよ、と男は泣きそうな声で言った。

「干陀羅人が廬郷のもんを殺した？　元はと言えば、お前があの干陀羅の女を呼び込んだからだろうが。そうか、わかったぞ、干陀羅の王女なんか街に入れたのがばれたから、今さら州軍が動き出したんだ。結局、全部お前のせいじゃねえか！」

男は叫び声を上げると、鍬を振りかざした。

スレンは鍬を避け、男の鳩尾を殴った。取り落とされた鍬を拾い上げて構えると、住民たちは後ずさった。先頭に押し出された男も鎌を握ってはいるが、がたがた震えて切っ先が揺れている。

「どけ！」

そう叫ぶと、住民たちは大門の前から蜘蛛《くも》の子を散らすようにわっと逃げ出した。

肩の力が抜けたのも束の間、背後に巨大な気配を感じた。

スレンが横へ飛んだのと、大剣が元いた場所に叩き込まれたのは同時だった。

ラケスだ。住民たちはスレンではなく、この巨体の男に恐れをなしたのだ。

あと少しだったのにと考える間もなく、二撃目が飛んでくる。鍬で受け止めたが、使い古しの農具で防ぎきれるものではない。鍬の柄がばきりと音を立てて折れ、斬撃《ざんげき》が頬を掠めた。

「丸腰でやり合う相手じゃねえよ、こんなん」

泣き言を言ったところでどうにもならない。スレンは腰を抜かした男の手から鎌を奪い、ラケスに相対した。その瞳に感情は読み取れず、挑発が通用する相手にも思えなかった。

「……哀れだな」

「そりゃあ、俺は世界で一番哀れな男だろうよ。こんな武器ともいえねえもんで、お前みたいなのと戦わなきゃならねえんだから」

そうではない、とラケスは首を横に振った。

「本来なら三国を統《す》べる資格を持つというのに、死にかけの街で鼠《ねずみ》のように走り回ることしかできないことが、哀れと言ったのだ」

「……三国？」

二国は草原と濫だ。しかし残りの一つに心当たりがない。生母は密かに干陀羅の血を継いでいると聞いているが、それだけだ。

「知らぬのか、己がどこから来たかさえ。まこと、哀れな子よ」

それだけ言うと、ラケスはみたび大剣を振り上げた。

スレンは地面を蹴った。この巨男に隙が生まれるとすれば、攻撃に移るその時しかない。脚の腱《けん》を狙い、鎌を振る。

斬《き》ったと思ったその瞬間、頭が揺れた。

体が横に吹っ飛ぶ。跳んだ体は踏ん張ることもできず、城壁に強《したた》かに打ち付けられた。

体がずるずると地面に落ちる。鼻孔に鉄臭さが溢れた。口の中が生温かい。舌先に硬いものが触れたので吐き出すと、自分の歯だった。

痛みは遅れてやってきた。

霞《かす》む視界に、ラケスを捉える。

動きからして、大剣の柄で頬を殴りつけられたのだと知れた。

速すぎる。

あの巨体で、あのばかでかい剣で、どうやって？

ラケスがスレンの方を向いた。表情に変化はない。

立ち上がろうと足に力を込めたが、沓底が地面を滑るばかりでうまくいかなかった。

ここで死ぬのかもしれない。

迫る男の顔を見上げながら、そう思った。

あと少し、あと少しで外へ出られるのに。

わずかに身じろぐと、懐にしまい込んだ短剣の鞘が肌に触れた。

――二人でこの街を出ましょう。

ふとその声が脳裏に蘇《よみがえ》った時、大剣の煌めきが目を焼いた。

思わず、地面を転がった。

大剣が地を揺るがす。

まだ動ける。体が動くのに、諦《あきら》めるわけにはいかない。

「往生際《おうじょうぎわ》が悪いな」

「そう簡単に死ねるかよ」

言葉とは裏腹に、視界が揺れる。喉元まで吐き気がせり上がり、頭は締め上げられたように痛んだ。斬撃を受けるまでもなく、あと一発殴られれば終わりだろう。

スレンは懐に鞘を残して短剣を取り出し、柄を握った。

ラケスはちょうど地面から大剣を引き抜き、スレンに向き直ったところだった。

その眼を目掛けて、短剣を投げつける。

切っ先が、たしかにまぶたごと眼球を貫くのが見えた。

怒りの叫びが、天に突き刺さる。しかしラケスは倒れるどころかうずくまることさえなく、右目から短剣を引き抜いて捨てた。ぼたぼたと血を滴らせながら突進してくる。

スレンは力を振り絞って立ち上がり、ラケスに背を向けて走った。

大門に取り付き、錠《じょう》に鍵を挿して回す。

がちりと重い音がした。全身の力を込めて、門を押し込む。脇腹の傷が開いたのか、体が引き千切られるように痛む。脂汗が全身に浮かび、意味のない叫びが口から漏れる。

けれど力を緩めるわけにはいかない。

開け、開け。

咆哮《ほうこう》を上げて押し込むと、大門が軋《きし》み、一筋の光が外から差し込んだ。

ラケスの息遣い、全身に漲《みなぎ》る怒気がすぐ後ろにあった。

どうせ死ぬのなら、門を開ききってからだ。

スレンは振り返ることなく固く目を瞑《つむ》って歯を食いしばり、門を押し開けた。歯が砕けるような音を、頭の隅《すみ》に聞いた。閉じたまぶたを通じて、全身が眩しい光に包まれる感覚があった。

ラケスが吼えるのが聞こえた。すぐそばにいるのに、声は不思議と遠かった。

やっぱり死ぬのか。

そう思ったが、痛みは訪れなかった。

代わりに、何か重たいものが倒れる音がした。

ゆっくりと目を開けると、ラケスの巨体が地に沈んでいた。

スレンは開かれた門の向こうを見た。

正面に、馬が見えた。馬の群れだ。先頭の馬上に、弓を構えた人があった。その胸元で、見慣れた首飾りが揺れたような気がした。

「……なん、で」

あり得ない。きっとこれは、死の間際に見る都合のいい夢だ。たぶん現実では、ラケスの大剣が頭をかち割ったところなんだろう。

意識を保っていられたのは、そこまでだった。


身体が小刻みに揺れ、話し声が低く耳の中を流れていた。

鼻をつく獣臭さに、馬上にあるのだと知れた。

どうやら死んでいないらしい。

意識を取り戻したものの、まぶたが重くて目が開けられない。指先を動かそうと試みると、あちこちの痛みが一気に身体に戻ってきて、スレンは身じろいだ。

「おっと、動くな」

懐かしい声だった。

無理にまぶたをこじ開けた先にいたのは、見知った、誰よりも見知った顔だった。スレンはその人に抱えられ、馬に乗せられていた。

「……族長？」

手綱を取ったその人は、かすかに笑った。幻《まぼろし》ではないかと、スレンはその頰に手を伸ばした。肌をなぞると、頰に走った傷痕《きずあと》が指先に触れた。

「いつまで呆《ほう》けてる。私は本物だ、蜃気楼《しんきろう》でも幻覚でもない」

周囲を見回すと、見知った顔がいくつもあった。ザナトを始めとしたアルタナの戦士、それに他氏族の草原の男たち。皆、曲刀《きょくとう》を提げ弓矢を背負い、騎乗している。

「なんで、ここに……」

「濫帝たっての望みとあっては、動かないわけにはいくまい」

よくやった、と族長は微笑んだ。

「城攻めは骨が折れる。お前が門をこじ開けてくれたおかげで、事は早く終わりそうだ」

「スレン、俺に感謝しろよ。お前が消えてからの俺の努力奔走《ほんそう》、見せてやれなかったのが残念だ」

ザナトはそう言ってやれやれと顎髭《ひげ》を撫でた。

それじゃあ、とスレンは族長の顔を見た。族長は頰を窪ませて笑った。

「協約は成った。我らは同盟国の求めに応じ、盧郷の叛乱を鎮めにきた」

「なんで、そんな……」

「盧郷は朝廷に対して、濫の軍を差し向けないことを交渉の条件に挙げていた。だが、我らはどう見ても濫軍ではない。約束を違《たが》えたことにはならないだろう」

ほれ、とザナトは手綱と曲刀、弓矢をかざして見せた。それは、騎乗する者のない空の鞍《くら》を載せたオロイの手綱と、光藍の邸に置きっぱなしだったスレンの愛刀と弓だった。オロイはスレンの顔を見て、興奮したように前脚で地面をかいた。

スレンは族長の馬を下り、オロイと額を合わせた。

「置いていって悪かった」

オロイはスレンに応えるように、ぶるると唇を震わせた。

「それ、俺たちにも言ってくんねえかな」

声に顔を上げると、見知った兄弟の顔があった。

「挨拶もなしに村出やがって。あの後弟たちを泣き止ますのにどれだけ骨が折れたと思う？」

「族長に無理言って連れてきてもらったんだ。『狩り』は一人じゃ味気ないだろ、なあ？」

悪い、と詫《わ》びながら、スレンは口角がわずかに持ち上がるのを感じた。

族長、と戦士の一人が声を上げげた。

「早いとこ済ませましょうや。ドルガ奪回するための兵、ここで消耗させちゃ世話ねえよ」

「そうだな。いいか、くどいようだが向かってくる者以外は殺すな。当然だが略奪ももってのほかだ。我らは濫に恩を売りに来たのだからな」

「やる気出ねえなあ」

そうは言ったものの、男たちの目はぎらぎら光っていた。草原の男は、例外なく全員が戦士だ。戦場でこそ、彼らはもっとも活きる。

「我慢しろ。後で千金になって返ってくる」

では、と族長が馬を進め、廬郷の街を見上げた。大門には、すでに門を閉じようとする住民たちが集まり始めていた。

「行くぞ」

誰も彼もが黙り込み、一団はしんと冷えた静寂に包まれた。

族長は矢をつがえると、天に向けて弓を引き絞った。きりきりと弦《つる》が限界までしなり、矢が飛んだ。軌跡は弧《こ》を描き、閉じられようとしていた大門の中心に突き刺さった。集《つど》った男たちが動きを止め、こちらを見た。その瞳に宿る色がどんなものか、スレンの目にもさすがに見えなかった。しかし見えずともありありと、手に取るようにわかった。恐怖だ。遥か昔、長城の向こうへ追いやったはずの者が、再び襲い来る恐怖。

戦士たちが鬨《とき》の声を上げ、街は震えた。

門の付近にいた男たちが、散り散りになって逃げていく。

族長を先頭に、騎馬の群れが大門に殺到した。

「スレン、行け」

族長の声に、はっとしてその顔を見た。

「街の中に、救うべき者がいるだろう。行って、守れ。決して死なせるな」

スレンは頷いた。手綱を強く握り、オロイの横腹を蹴る。

天屹山《てんきつざん》へと鼻先を向けた。確証もないのに、確信があった。

高楼《こうろう》だ。白月たちが逃げ込むとしたら、そこしかない。だったら高楼しかないだろう。小青に言った。ならば天廟には向かえない。天廟には無忌がいると、冥迪が

なだれ込む戦士たちに続き、大路を走った。オロイは主人の望みを汲《く》んで飛ぶように走り、すぐに街の北の果てまで連れてきた。山道を騎乗したまま駆け抜ける。片側は切り立った崖だが、恐れは湧いてこなかった。さっき死にかけたせいか、恐怖の感情が焼き切れ

ている。

恐ろしいのはただ一つ、間に合わないことだけだ。

「ったく、親子揃って無茶ばっかりしやがる」

ザナトが背後でぼやくのが聞こえた。

「ついてきてくれたのか？」

「俺は濫でお前のお目付役を言いつかってんだ。二度と見失うようなへまはしねえ」

岩陰から高楼が見えてくる。しかしその入り口に張られていたはずの縄は切られて垂れ下がり、高楼を見張るように並んだ人影が複数見えた。

蹄の音に、彼らが顔を上げる。

干陀羅人だ。

スレンが矢をつがえると、干陀羅人たちも剣を抜いた。身のこなしが兵士のそれだ。冥迪の言ったとおり、人夫ではなくこちらが真の姿ということだろう。気づかなかった自分の愚鈍さに吐き気がする。

弓を引き絞ると、脇腹の傷がまたしても痛んだ。

ザナトが後ろから放った矢が、一人の脳天を貫く。

「スレン！　無理なら下がれ！　今は死に時じゃねえぞ！」

ザナトの声は無視した。騎乗した草原の戦士が、他国の歩兵風情に後れをとるわけにはいかない。手元から飛んだ矢は、干陀羅兵の首元を貫いた。

残りの兵が、剣を掲げて向かってくる。

「先行け！　ここ片づけたら追いかける！」

スレンは頷くことも忘れてオロイから飛び下り、高楼に転がり込んだ。

楼内から人の声がした。上だ、と階に飛びついて駆け上がる。傷口がじくじくと痛みを増し、頭が揺れる。ほとんど這うようにして先を急いだ。

双蛇の尾から背、そして例の乳房を行き過ぎる。頭のある最上層に入る手前で、スレンは足を止めた。思ったより多くの人間の気配がする。耳を澄ますと、かすかな声が聞こえてきた。

「嘆かわしや。まさか孫家の者が、双蛇を足蹴にしようとは」

老婆《ろうば》の声だった。天廟にいたまじない師だ。

「我らの双蛇が紛《まが》い物？　そんなわけがなかろう。西の女によからぬことを吹き込まれたに違いない」

「やめてよ！　どうしてそんなことするの⁉」

小青の声だ。ひとまずは生きていてくれた。しかし小青の声音《こわね》は、安堵していいような類《たぐい》のものではなかった。

「可哀想に、可哀想にな小青。お前は真実を知らんままでいい。すべて忘れるがいいさ。母がお前にした惨《むご》たらしい仕打ちも、その母を殺してお前を救い出してくれた男さえ、お前が慕うに値《あたい》しなかったこと。すべてが浮世の夢だ」

「……え？　婆様《ばば》、今なんて」

「おや、この男がお前の母を殺したこと、知らなんだか。ほほ、隠しておったのか、そう睨むな。小青や、悪しき人間はしぶといものでな。そう都合よくくたばってはくれん。誰かが、手を汚さねば……」

しかし安心せい、と老婆は続けた。

「この男は自分の尻を拭ったに過ぎん。お前の母が銀片教につぎ込んだ金は、孫家の懐を潤したのだから。こいつはとんだ畜生さ。今さらお前の愚かな母一人殺すことなど、造作もなかったに違いないよ。ああ、そのように恐ろしい顔をしてはならん」

スレンは心を決め、最上階へと昇った。

血の臭いが鼻をつく。

そこにいた人間たちの視線が、スレンに突き刺さった。

双蛇像の頭の前に、二十人ほどの住民たちが集まっていた。得物は手にしているが、貧弱な農具ばかりだ。白月と光藍、小青が住民たちの輪に取り囲まれていた。そばには、まじない師が杖に縋《すが》るように立っている。

「スレン……」

憔悴《しょうすい》してはいるが、顔を上げた白月に傷は見当たらなかった。思わず、息を吐き出す。

しかし、ガザラと冥迪の姿がない。

いったいどこに、と見回すと、住民たちの足元に横たわる人の姿が見えた。

冥迪だ。その姿をみとめた途端、血の臭気が鼻の中で濃くなった気がした。近づかずともわかるほどありありと、暴行の跡がその体の上にあった。

「少年。何をぼさっと突っ立っているの」

耳元で声がした。

振り返ると、すぐ後ろにガザラの顔があった。

「よかったわね、母君が迎えにきてくれて。お姫様を救い出してさっさと逃げるがいいわ」

「……ガザラ。兵に、街の者を殺せと命じたのはお前か」

「あら、そんな不届き者がいたの？　これだから金で雇った人間は嫌なのよ」

答えろ、とスレンが睨むとガザラは高く笑った。

「私は言わないわ、そんなこと。これから自分の領民になろうという者を、わざわざ殺すほど酔狂じゃない。でも、そういう不幸な事故はこういう緊張状態の中ではよくあることじゃなくて？　もしかしたら、盧郷の者から襲ってきたのかもしれないわ」

「子供だ！　殺されたのは幼子《おさなご》だった、そんなことあるわけがない！」

「子供だって、人を害することはできるでしょ。自分が峡谷で誰に襲われたか忘れたの？」

ガザラの口元が割れ、白い歯が見えた。

「なんにしても、真相は確かめようがないわ。その子、死んでしまったんでしょう？　死者はもう、何も語ることができない」

怒声が住民たちから上がる。この女は悪鬼だ、と声がガザラを指弾する。怒りの矛先《ほこ》は、スレンにも向けられた。

「お前、お前が悪いんだ！　お前がこの女を連れてこなければ、こんなことにはならなかった！」

「最初からその女や冥迪と話はついてたんだろう！　公主や皇子をこの街に連れてきたことも全部猿芝居だったに決まってる。それを俺たちは有難がって……馬鹿だ、本当に」

声を上げた男たちは、膝をついて泣き始めた。

ガザラの哄笑《こうしょう》がそれに重なる。

「つくづく哀れなこと。お前たちは助かるためにいったい何をしたの？　何もしなかったでしょう？　ただ冥迪の言うなりになって、策尽きた後も私のもとに自ら辿り着こうという気概はなかった。それなのに、行動を起こした者を責める弁舌だけはずいぶん達者なのね」

ねえ、とガザラはスレンに向かって黒々とした睫毛を瞬いた。

「英雄になれると思った？　少年の勇敢な行動によって廬郷は救われ、民はその名を讃《たた》えると？　結果はご覧のとおりよ。ここの住民は、私という災厄《さいやく》を呼び込んだあなたを呪っている。どうか行ってくれと懇願《こんがん》したその口で、恥知らずにも少年を罵《ののし》ってるわ」

ガザラの長い指が、スレンの顎先を撫でた。

「こんな連中を哀れむことなかったのよ。言ったでしょう？　王はすべての人間を救うことなどできない。どうすれば最も少ない犠牲で最も多く救えるかを、冷徹に判断しなければばならない」

これは、とガザラは住民たちを指差した。

「救うに値しない人間だった」

スレンは奥歯を嚙みしめた。だまりゃ、異教の女が、とまじない師が叫んだが、ガザラは眉一つ動かさなかった。

「切り捨てる命を選ぶ権利が、自分にあるっていうのか」

「そうよ。民に憎まれてでも国を守るのが、王になるということ。少年は帝の血を引くのに、それができなかった」

ガザラの指が、虫のようにスレンの顎から頰まで這っていった。こんな細い腕、すぐにでも払い除《の》ければ済む話だ。それなのに体が動かない。

「ねえ、かわいい子。今度はちゃんと選べるわね？　ここにいるのは、自らの手で救いを摑むことをはなから諦めた連中だけよ。そんな腰抜け共の街、踏みつけにされてしまえばいいと思わない？」

スレンが答えるより早く、思いません、と声が飛んだ。

白月の光るように白い顔が、ガザラをまっすぐに見据えていた。

「貴女の言うことは詭弁《きべん》です。人は苦しければ弱くなる。明日食べるものにも困る廬郷の人々が、苦しみの根源を誰かに求めたとして、どうしてそれを責められますか？　民と私や貴女では、置かれた場所がそもそも違う」

ふ、とガザラは表情を緩めた。指先がスレンの頬から離れる。

「賢い公主様、あなたの言うとおりよ。民に罪はなく、すべては苦しみのせい」

だけど、とガザラは口元を引き上げた。

「苦しみがこの世から消えることはない。いつも誰かがそれを引き受けることになる。そしてその時人は、歪む」

ガザラはスレンを押しのけ、倒れている冥迪の前に立った。ガザラに圧されたように、住民たちの誰も動かない。

「そうでしょう？　冥迪」

冥迪はガザラを緩慢に見上げた。その目は充血し、真っ赤に染まっていた。冥迪は視線を住民たちに移し、彼らの絶望に満ちた顔を見渡した。

「……馬鹿だなあ、お前ら。こんな街、さっさと見捨てればよかったんだ」

冥迪はぐるりと頭を巡らし、双蛇の巨像と、二つの髑髏《しゃれこうべ》を見上げた。

「双蛇は俺たちを救ってはくれない。その代わり、捨てて逃げても怒りもしない……」

冥迪がそうつぶやくと、住民の一人がわっと泣き出して顔を覆った。

「泣くな。お前たちが涙を流す価値もない。いいか、これから俺が言うことをよく覚えておけ。もし、生き残れたら……他の連中にも伝えろ」

住民たちの怯えた目が、冥迪のもとに集まった。

「お前たちの奉じる銀片教は、遥か昔にこの地に住み着いた干陀羅の王子が始めたもんだ」

その人物こそ孫家の始祖だ、と冥迪は笑った。

「王子は干陀羅王から無茶な遠征を任され、当然の結果として敗走した。哀れにも敗残兵となった干陀羅人は、ほとんどが盧郷に住み着き銀坑夫となった。最初はよかった、濫人が嫌がる危険な仕事を請け負えば、盧郷の人間も彼らを受け入れてくれたからな。

だがいくらもしないうちに銀は涸《か》れた。銀のない盧郷はただの痩《や》せた土地で、余所《よそ》者の干陀羅人に坑夫以外の仕事があるわけもない。

もはや祖国に帰ることもできない彼らは、一計を案じた。目を付けたのが双蛇だった。干陀羅の貧村に、女神の神殿で奇跡が起こったとうそぶいて富んだ例があったらしい。同じことを濫でしようとしたわけだ。そこで出てきたのが、双蛇が天から降臨した地が盧郷であるという大ぼらだ。盧郷で銀が採れたのは、双蛇が這った跡にその鱗《うろこ》が落ちたせいだと、もっともらしい逸話もこしらえた。彼らは銀の失われた天屹山に廟を立て、さかんに喧伝《けんでん》した。面白いくらいにうまくいった。いつしか廟は天廟と呼ばれるようになり、国の庇護を受けるまでになった。異邦人の手で作られたはずの神話は真実に変わり、天廟は濫国に知らぬ者のない廟となった。盧郷は富み、街には再び人が戻った。王子の子孫は孫姓を賜《たまわ》り、元々の血筋を忘れたかのように振る舞った。

しかし孫家はもはやそれでは満足しなかった。懐を直接潤す財と、住民たちからのさらなる尊崇を求めた。その欲望から生み出されたのが、銀片教だ。孫家は男女神が双蛇の真の姿であると主張し、奇妙な祈りの文句や儀式を街に広めた。『これは他の街の人間は知らぬ双蛇の真実だ』とささやくだけでよかったんだから、楽な仕事だ。それだけで、孫家は盧郷の支配者となった。派遣される官吏《かんり》や里正《りせい》など、名ばかりのものだった。州府や朝廷の高官に銀片教の生み出す利潤の一部を握らせることで、それは黙認され続けた」

ようやくそのつけが回ってきたんだろう、と冥迪は息を吐いた。

「彼らに渡せるものが何もなくなった時、盧郷は見捨てられた。朝廷に宛《あ》てた数々の報せ《しら》も、おそらく帝のもとには届いていまい。廬郷に皇帝の目が向けば、これまでの癒着が明らかにならないとも限らない。おまけに春官共にとっては、天廟を擁《よう》する盧郷が惨《みじ》めに衰《おとろ》え叛乱でも起こしてくれた方が、都合がよかったんだろうさ。そうすれば、瑶帝《ようてい》の双蛇への態度を攻撃する理由にもなる。報せは彼らの手の中で握り潰されただろう」

だから、と冥迪は光藍に目を向けた。口元がわずかに上がったので、微笑もうとしたのだとわかった。

「ご安心ください。陛下は、決して我らを見捨てたわけではない。ただ、ご存じなかった。私はこの街の現状を、孫家の愚行を陛下にお知らせしたかった。殿下、物を頼めるような立場にないことは百も承知の上での願いです」

どうか、と冥迪はよろめくように額を地につけた。

「どうか、真実を陛下にお伝えください」

嘘だ、と掠れた声が楼に響いた。

「嘘だと言ってくれ」

「これまで数々の偽《いつわ》りを申してきた私ですが、こればかりはまことのことです」

「では、僕は異教の神とそれを崇める街に踊らされ、父上に背いたというのか。ただ欺《あざむ》かれ利用され、罪人と義兄弟の契りを交わしたというのか？」

答えはなかった。それが答えだった。

光藍はぐしゃぐしゃと髪をかきまわした。

「……終わりだ。なにもかも……」

再び顔を上げた時、光藍は真っ黒な目をしていた。瞳の黒さではない。まるで白目さえ黒く塗り潰されたように思える、光のない目だった。

光藍は絞り出すように、冥迪に向かって言い放った。

「汚らわしい。一時でも、お前を信じ邪宗と関わった我が身が呪わしい」

こんな街、と光藍は空虚な目をしてつぶやいた。

「滅ぶに任せておけばよかったんだ」

光藍の手が、冥迪の首元に伸びた。

冥迪は動かなかった。目を瞑《つむ》り、笑っているように見えた。

光藍の指が、冥迪の首元に沈んでいく。

「やめろ！」

スレンが床を蹴るより早く、金色の髪が眼前でなびいた。

呆けた住民の手から手斧《ておの》が奪われ、無防備に晒された光藍の背にそれが振り下ろされるのを見た。

はずだった。

けれど背に刃が突き立っているのは、冥迪だった。

その体は、ゆっくりと地に落ちていった。光藍を抱きかかえるようにして庇ったのだ。

冥迪の口が咳《せき》を一つすると、唇は血で汚れた。

なんで、と手斧を振り上げた少女――小青の唇が震える。

「どうして！　なんでこんな奴庇うの！」

地に伏した冥迪を見下ろして、ガザラはゆっくりと唇を笑みの形に変えた。

「冥迪あなた、こんなことをして善行を積んだつもり？　可哀想に。恩人と慕い、恋した人を自分の手で殺《あや》めてしまうなんて。なんて酷いこと」

小青ははっと顔を上げた。碧《あお》い目に不安が兆《きざ》す。

「なに、言ってるの。この人は冥迪様でしょ。無忌様じゃ、ない」

「あら、まだ話してもらってなかったの？　最後まで嘘を吐いたままでいようなんて、本当にひどい男ね。それじゃあ教えてあげる。あのねえ、この男は」

冥迪は伏したまま手を伸ばし、ガザラの足首を摑んだ。

「黙れ。俺はまだ、死んでねえよ」

ガザラは冥迪の手を蹴り払うと、小青に向き直った。

「お嬢さんの慕った無忌は、とっくに死んでるの。この男が殺したのよ、子供の頃に。この男の両親は、孫家のために双子を失うわけにはいかなかった。だから冥迪に二人を演じさせた。可哀想にこの男は、長い間無忌でいたせいでだんだん自分がどちらなのかわからなくなって、自分の中に無忌という人格を生み出した。殺した兄をもう一度自分で作ったのよ。時々、本当に無忌が生きているみたいに信じていることさえあった」

哀れよね、とガザラは双蛇が咥《くわ》えた髑髏に目をやった。

「こんな風に両親の骨を並べてまで、怒りを絶やさないようにして。無忌を殺したのは自分なのに。ねえ、肝心《かんじん》の無忌の骨がここにないのはなぜ？　自分のしたことを思い出して恐ろしいから？　あなたの中にいる無忌が紛い物だと思い知らされるから？」

ガザラはひとしきり笑うと、呆然《ぼうぜん》と立ち尽くす小青の耳元にささやいた。

「母親を殺し、あなたを地獄《じごく》から連れ出したのも最初からこの男だった。あなたの恋した無忌は、本当はどこにもいないのよ」

「小青、聞くな。この女の話を聞いてはいけない」

冥迪は背に手斧を生やしたまま、小青に向かって手を伸ばした。しかし小青はその手に怯えるように後ずさった。冥迪の手は空を摑み、そのまま地に落ちた。

しかし冥迪は、痛みに顔を歪めながらも小青に向かって笑いかけた。

「最初から、わかってた。この乱の結末がどうなろうと、俺は死ぬ。お上に歯向かったんだから、当然のことだ。いや、無忌を殺したあの日に、とっくに死んでたのかもな」

だから、と冥迪は荒い息を吐いた。

「……泣くな。お前の手は綺麗なまんまだ。死人を殺すことはできない、そうだろ？」

小青は唇を震わせ、でも、とつぶやいて自分の手を見た。

そこには冥迪の血が散っていた。

冥迪はその手を引き寄せると、袖口で血を拭った。白い袖が、赤黒い色に染まる。

「ほら、見ろ。綺麗だ」

冥迪はそう言って笑おうとしたが、うまくいかなかった。握り締めた小青の手には、拭いきれなかった血の跡が残っていた。

「綺麗なわけ……ない」

絞り出すようにそうつぶやくと、小青の目から大粒の涙が落ちた。後から後から、惜しむことを知らずに零れ落ちる。

「綺麗なわけないよ、無忌様」

小青は両の掌を開いた。

その骨張った手はあかぎれでひび割れ、爪の間にはどれだけ強く擦《こす》っても落ちない汚れが詰まっている。少女らしいやわらかさなどどこにも見当たらない。まだ十数年しか生きていないその手は、老婆のそれのようですらある。

少女の味わってきた苦痛と屈辱のすべてが、その掌に刻まれている。

小青は冥迪の胸元を摑んだ。

はたはたと涙が袍《ほう》に落ちる。

「ねえ！　嘘ばっかり言わないでよ！　最後くらい、本当のこと教えてよ！」

「嘘じゃない。お前は生まれた時から、ちっとも変わっちゃいない……」

だましてわるかった、と唇が動く。

「小青、死ぬな。生きろよ」

冥迪は笑うように、かすかに痙攣した。

そしてそれきり動かなくなった。

小青が金切声を上げて揺り動かしても、もはや応えることはなかった。見開かれた目が、高楼の天井に描かれた双蛇創世の絵物語をしかと映していた。

はあっとガザラが大きく息を吐いた。

「つまらない死に方だったわね、冥迪。だからこんな街さっさと出て、私のもとに来ればよかったのに。亡霊にいつまでも囚《とら》われて、馬鹿な男」

ガザラは無表情にその骸を見下ろしていた。

さて、とスレンに向けて顔を上げた時には、いつもの微笑が口元に戻っていた。

「ここでお別れね。アルタナ族長がせっかくいらしているならご挨拶したいけれど、まだ死ぬわけにはいかないから」

ガザラはひらひらと蝶《ちょう》のように手を振った。

「さようなら冥迪。さようなら、濫の皆さん」

ガザラは身を翻すとスレンの耳元に唇を寄せ、ささやいた。

「少年。あなたには干陀羅王家の血が流れている。あなたは三国すべてを統べる者の血を引いた稀《まれ》なる貴種よ」

「……何を言ってる？」

スレンはその体を突き放した。

「真実が知りたければ、追ってらっしゃい。もう一度会えたその時には、本当のことを話すわ」

もっとも、とガザラはサドキアで出会った時と同じように艶然《えんぜん》と笑って見せた。

「たとえ少年が私を追わなくても、いずれミクダムが殺しに来るでしょうけど。あの男は必ず、玉座を脅かすものはこの世から消し去る」

そう言い残すと、ガザラは階を下り始めた。待て、とスレンはその腕を摑む。

「このままお前を逃がすと思うか？」

笑った顔が振り返る。

「少年。私はあなたが結構気に入ってるの。だから教えてあげる」

ガザラの口元から笑みが消える。

「私はミクダムを殺す。廬郷を取り込もうとしたのも、その足掛かり。今回は失敗したけれど、構わないわ。どれだけ時間がかかっても、必ずあの男を殺す。そしていつか」

私が、王になる。

唇はそう動いたように思えた。刹那《せつな》、脳裏を古い記憶が駆け抜けていった。

「思い出した」

なぜ、自分が族長を母と呼ばなくなったのか。

ガザラが言ったからだ。

『少年の母君は、立派な族長よ』

十年前にガザラに出会ったあの日、スレンは年長の子供たちに母を「牝狼《めろう》」と馬鹿にされ、一対五の無謀な戦いを挑んだ。負けたつもりはなかったけれど、六歳かそこらのスレンは袋叩きにされてユルタの陰で泣いていた。傷口が痛んだせいではない、悔しかったからだ。鼻の奥が痛んで、涙と洟《はな》とがぽたぽたと草の上に落ちるのを、ただ見ていることしかできなかった。

そこへ、アルタナに滞在していたガザラが来た。

『見てたわよ』

君は小さいのに強いのね、とガザラはスレンの前にしゃがみ込んだ。

泣き顔を見られる恥ずかしさから、あっち行けよ、とスレンは言った。

ガザラはその言葉を無視して続けた。

『いろんな国や集落を見てきたけど、私はあなたの母君は優れた長だと思うわ。その座にある者は、どうしても傲慢《ごうまん》になる。まるで民が自分のためにいるかのように錯覚する。だけどここの長は、あくまでも役目のためにその地位にいるのね。もっと大きな国の長でも、それができない者はいる』

私の国の王様とか、とガザラは笑った。

『だから皆、いつか思い知る日が来るわ。この長を戴《いただ》けた自分たちは幸福なんだって。あなたは母君を信じてあげてね、誰より優れた族長だって。少なくともそう感じた人間がここに一人はいたってこと、覚えておいて』

その言葉があったから、スレンは母を族長と呼ぶようになった。誰に認められなくとも、揶揄《やゆ》されようと、母は絶対にこのアルタナの長だと、その思いを込めてそう呼んだ。そしていつしか理由を忘れ、呼び名だけが残った。

少女だったガザラは立ち上がり、西を見た。聳《そび》える白嶺山の、その向こうを見た。

『いつか私も、そんな王になるわ』

ガザラはあの時すでに、そう口にしていたのだ。

目の前にいるこの女は、玉座への野心なく辺境に引きこもった力なき王女ではない。国土の東の果てに閉じ込められようと、その目はずっと王都を睨み据えている。

「ここで私を殺せば、ミクダムが王位を継ぐことはもはや間違いない。私とミクダム、少なくとも草原にとって害が少ないのはどちら？　私は玉座が手に入るのなら――あの男を殺せるのなら、濫にも草原にも興味はない。三国で不可侵の協約を結んでもいいわ」

スレンが唇を嚙むのを、ガザラは楽しそうに眺めた。

「私の言葉が偽りか、よく考えて選びなさい。それが、血に呪われた者の責務よ」

スレンが動けずにいる間に、ガザラは吹き抜けに身を投げるように飛び降りた。

「おい！」

下を覗き込んだスレンは凍り付いた。

地上には、飛び降りたガザラを受け止めるラケスの姿があった。族長の矢をまともに受けたはずが、生きている。

「不死身かよ」

ラケスの肩に抱え上げられたガザラは、スレンに向かって小さく手を振った。

「また会いましょう、少年。今度会う時は、敵でないと嬉しいわ」

ガザラが言い終わると、ラケスは高楼の窓から崖下に向かって飛んだ。常人なら文字通りの自殺行為だ。しかしあの二人は生き延びる。生きて、再び自分の前に現れるだろう。


高楼を下りると、干陀羅兵相手にザナトが大立ち回りを演じているところだった。

「おっせえんだよ！　早く手伝え！」

スレンは白月たちを双蛇像の奥に下がらせ、弓を構えた。しかし今になって全身が痛みに震え出し、眩暈《めまい》がした。放った弓が、見当違いの地面に突き刺さる。

「……どいてろ。矢の無駄だ」

そう言ってスレンの前に進み出る人影があった。影はスレンの腰から曲刀を抜き去った。光藍だった。

「僕だって皇子だ。剣の手ほどきは受けてる。今のお前よりは、たぶんましだ」

光藍は青ざめた顔で、口元を震わすように笑った。

「白月を、頼む」

そう言い置くと、楼の外に走り出た。

高楼の入り口に殺到した干陀羅兵が吠え声を上げ、剣を振り上げるのが見えた。

「やめろ、行くな!」

スレンは後を追おうとしたが、農具を手にした住民たちに阻《はば》まれた。

「何してる。どけ!」

スレンが叫んでも、男たちは下がらなかった。

「……本当は、わかってたさ。あんたが悪いんじゃない。あの女の言うとおり、俺たちは何もしなかった。もうあんたは、これ以上傷つくことねえんだ。ここは濫で……俺たちの土地だ」

住民たちは農具を構え、盾《たて》になるように高楼の入り口を固めた。

光藍の手にした曲刀が干陀羅兵の持つ剣とぶつかり合い、重い音を立てた。

住民たちの狭間から見える太刀《たち》筋は悪くはないが、体格の差がありすぎる。防戦一方になったのが見ていられず、スレンは弓に矢をつがえた。しかしやはり手が震え、照準がぶれる。これでは住民たちや光藍を射かねない。

その間にも、光藍は斬撃に押されて後退した。

「白月、悪い。小青を連れて、上に戻って隠れてくれ」

スレンが住民たちをなぎ倒してでも外へ走り出ようとした時、ザナトの声が飛んできた。

「出るな！」

駆けてきたザナトが、光藍の相手の背を切り伏せる。そのまま光藍に体当たりして住民たちやスレンごと吹っ飛ばし、高楼の中へ転がり込んだ。

スレンと光藍が体を起こした瞬間、外に矢の雨が降った。

雨が止んだその時には、立っている者はいなかった。

楼内はしんと静まり返った。

崖の上から草原の戦士たちが次々に飛び降りてきて、まだ息のある者にとどめを刺して回った。わずかに残った呻き声さえ消えてしまうと、族長が悠然と姿を現した。

「街は制圧した。指導者だという孫家の者は？」

スレンは族長に向かって首を横に振った。

「二人とも、中で死んだ」

そうか、と族長は弓を下げ、息子の背後にいる住民たちに濫語で語りかけた。

「盧郷の者よ。我らは貴殿らの土地を侵しに来たのではない。同盟者たる濫帝の命によりここに来た。帝の言葉を伝えよう」

住民たちは祈るように両手を胸の前でかき合わせ、言葉の続きを待った。

「『余の至らなさゆえ、永らくの苦難を強いたことを詫びる。孫某の言葉を受け入れ、天廟へ掛けられた香銭を廃し、復興に手を貸す。此度の乱に関わった者に、罰は求めない』」

がらん、と住民たちの手から農具の落ちる音が次々に耳を叩いた。

住民たちはよろよろと陽の下に這い出ると、干陀羅兵の流した血だまりの中へ膝をついた。

彼らが声を上げて泣くのを、スレンはじっと見ていた。

オロイが蹄を鳴らしてやって来て、鼻先をスレンに擦りつけた。

終章

盧郷《ろごう》が草原の民によって制圧されたのと前後して、伽泉《かせん》では柳文虎《りゅうぶんこ》が自《みずか》らの父を告発した。

光藍《こうらん》が伽泉を出た後、文虎は一人、盧郷が何故《なにゆえ》今に至るまで放置されたのかを追った。そして彼は自邸にて、父であり春官長たる柳史明《しめい》が岳門州《がくもんしゅう》令とやり取りした膨大な量の文《ふみ》を発見するに至った。その内容は、文虎を慄然《りつぜん》とさせるに十分だった。柳史明は盧郷から書き送られた数々の訴状を帝《みかど》の手に委ねることなく、手元に留め置いていた。史明は、盧郷が困窮《こんきゅう》し叛旗《はんき》を翻《ひるがえ》せば、帝の双蛇廟《そうじゃびょう》を制限する策を廃するよう進言するための材料となると考えていたようだった。加えて、銀片《ぎんぺん》教による利潤は、長年孫《そん》家から柳家へと流れていた。帝が策を撤廃し、盧郷が再び富めば、柳家の懐《ふところ》も暖まるという寸法だろう。

父から何も知らされていなかった文虎は、激しい後悔と嫌悪に身を震わせた。

訴状や文の数々を衆目に晒《さら》せば、柳家の取り潰《つぶ》しは間違いなかった。

しかし柳文虎は、文の束を抱えたその足で登城した。史明が息子の潔癖さを危ぶみ、柳家の不正を何一つ伝えていなかったことは、ある意味で正しかった。文虎は正しく忠臣であった。文を読み終えたその瞬間から、彼にとって父とは、双蛇の名を貶《おとし》め私腹を肥《こ》やす豚、背信者でしかなかった。

　柳史明は捕らえられた。昨夜は邸《やしき》の豪奢《ごうしゃ》な牀《しょう》で枕も高く鼾《いびき》をかいていたが、今は地下牢の臭い藁《わら》の上で沙汰《さた》を待つ身である。文虎は告発によって捕縛を逃れたが、地方に左遷の憂《う》き目を見ることになった。

　けれど文虎の顔には一分の曇《くも》りもなかった。

　言い渡された任地は、他でもない廬郷であった。辺境中の辺境、それも乱のあったばかりの土地など、志願する者は誰もいない。しかし柳文虎は銀片教に染まった天廟を一新するのだという使命に燃え、生まれ故郷の伽泉を発《た》った。

　文虎と入れ替わるようにして、光藍は伽泉に護送され、そこからさらに冠斉《かんぜい》の離宮へと移された。帝の命に背き、廬郷の混乱を煽《あお》った責を問われての謹慎《きんしん》だった。

　謹慎とはいうものの、街を出歩くことは黙認されていた。

　光藍は時おり街に下り、魏江《ぎこう》の河原を歩いた。

　その足は、いつも中洲《なかす》の前で止まった。

　宗廟に、かつてのうらぶれた雰囲気はない。一面苔《こけ》に覆《おお》われていた壁は磨き上げられ、舞台の穴は塞がれ、色褪《あ》せた彫刻や内部の神像は一新された。

　新たな神像群は、魏江を下る舟によって冠斉に届けられた。像は、かつて銀細工に精を出し、銀が尽きてからは土産物《みやげ》や天廟の像を彫り続けた廬郷の職人の手によるものである。

河原がにわかに騒がしくなる。船団が着き、また新たな神像が届いたのだ。

光藍は巨大な双蛇像が、舟底に嵌《は》め込まれるようにして横たわっているのを眺めた。河《かわ》縁《べり》まで降りていき、間近でそれを見下ろす。胸元にもちろん、乳房はない。

光藍は人目を盗んで手を伸ばし、神像に触れた。粒子の細かな砂が、指先に残る。

「おいおい、早まっちゃならねえよ」

首根っこを摑《つか》まれ、河原に引き戻された。振り返ると、慌《あわ》てた様子の船頭がそこにいた。

「よりによって宗廟の真ん前で、なんつう罰当たりな。それにあんた、ずいぶん若い……おい、若いどころか子供じゃねえか。何があったか知らねえけど、いくらも生きてねえうちから諦《あきら》めなさんなって」

船頭はどうやら、光藍が河を覗《のぞ》き込むように屈みこむのを見て、入水《じゆすい》を企《たくら》んだと勘違いしたようだった。思わず、弾かれるように笑ってしまった。急に笑い出した光藍を前に、船頭はますます狼狽《ろうばい》した。

「いや、すまない、余計な心配をかけた。そういうつもりではなかったんだ」

「そうなのか？　ならいいんだけどよ」

紛らわしいことすんな、と船頭は二、三度光藍の背を叩くと仕事に戻っていった。

光藍は再び、水面を覗き込む。

情けない顔をした少年がそこにいた。船頭の言ったとおり、まだほんの子供だった。

「死ねないよ、なあ」

光藍はそこに誰かの顔を見出そうとするかのように、深く覗き込む。けれど、顔を歪《ゆが》めた自分以外の誰も見えるはずがなかった。

船頭たちが声を上げ、舟が動き出す。水面に波紋が生まれ、光藍の顔も揺らめいて消えた。

最後の一艘《いっそう》が行ってしまい、烏《からす》が鳴き交わす刻限となっても、光藍は河原にうずくまっていた。無意識に手の甲をさする。すでに塞がりかけた傷痕《きずあと》が、指先に引っかかった。

「死ねるわけがない……」

いつかの日もこの河原で聞いた暮鼓《ぼこ》が、やがて耳に届いた。

「まさか貴妃《きひ》様が、この街におられるとは思いませんでした」

砂塵《さじん》舞う大門のそばで、二人の女が向かい合っていた。

「これだけの時が経《た》ってまだ、貴妃と呼ばれることがあるとは思わなかったわ」

シリンが相対した女はそう言って笑った。顔《かんばせ》は昔と変わらず美しかったが、シリンが知るその人の笑い方とは少し違っていた。

「伽泉や冠斉は、雑音が多すぎるのよ。隠居しようにもできやしない。だから僻地《へきち》の廬郷を選んだのに、こんなことになるなんてね」

お礼を申し上げなくては、とシリンは目の前の女——汪蘭玲《おうらんれい》の目を見た。

「息子が孫家に囚《とら》われていた時、邸に火事があったと聞きました」

「あら。貴女《あなた》、わたくしが火付けをするような女だと言いたいの」

「いいえ。ただ、そういうこともあったようですねというお話です」

蘭玲は息を吐いた。

「わたくしは何もしてないわ。何もできなかったのよ。貴女や姉上の子にも、廬郷にも。まともに歩けたら、もっとやれることもあったのかしらね」

蘭玲は己の小さな足を見下ろした。

「父上が亡くなっても、この足は元には戻らない。忌々《いまいま》しいこと」

蘭玲が独り言のようにそうつぶやいた時、族長、とザナトが馬で駆けてきた。

「支度は整った。いつでも出発できるぜ」

わかった、とシリンは頷《うなず》いて馬に飛び乗った。

「もう行くのね」

「我らはここでは憎まれ役ですから。長居をする理由がありません」

そう、と蘭玲は廬郷の街を振り返った。大路はかつてと変わらず寂れたままで、砂煙が吹き上げられている。ただ違うのは、州府の役人が気忙《ぜわ》しく行き来していることだ。

「それより、蘭玲様こそ帰られないのですか。冠斉か……あるいは、伽泉へ」

蘭玲は苦い笑みで頬《ほお》を窪ませた。

「わたくしは天廟で、あの方の供養に余生を捧げると決めたのよ」

もったいねえなあ、とザナトが背後から口を挟んだ。

「余生って、あんたまだそんな歳《とし》じゃねえだろうよ。いっそ草原に来たらどうだ？」

ザナト、どっか行ってろ、とシリンは羽虫か何かのようにザナトを追い払った。ぶつぶつ文句を言いながら、ザナトは城門の外へと馬を向けた。

「あれは美人に目がないのです。気を悪くされたら申し訳ありません」

いいえ、と蘭玲は予想に反して微笑した。

「余人からしてみれば、愚《おろ》かに映るのはわかっているわ。でも、悪いことばかりじゃなかった。この街に引きこもっていたから、あの方の子が育った姿を見ることができたのよ」

蘭玲はシリンから目を逸《そ》らし、風に言葉を遊ばせるかのように言った。

「嫌になるくらい似ていて、でも、まったく似ていなかった。それを見届けられただけで十分。今日までこの街で生きてきた甲斐《かい》があったわ」

シリンはもう一度馬を下りると、蘭玲の背を抱きすくめた。蘭玲の肌からは、かつてのような香や粧の匂いはしなかった。ただ、生きている人間の匂いだけがあった。

早くどきなさいともがく蘭玲から、シリンは笑って体を離した。

「蘭玲様でしょう？　木彫りの睡蓮《すいれん》を燕嵐《えんらん》様のもとに供えてくれたのは」

蘭玲は答えなかった。もう行きなさい、と促《うなが》すばかりだった。

「ありがとう。ナフィーサを覚えていてくれて」

シリンはもう蘭玲を見なかった。混血馬である愛馬に飛び乗り、門で待つ仲間のもとへと駆けた。そして自らの治める土地に帰還するため、盧郷を発った。

蘭玲は長い髪が乾いた風に吹き散らされるがままにして、しばらく大門の前に立ち尽くしていた。

帰ってもいいのかもしれないと、初めて思った。姉はきっと永寧宮《えいねいきゅう》で泣き濡れているだろう。その顔を十数年ぶりに拝みに行くのも悪くない、そういう気がした。

すべての客人たちを見送った大門の外を見て、蘭玲は目を眇《すが》めた。

すべての、だ。

シリンが草原の者を率いて廬郷を去る前に、スレンと白月《びゃくげつ》も姿を消した。


シリンが草原に帰る数日前、スレンとシリンは街の中に張った天幕の中にいた。

「カウラはどうしてる?」

「変わらない。犬を連れて、羊の世話をしてる。ユルタに下げた鹿角に、お前が無事に帰るようにと朝晩祈っているよ」

そうか、とスレンは短く答えた。それから母子に会話はなかった。話すべきことは多くあったが、一つ話す度に決心が鈍る気がした。

呑《の》むか、と母は行軍中に作ったらしい馬乳酒《ばにゅうしゅ》をスレンに勧めた。盃《さかずき》を覗き込むと、白い水面にいくらかやつれた自分が映っていた。頬の削げた顔の中で、緑の瞳ばかりが鮮やかだった。

幼い頃、スレンは自分の目が好きではなかった。母がこの目を覗き込む時、スレンのことなど見えていないように思えたからだ。母様、と呼びかけると、母の瞳の中に張り詰めていたものがふっと解けるのが見えたものだった。すると母は、罪滅ぼしのようにスレンの幼い体を強く抱きしめた。母の匂いに包まれると、スレンはいつだって母のことを許してしまった。

母がこの緑の目を通して見ている、スレンを透明にしてしまう誰かが恨めしかった。

たとえそれが、実の母だと知っていても。

けれど今、スレンは自分から母の瞳を覗き込んだ。

「族長。……いや、母上。頼みがある」

シリンはスレンの望みが何であるのか、すでに知っているような顔で息子を見た。

「俺に、ガザラを追うことを許してくれ」

族長は黙し、馬乳酒を舐《な》めた。

「なぜ、あの者を追う？」

「ガザラはミクダムを殺し、自分が王になると言った。干陀羅《かんだら》の玉座が手に入るなら濫《らん》や草原に興味はない、協約に応じてもいいと」

「その言葉が真実である保証はどこにある？　ガザラが廬郷に連れてきた兵が、濫の民を殺《あや》めたのは事実だろう」

「保証はない。だが俺は、ガザラの治めるサドキアをこの目で見た。豊かな街だった。ガザラは領主として慕われていたし、領民を愛しているように見えた。ガザラが真に求めてるのは、たぶん玉座でも争乱でもない」

「何を根拠にそう思う」

「勘だ」

勘か、と族長は笑い声を立てた。

「玉座でないのなら、ガザラは何を欲する？」

「復讐《ふくしゅう》だ。ガザラはミクダムに夫と弟を殺されてる」

復讐という言葉に、族長は目を伏せた。睫毛《まつげ》の影が、馬乳酒の白濁《はくだく》した水面に黒く落ちる。

「ならば廬郷に手を出したのも、草原から攻略を進めようとするミクダムに対する妨害か」

スレンは頷き、言うべきか迷った末に結局口にした。

「ガザラは俺に干陀羅王家の血が流れていると言った。いずれミクダムが殺しにくるだろうと」

「干陀羅王家の、血？」

族長の眉間《みけん》に皺《しわ》が寄る。

「母上も知らないのか」

「お前の祖母に当たる女は、たしかに干陀羅の血を引いていた。その瞳の色が何よりの証《あかし》だ。しかし、王家とは……」

族長は小さく息を吐いた。

「いいだろう。私は予定通りドルガへ向かう。ドルガはお前の祖母の故郷でもある。そこでできる限りのことを調べよう」

それに、と族長はにっと笑って見せた。

「ミクダムが私の息子を殺しにくるというのなら、先に私が奴を滅ぼすまでの話だ」

それじゃあ、とスレンは母を見た。

「アルタナを発つ時に言っただろう。私がお前に望むことはただ一つ。必ず生きて帰ること、それだけだ」

スレンは馬乳酒をひと舐めすると、盃を族長の手に預けて立ち上がった。

「ああ、待て。お前の荷物を預かってる」

荷物？　とスレンが首を捻《ひね》ると、族長は天幕の奥からぞろりと偃月刀《えんげつとう》を取り出してきた。

「私の知己からだ。もう手放すなと、そう言付かった」

「これ、俺のっていうか……」

「違うのか？　お前が持つべきものだと、そう言っていたが」

スレンは頷き、「それじゃあ有難く」と偃月刀を背に負った。

「それなら、こっちは置いていく。元々は母上のものだ」

スレンは懐から短剣の鞘《さや》を抜き出すと、母の膝《ひざ》前に置いた。

「ごめん。剣は失くしちまって……鞘しか残ってない」

「いいさ。役に立ったなら何よりだ」

族長は鞘を取らず、ただ懐かしむように目を細めた。

「行ってくる。カウラによろしくな」

「ああ。約束は果たせよ」

「もちろんだ」

スレンは今度こそ天幕を後にした。

月が煌々《こうこう》と照っていた。

連なる幕営が、白く光る。先刻までは酔い騒ぐ声が漏れ聞こえていたが、今は静まり返っていた。天幕の前に繋《つな》がれたオロイが、スレンの姿を見つめると鼻を鳴らした。静かに、と鬣《たてがみ》を撫《な》で、縄を解いてやる。

手綱《たづな》を引いて歩き始めると、か、か、と蹄《ひづめ》が道を叩く音が耳の奥で響いた。誰もいない大路に、オロイとスレンの影が長く伸びる。

西門の前まで着いた時、スレンは背後に現れた気配にふと立ち止まった。大路に伸びる影は、いつの間にか三つになっていた。

「行ってしまうんですか？」

スレンは振り返った。そこにいた顔は、月光を受けて真珠のように白く光っていた。

「街を出る時は二人でって、約束したじゃないですか。それなのに、こんな夜更《よふ》けに黙って行こうとするなんて」

責めるような言葉とは裏腹に、白月は薄く笑っていた。まるで、スレンが自分を置いていくと知っていたかのような、寂しい笑みだった。

「俺のせいで、死ななくていいはずの奴らが死んだ」

白月は「そんなことない」とは言わず、ただスレンの顔を見上げていた。

「俺はもう、誰にも死んでほしくない。今度は間違えたくないんだ」

スレンは白月に歩み寄り、右耳から太陽紋の耳飾りを外した。

「これ。持ってろ」

耳飾りを突き出すと、白月は両手を差し出して受け取った。

「母の形見を作り替えたものだ。……生みの親の方の」

そんな大事なもの、と突き返そうとした白月の掌《てのひら》をスレンは押し留めた。

「持っててくれ。大事なものだからこそ、それがあるところに俺は必ず帰ってくる」

白月は耳飾りを目の高さまで掲げ、銀の細工越しにスレンを見た。

スレン、と白月は微笑《ほほえ》んだ。

「聞いてください。後宮で私が暮らしていた邸の庭には蓮《はす》池があって、夏になるとそれは見事な花を咲かせるのです」

何の話だとスレンは首を捻ったが、白月は構わずに続けた。

「元は、あなたの母君の邸だったと聞いています。濫で睡蓮と呼ばれたスレンの母君のために、伯父上が建てさせたと」

睡蓮。父の塑像《そぞう》に供えられた木彫りを思い出し、あれが母の似姿だったことに思い至る。

花にはあんまり興味がなかったんですけど、と白月は笑った。

「スレンと出会ってから、ああ、あの蓮花はとても美しいものだったんだなあって、そう思いました。夏の陽《ひ》に輝いていたあの花を、いつかスレンにも見てほしい」

だから、と白月は自分の両の手をぎゅっと握り合わせた。

「きっと戻ってきてくださいね。行かないでとは、言えないから」

スレンは白月の瞳に、涙の粒が玉となって結ばれていくのを見ていた。

「だって私があなただったとしても、きっと行くから」

初めて燎火節《りょうかせつ》で白月に出会った時、その瞳に浮かんだ涙が綺麗《きれい》だと、場違いにも感じたことを思い出す。そして今も、やはり白月の涙は美しかった。

しかしその涙の粒は、頬を伝わなかった。

「白月、前に言ったよな。俺が濫に残ってくれてたらって考えたせいで、俺を巻き込むことになったんじゃないかって」

スレンは白月の握り締めた掌を開かせ、耳飾りを摘まみ上げた。

右耳に、それを付けてやる。

「もしその祈りが俺をここへ呼び寄せたなら、白月が願ってくれて、よかった」

白月の濡れた黒い瞳の中に、スレンが映っていた。

背後に、完全な円を描いた月が輝いている。

「また会おう。今度こそ、約束だ」

白月の唇がかすかに開いたが、そこから放たれる言葉を聞く前にスレンはオロイに飛び乗った。横腹を蹴《け》り、西へ向けて駆けさせる。

振り返ることはできなかった。残されたただ一つの影が大路に伸びているのを見たら、手綱を引いてしまいそうだった。

城門を抜け峡谷に入ってからも、空には月が輝いていた。どこまで駆けても、月はそこにいた。

街へ着いたら、何でもいいから耳飾りを買おうと思った。

耳朶《じだ》に空いた穴が、塞がることがないように。

草原には、常と変わらない風が吹いていた。幸福の中にある時も、悲劇が牙を剝《む》いた時も、ここに吹く風は変わらない。残酷なまでに、変わることがない。

シリン、とカウラはその背に声をかけた。

「スレンが心配?」

シリンは隣に立ったカウラの顔を見ず、西を睨《にら》み据えたまま答えた。

「そうじゃないと言えば、嘘《うそ》になる」

「そうね。でも、私は少し嬉《うれ》しい」

シリンはようやくカウラの顔を見た。その頰には、珍しく笑みが浮かんでいた。

「あの子はずっと、自分がいつか何かにならねばならないこと、何か為さねばならないことを怖がっているみたいだったから」

偉大な母を持つのも考え物かもね、とカウラはシリンの顔を覗き込んだ。

シリンは再び西を向いた。

「今でも怖いに決まってる。ただ、怖くても踏み出さねばならない理由がスレンにもできた。それだけのことだろう」

視線の先では雪を頂いた白嶺山《はくれいさん》が、その向こうにある国を覆い隠すようにして聳《そび》えている。

「……情けないわね」

語尾にかつての、族長となる前のシリンの姿が滲《にじ》んだ。けれどカウラは気づかなかったふりをして訊《たず》ねた。

「何が？」

「本当は、帰ってこなくてもいい、お前が思うまま生きてくれたらそれでいいと、そう言ってやりたかったの。でも、言えなかった」

カウラはシリンの背にそっと手を当てた。そしてもう一度口を開こうとした時、背後から犬の吠え声が聞こえてきた。振り向くと、カウラの黒犬が走り寄ってくるところだった。

「お前、どうしたの。……え？」

飛びついてきた犬を抱きとめたカウラは、南を振り返った。

「シリン。何か来る」

カウラの指差した先を見ると、たしかに南の彼方《かなた》に砂煙が見えた。

「敵襲？」

カウラは剣呑《けんのん》な顔を見せたが、シリンは「いや」と首を振った。

「軒車《けんしゃ》が見える。兵じゃない」

じゃああれは何、と尋《たず》ねようとしたカウラの瞳も、地平線の彼方からやってくる一団の姿を捉《とら》えた。複数の馬を伴っているが、シリンの言うとおり武装していない。馬たちが載せているのは無骨な鞍《くら》ではなく、花々の刺繡《ししゅう》や房飾りに縁どられた華やかなものだった。戦鼓の代わりに、笛の音が風に乗って流れてくる。

「あれは……」

カウラはシリンの顔を見ると、言葉の続きを呑み込んだ。

「先に戻って、客人を迎える支度にかかるわ」

そう言い残すと、黒犬を連れて集落へ駆け戻っていった。

びょうと、風が吹き抜けた。

常に変わらない草原の風ではなかった。そこには、かつてシリンが短い時を過ごした国の、忘れ得ぬ匂いが混じっていた。

笛の音が近づき、車輪の軋《きし》む音が大きくなる。

車が近づいてくるのを、シリンはぼうっと眺めていた。車輪が回る度に時間が巻き戻り、十七の少女だった頃に帰っていくような心地がした。

立ち尽くしたシリンの前で、一団は止まった。

一人の男が馬から下り、草を踏んでシリンの前に立った。

男は、たしかに十六年分の歳《とし》を取っていた。

自分ももう少女ではないことをシリンは思い出し、右頬に手をやった。そこに刻まれた傷痕が、流れた歳月をありありと思い起こさせた。

「……どうした、その傷は」

男はためらいがちにそう訊ねた。歳を重ねた顔貌《がんぼう》とは裏腹に、声は変わっていなかった。

「どうした、なんて。こちらの台詞《せりふ》です」

シリンはかつて夫だった男の顔を見上げて答えた。

「まさか、草原でお目にかかれるとは思ってもみませんでした」

「いつまで経っても、誰かが会いに来ないものでな。なにも律儀に待っていることはない、こちらから出向けばよいと気付いたのだ」

それは冗談としても、と男はシリンの目を見た。

「先日の働きに、褒賞を与えに来た」

「褒賞など。我らは同盟国の求めに応じたまでのこと。ドルガの奪回に手を貸してくだされば、それで十分です。御自らお出でましになることはないでしょう」

いや、と男は首を横に振った。

「受けてもらわねば、こちらとしても困る」

漆《うるし》塗りの箱を押し付けられ、思わず受け取ってしまう。

「この十数年、お前はよくやった」

「何をおっしゃいます。私は族長の座にしがみつくことで精一杯でした」

「十分すぎるほどだろう。お前はすでに、並の男よりも長くその座にいる。私が双蛇の楔《くさび》から逃れようともがくばかりだった十六年間、お前は族長で在《あ》り続け、草原の氏族たち、濫国、干陀羅との危うい均衡を守り……息子を育んだ」

しばしの沈黙の後、男は頭を振った。

「お前と違い、私は道を誤った。私の過《あやま》ち一つで何人死んだ？　娘に犠牲を強《し》いた挙句が、この結末だ。失われた命も、娘の時間も戻らない。決断した時は、濫のためには仕方のないことなのだと信じた。けれど今となっては、本当にそうだったかもわからない。私はただ……あれに、許しを乞いたかっただけなのかもしれない」

男の長い髪が風になぶられる。シリンの鼻先を、髪に染んだ香が撫でた。

「かつての私は、二人の帝が並び立つなど馬鹿《ばか》らしいと否定した。だというのに、この十数年、何度兄上が生きていたらと思ったかわからない。兄上の陰《かげ》にいた私は知らなかった。ここに一人で立つことが、こんなにも恐ろしいことだと。この場所は、凡夫が立つべきところではないと」

男は息を吐いた。シリンの記憶にあるとおりの仕草だったが、目尻に浮かんだかすかな皺には見覚えがなかった。

「今になって思う。もしかしたら、父上も恐ろしかったのかもしれない。だからあんなにも双蛇に縋《すが》ったのかもしれないと、近頃はよく考える」

男は「余計なことを喋《しゃべ》りすぎたな」と目を細めた。

「喋りすぎるくらいでちょうどいいのでは？　昔からあなたは言葉の足りない人ですから」

「否定したいところだが、お前の言うとおりだ。もっと言葉を尽くせばよかったと、悔いることばかりが年々増える」

「歳をとりましたね。昔のあなたなら、そんなことはないと一蹴《いっしゅう》したでしょう」

男は鼻を鳴らした。

「結末はまだ、訪れていません。最善と信じた道の先が思ったようなものではなかったのなら、また別の道を探すしかない」

別の道、と男の唇が声もなく動いた。

「私に、それが許されるのだろうか？」

さあ、とシリンは答えた。

「誰に許されなくとも、その位にある限りはあがき続けるしかないでしょう。死者の心は知り得ません。どれだけ想ったところで、すべては生き残った私たちの幻想に過ぎない。生者の国は、生者にしか治められない」

そうか、と男は小さく笑った。

「昔、あなたに言ったでしょう。北からずっと見ていると。けれどあなたは結局、私の目ではなく死んでいった者の視線に苛《さいな》まれ続けていた。あんまりではありませんか？」

「……そうだな。悪かった」

だが、と男は苦く笑って見せた。

「見ていたのはお前だけではない。私も同じように北を見ていた」

男は、シリンの持つ漆の箱に掌を置いた。

「これは、願いでもある」

男は箱の封を解き、巻物を取り出した。それを広げ、シリンに向ける。久しぶりに目にする、濫語の文字の連なりだった。

目を眇めてそれを読んだシリンは、はっとして顔を上げた。

「まさか、冗談でしょう」

「冗談で玉璽《ぎょくじ》が捺《お》せるか」

男の指が示したそれは、たしかに玉璽に見えた。

巻物を元通り箱にしまうと、嚙《か》んで含めるように巻物にあった内容を諳《そら》んじた。

「濫国はアルタナ族長を草原の盟主と認める。互いの土地を侵さず、他国に脅《おびや》かされた際は互いを援《たす》ける。我らの血の続く限り、この盟約が守られることを求む」

この盟約を祝し、と男は言葉を切った。

「濫国皇帝より、盟主へ北方王の号を贈る」

北方王、杏鈴《しんりん》。

それが親書に記された名だった。

「お前が、王だ」

シリンは絶句し、箱に目を落とした。

長い沈黙があったが、やがて口元を笑みに歪ませて言った。

「私に、あなたと同じように苦しめと？」

「私が願わずとも、どうせお前は苦しんで生きることを止めない。ならばその苦しみに、輝かしい名を与えてやってもいいだろう。その名は、私がお前をそれに足る人間だと信ずる証だ」

シリンは静かに息を吐いた。

「……やっぱりあなたは、何年経っても腹立たしい人ですね」

そうか、と男は薄く笑った。

「この十数年の私がどれほど無様だったか知りもしないのに、そんなことをおっしゃる。けれど」

けれどその言葉一つで、すべてが報《むく》われる。

つぶやいた言葉は風に乗り、草原の彼方へ消えていく。

言葉の先を、十六年前なら追っただろうかとシリンは思った。思って、口にしなかった。

ただ草の先が揺れるのを、黙って眺めた。

その時、車ががたんと音を立てて揺れた。

「待たせすぎたようだな。『褒賞』が痺《しび》れを切らしたらしい」

御者の手を借り、軒車から誰かが降りてくる。

優雅な刺繡の施《ほどこ》された沓《くつ》先が見えた。

シリンの方を向いた顔には、薄絹が垂らされている。

ふと、草原を吹き渡った風が絹を舞い上げた。

シリンは声にならない声を上げた。

車から現れた貴人は、優雅さをかなぐり捨てて走り寄った。草に足を取られ、よろめく。美しい沓は脱ぎ捨てられ、貴人は冷たい土の上を裸足《はだし》で駆けた。まるで、少女のように。

「私の顔を見た時より、よほど嬉しそうに見える」

男の皮肉な声音《こわね》は、二人の女の耳に届いているかも怪しかった。


「待ってろって言われたんなら、おとなしく待ってたらいいじゃない」

驢馬《ろば》の背に揺られながら、白月は小青《しょうせい》に向かって笑いかけてみせた。

「大丈夫ですよ、父上と母上には文を残しましたし。私の存在はまだ伏せておいてくださいって、ちゃんと書いておきましたから」

「そんなこと心配してるんじゃないわよ」

「だってただ待ってるなんて面白くないでしょう。二人で街を出ようって言ったのに、結局私だけ置いてきぼりですし」

手綱を握る小青が、じろりと白月を睨む。

「あんたってやっぱり変。あいつを追っかけてくのは百歩譲って理解できるとして、どうして自分の身内を殺そうとした奴を連れて行こうなんて思うのよ」

だって、と白月は驢馬の上から小青の顔を覗き込んだ。

「小青、一人にしたら死んでしまっていたでしょう」

小青は舌を打った。

「別にいいでしょ。こんなことになって、まだあたしに生きろって言うの？」

「冥迪《めいとく》殿が言ったんですよ、あなたに生きろと。あの方は兄上を庇《かば》ったけれど、それが誰を守るためだったのかくらいわかるでしょう？」

「……嫌な女」

小青はちょうど行く手を横切ろうとした、脚《あし》のぞろぞろ付いた虫を踏み潰した。

「いいじゃないですか。小青はもう盧郷にはいたくなくて、でも死ぬわけにもいかない。一方の私は、生まれてから後宮とこの街しか知らない世間知らずで、一人で異国へ旅立とうなんて無謀もいいところ」

「じゃあ、やっぱりおとなしく都で待ってればいいでしょ。あんたには帰る場所も、迎えにきてくれる人だっているんだから」

白月は、手触りを確かめるように驢馬の鬣を撫でた。

「でも私、外へ出てみたいと思ったんです。外の世界で何が起こっているのか、知りたかった。黙って待つのも、我慢するのも、もう飽き飽きなんです」

「公主様は贅沢《ぜいたく》ね」

「そうかもしれません。でも、鳥や虫を籠《かご》に入れて飼っても、扉が開いていれば外へ出て行くでしょう。籠の中に留まる者はいない」

たぶんそれと同じ、と白月はつぶやいた。

「それに」

「それに？」

「きっとスレン一人じゃ、あの人にまた騙《だま》されちゃいますよ。誰かがそばにいないと」

ふん、と小青は鼻を鳴らして言った。

「それについては同感だわ」

白月はころころと笑った。

「さあ、早く追いつきましょう。スレンの驚く顔が楽しみです」

はいはい、と小青はおざなりに返事をし、歩みを進めた。

ふと、峡谷を風が吹き抜ける。小青の金の髪が蒼天《そうてん》の下に広がった。

風はもう、身を切るようには冷たくない。

白月は後ろを振り返る。彼方に、崩れかけた城壁が見えた。

廬郷に、遅い春が来る。

死者を冬に置き去りにしたまま、街は新たな季節を迎えようとしていた。

集英社オレンジ文庫をお買い上げいただき、ありがとうございます。
ご意見・ご感想をお待ちしております。

● あて先
〒101-8050　東京都千代田区一ツ橋2-5-10
集英社オレンジ文庫編集部 気付
氏家仮名子先生

双蛇の落胤

濫国公主月隠抄

集英社
オレンジ文庫

2024年1月23日　第1刷発行

著　者　氏家仮名子
発行者　今井孝昭
発行所　株式会社集英社
〒101-8050東京都千代田区一ツ橋2-5-10
電話【編集部】03-3230-6352
【読者係】03-3230-6080
【販売部】03-3230-6393（書店専用）
印刷所　図書印刷株式会社

ISBN 978-4-08-680539-1 C0193